Née à Paris e
entrée en litté
tival de Cognac avec *La Bostonienne*. Auteur d'une dizaine de
romans, parmi lesquels les enquêtes de la célèbre mathématicienne
Gloria Parker-Simmons à travers les États-Unis (*Dans l'œil de
l'ange, La Raison des femmes*...), elle s'est imposée comme l'égale
des plus grandes romancières américaines.

Paru dans Le Livre de Poche :

AUTOPSIE D'UN PETIT SINGE
DANS L'ŒIL DE L'ANGE
LA FEMELLE DE L'ESPÈCE
LA PARABOLE DU TUEUR
LA RAISON DES FEMMES
LE SACRIFICE DU PAPILLON
LE SILENCE DES SURVIVANTS

ANDREA H. JAPP

*Le Silence
des survivants*

ÉDITIONS DU MASQUE

© Andrea H. Japp
et Éditions du Masque - Hachette Livre, 2000.

À David Rozenblum, mon beau-père.
Pour sa femme, enceinte, morte en camp.
À Gilbert-Marie Baudon, mon grand-père.

En respectueux hommage à la désobéissance
et à la Résistance de quelques-uns pour tous.

I

Encore un. Juste un petit cri. Du reste, le jeu serait bientôt terminé, il faiblissait et il fallait rentrer. Dommage. C'était si agréable. En plus, il allait devoir le cacher.

Il se releva incertain, poussant du bout de sa basket la boule de poils ensanglantée qui frémissait par spasmes dans l'herbe. Le chat l'avait à peine griffé. Il le connaissait. Cela faisait des semaines qu'il lui donnait un peu à manger pour l'apprivoiser. Quand la petite bête avait compris qu'elle allait mourir, très lentement, il était trop tard. Il l'avait assommé, pas trop fort, et le jeu avait commencé. Il durait depuis plus d'une heure. Plus ça dure, plus c'est marrant. Mais le chat avait perdu pas mal de sang et il ne hurlait plus depuis plusieurs minutes. Ça, c'est moins marrant.

Prince Rock attrapa le chat par le moignon de queue ensanglanté qui lui restait et le fit tournoyer au-dessus de sa tête en gloussant. D'un geste précis, il l'envoya vers le bosquet d'arbres qui avançait sur la berge. Rejoindre les autres.

Il se lava les mains et le visage dans l'eau glacée et récupéra le tee-shirt de rechange qu'il avait amené avec lui dans son sac de sport. Oui, maintenant il était super au point. Au début, il avait pas mal cafouillé. Un jour, il était rentré chez lui, le pull maculé du sang d'un oiseau. Effrayée, sa mère avait demandé des explications. Rock avait dû improviser : il avait sauvé un oiseau blessé. Elle l'avait embrassé, émue. Conne ! Tous de lamentables cons. Incertains et ineptes. Bancals.

II

Isabel reposa avec un soupir de satisfaction le petit morceau de carton qu'elle avait découpé sur le flanc d'une boîte de pois secs. Elle avait tout fait comme il fallait. Le carton précisait qu'il s'agissait d'une soupe américaine et rien que cela lui avait donné envie de se lancer.

Cette soupe était une excellente idée. Peu chère, nourrissante. Bien sûr, ils ne manquaient pas d'argent. Son mari, Isaac, avait une bonne place à la banque ; Simon, son beau-père, disposait d'une pension décente : il était, jadis, artisan ferronnier, et elle était économe. Mais il y avait quand même cinq bouches à nourrir, enfin quatre maintenant que Thomas, son fils aîné, avait pratiquement quitté la maison. Mais on ne sait jamais de quoi l'avenir est fait. Et puis, c'était plein de légumes, cette recette, donc bon pour la santé. Elle saliva en imaginant l'odeur qui s'élèverait en buée du mixer lorsque son hélice écraserait les pois secs, les têtes de brocolis et les carottes débitées en fines tranches pour qu'elles cuisent plus vite.

Elle jeta les épluchures de légumes dans le bac de l'évier et rattrapa de justesse le trognon de brocoli avant que le broyeur ne l'avale. Elle soupira d'agacement. Toujours ces petits gestes ! Elle ne parvenait pas à les contrôler. Sans doute n'y arriverait-elle jamais. Comme cette liste de provisions stockées, de médicaments d'avance, qu'elle tentait de s'empêcher d'établir scrupuleusement à chaque fois qu'elle rentrait de courses. Même lorsqu'elle parvenait à repousser le cahier dans lequel elle avait tracé des colonnes d'entrée et de sortie de provisions, sa résolution fléchissait dès qu'elle ne s'occupait plus ailleurs. Elle se relevait, sans bruit, de peur de réveiller Isaac, et descendait dans le garage pour rétablir un compte précis de ce qu'elle avait, de ce qui manquait.

Les femmes d'ici ne faisaient pas cela, sauf peut-être les mormones. Et Isabel était une femme d'ici, elle le voulait. Ne plus être d'ailleurs, surtout pas de cet ailleurs-là. Comme sa mère et ses sœurs, son petit frère.

Elle contempla le trognon vert pâle, boursouflé de petites excroissances rondes, qu'elle avait pensé récupérer pour autre chose, et contraignit sa main droite à l'enfoncer dans la gueule du broyeur.

Comme tous les soirs, Isaac et son père burent un fond de whisky dans le salon en regardant CNN pendant qu'Isabel, aidée de Samantha, dressait la table de la cuisine. Simon ne s'intéressait qu'au sport et à l'histoire. Quelques films aussi, parfois, des westerns ou des films de guerre.

– Qu'est-ce qu'on mange, maman ?

– Il y a une soupe pois-brocolis, cent pour cent américaine, et puis une tranche de dinde froide si vous voulez, et une glace, ou des cookies.

L'adolescente se renfrogna :

– J'aime pas la soupe.

– Qu'en sais-tu, Sam ? C'est la première fois que je la fais. Et puis, pense un peu à tous ces gens qui n'ont rien à manger et qui seraient bien contents d'être à ta place.

– Tu dis toujours ça.

– Parce que c'est vrai.

– Oui, mais c'est pas nous !

– N'empêche. Il faut y penser quand même.

Sam secoua sa frange si brune qu'elle semblait parfois bleutée sous la lumière solaire. Isabel sourit. Sa fille était née ici. Elle était d'ici, elle, comme tous ses camarades. Finalement, son égoïsme adolescent rassurait Isabel : c'était une preuve tangible que le reste pouvait disparaître. Elle était tombée enceinte de Samantha alors qu'elle ne s'y attendait plus et cette deuxième grossesse, qu'elle ne souhaitait pas vraiment, l'avait comblée parce qu'il s'agissait d'une fille et surtout d'un vrai bébé, un bébé gratuit. Évidemment, l'écart de huit ans qui séparait ses deux enfants avait été un problème, Samantha adorant ce grand frère qu'elle rêvait de suivre partout, Thomas renâclant parce que cette toute petite fille ne le lâchait pas et qu'il ne voulait pas risquer de perdre la face devant ses copains.

La différence de personnalité entre les deux enfants avait été perceptible dès le début. Tom, petit garçon puis jeune homme sage, réservé, presque timide, excellent élève. Samantha brouillonne, extravertie, pinailleuse et jalouse. L'extrême indulgence de son père et de son grand-père pour ses caprices et ses lubies n'avait pas aidé à la corriger de ses débordements. Son frère l'appelait « fillasse » lorsqu'elle l'exaspérait. Elle hurlait de rage, de déception aussi, parce qu'elle l'adulait. Du reste, Isaac n'était sévère qu'avec son fils, surtout depuis quelques années. Simon aussi. D'une sévérité sombre et sourcilleuse.

Pourtant, Thomas ne leur avait jamais occasionné le moindre problème, à l'exception de deux ou trois larcins au supermarché qui lui avaient valu une punition paternelle qu'Isabel avait trouvée excessive. Quand même, il ne s'agissait que de friandises et d'une bouteille de bière. Il voulait jouer aux hommes avec ses copains. C'est classique à cet âge et ce n'est pas un délit grave. Ils avaient remboursé le supermarché, présenté leurs excuses et voilà tout. Thomas avait eu si honte et peur qu'il n'avait jamais récidivé. Isabel finissait par se demander si la tolérance abusive du père et du grand-père pour la fille n'était pas le reflet de cette sorte de machisme inconscient qui se traduit par un laxisme vis-à-vis des petites filles. Elles sont charmantes et distrayantes et, surtout, on n'en espère pas autant que des garçons et l'on est donc moins exigeant avec elles.

Les gènes sont une loterie, paraît-il, mais Isabel se demandait souvent si cette disparité ne s'était pas nourrie, du moins partiellement, de l'atténuation progressive de ses terreurs. Mon Dieu, ces cauchemars que ressassait son cerveau et qui la réveillaient en nage, la bouche ouverte sur un hurlement qu'elle retenait dans son ventre, juste à côté de l'endroit où Tom poussait. Car si l'on crie avec sa gorge, on ne hurle vraiment qu'avec son ventre. Le souvenir de ce grand Noir lui revint, comme toujours. Avant, elle tentait de l'éviter ; maintenant, elle savait que lui aussi faisait partie de sa vie, comme s'il avait investi ses cellules.

Elle avait été invitée à une conférence publique à l'ONU. Isabel ignorait par quel biais ni quelle idiotie l'avait poussée à s'y rendre. Toujours est-il qu'elle était arrivée un peu en retard. Il ne restait de place que dans les deux premières rangées de chaises de velours pourpre. Comme si tous avaient fui la proximité de cet homme sans savoir au juste pourquoi. Mais elle n'avait pensé à cela qu'après son intervention.

Il s'agissait d'un ancien prisonnier politique d'un pays d'Afrique dont elle aurait été incapable de préciser la localisation ou l'histoire. Il avait tenu à présenter le travail de thèse d'un chirurgien-dentiste qui portait sur les tortures dentaires. Au début, elle avait écouté cet homme avec une attention méfiante, sans plus. Elle s'était promis que, si certains mots étaient prononcés, elle se lèverait et quitterait la salle. Il avait une belle voix – une voix grave – et parlait anglais avec cette élégance un peu précieuse des étrangers cultivés. Isabel s'était laissé divertir quelques instants par le contraste de ses magnifiques dents si blanches contre la peau ébène. Un geste l'avait tirée vers la réalité, une phrase :

— ... J'ai donc souhaité vous présenter ce remarquable travail réalisé par mon ami le Dr Edmond Surrow, car voyez-vous, je suis un de ses sujets bibliographiques.

Brusquement, les dents étaient dans sa main et un trou béant et très rouge bordé par deux bourrelets gingivaux rosés terrorisait la salle. L'homme avait remis son dentier pour poursuivre du même ton calme, un peu maniéré :

— Ils me les ont vrillées, arrachées, une à une. Tout le monde dit que le sang des hommes a la même couleur. Mais ce n'est pas cela qui nous unit. Ce qui nous unit, nous dit que nous sommes de la même espèce, c'est un hurlement qui se répercute le long des couloirs d'un camp, d'une salle de torture, d'une prison. C'est le même hurlement, le même, et il est inoubliable. Tous les hommes hurlent de la même façon.

Et il l'avait poussé, de son ventre, ce hurlement qui n'est pas un son, qu'elle connaissait aussi, qu'elle aussi avait produit, qu'elle non plus n'oublierait jamais. Elle s'était levée comme une folle en renversant sa chaise et avait couru en trébuchant vers la porte de sortie.

Simon le savait aussi, mais ils n'en avaient jamais parlé. Du reste, ils ne parlaient jamais de rien. Enfin si, ils discutaient beaucoup, mais pas de ça.

Un jour, elle se souvenait, c'était au début de son mariage avec Isaac, elle était enceinte de Thomas. Son beau-père s'était assis dans la cuisine, un verre de thé très noir devant lui. Il avait commencé, lentement, comme s'il allait chercher chaque mot très loin. Il avait enfin dit :

— Tu sais, Isabel, c'est faux ce qu'on voit dans les films. L'appel ne se faisait pas par noms. Seuls les hommes ont des noms. Ils nous comptaient comme le bétail, par numéro, ce numéro-là, avait-il précisé en relevant sa manche de chemise. Sauf que le bétail, c'est précieux, ça se soigne.

Simon ne portait jamais de chemise à manches courtes ni de tee-shirt, même au cœur de l'été. Peut-être voulait-il parfois tenter d'oublier qu'il avait été un jour une tête de bétail parmi d'autres. Pourtant, elle était certaine qu'il ne voudrait jamais faire enlever ces larges chiffres et qu'il mourrait avec eux. Pour se souvenir de quoi, et où ? Et surtout, de qui ?

Simon, un jour, était rentré de l'une de ses longues flâneries. Il tenait contre son torse une grande enveloppe renforcée en papier kraft. Il arborait l'air soulagé mais coupable d'un gosse qui vient de faucher une pleine poignée de bonbons au supermarché sans se faire pincer. Il avait annoncé en bafouillant :

– Ça y est. Je me suis décidé. J'ai fait arranger et agrandir la photo de ma mère. Tu veux la voir, Isabel ? Elle était belle comme un cœur. Une des plus belles femmes que j'aie jamais vues.

Il avait sorti avec un luxe de précaution la grande photo mate d'une femme très brune aux cheveux précisément ondulés sur les tempes et retenus en lourd chignon, et la lui avait tendue en souriant.

– Judith Kaplan, ma mère.

Elle devait avoir à peine 30 ans. Elle était un peu ronde, avec des joues pleines d'enfant et ce petit sourire discret, presque pincé, comme on les appréciait au début du vingtième siècle. Elle avait un regard joliment dolent, doux. Une épouse de baisers et de soupirs, une mère de beignets et de réprimandes inefficaces. Pourtant, quelque chose dans la ligne de son menton, dans la courbure de son front traduisait l'obstination calme des femmes qui parlent peu.

Les yeux bleu-gris de cet homme d'ailleurs, comme elle, s'étaient liquéfiés. Il avait soupiré :

– On est partis en France, ma mère et moi d'abord. Puis

mon père. Il sentait qu'il fallait partir, vite. Il y avait quelque chose de différent dans la haine des Polonais. Elle devenait triomphante. Le nazisme sortait de sa gestation. Mon père se doutait qu'il déferlerait sous peu. C'est comme une mauvaise grippe, le nazisme : tu ne sais jamais qui y résistera, qui le contractera. Ton voisin qui salue ta mère tous les matins, le maître d'école si gentil et pourtant pas ce sale type dont tu t'es toujours méfié. C'était ça. Mon père est mort d'une pneumonie, quelques mois après son arrivée en France. C'est dingue. Il avait trimé dans le froid glacial de Pologne – il était forgeron – sans jamais attraper un rhume et là, en quelques semaines, il s'est vidé de sa vie. Tu sais, parfois, il gelait tant qu'il fallait pisser sur les serrures pour pouvoir introduire la clef.

« Ma mère a trouvé du travail chez un fourreur. On était toute une colonie à Lyon. J'avais à peine 13 ans lorsqu'ils nous ont raflés, toute la rue. Les goys nous ont regardés partir dans les camions bâchés. Certains n'étaient pas fâchés, mais la majorité s'en foutait. Quelques-uns sont allés vider nos appartements avant les Allemands. »

Il s'interrompit, son regard détaillant les petits pendants d'oreilles triangulaires qui dépassaient des bandeaux de cheveux de sa mère.

– Elle n'a jamais porté la perruque. Mon père ne voulait pas. Elle avait des cheveux... Tu n'imagines pas, Isabel. Je n'ai jamais revu des cheveux comme les siens. C'était une masse, frisée, brillante, presque aussi bruns que les tiens. On ne la voyait plus lorsqu'elle défaisait son chignon. Ça lui tombait aux chevilles. Elle devait rester debout quand elle les brossait, parce qu'ils traînaient par terre lorsqu'elle s'asseyait.

Il lui retira brusquement la photo des mains, comme si elle risquait de l'abîmer. Isabel le retint :

– C'était Auschwitz ?
– La dernière fois que je l'ai vue, elle était dans la file

des femmes. Elle me tournait le dos. Un vieil homme m'avait agrippé et secoué en me murmurant : « Dis-leur que tu as 16 ans. Tu ne sors pas de cette file. La file des femmes, elles vont toutes mourir. Ils n'ont pas besoin d'elles. Celles qui sont enceintes iront ailleurs, pour les expériences ; les plus belles et les plus jeunes, ils les gardent pour les camps de plaisir. Petit schmok, tu m'entends ? Tu as 16 ans. » Il a serré mon cou entre ses mains et tourné ma tête vers les camions bâchés où s'entassaient des femmes. Certaines avaient un gros ventre plein de vie, d'autres étaient belles comme des soleils.

« Tu sais, personne n'a parlé des camps de plaisir, pourtant qu'est-ce qu'elles ont souffert là-bas, avant de mourir. Pas une n'est revenue. Je ne veux pas y penser. Je sais de quoi certains hommes sont capables si ça les fait bander. J'étais grand, baraqué pour mon âge, j'ai dit que j'avais 16 ans et que j'étais apprenti forgeron. Je n'ai jamais revu l'homme. Lui était déjà trop vieux. Ma mère, je voulais courir vers elle, j'avais la trouille. La file de femmes avançait progressivement. Elle portait un manteau noir en laine bouclette avec un petit col rond en astrakan et des bottillons noirs lacés sur le dessus, je me souviens. Et puis les mêmes boucles d'oreilles que sur la photo. Elle s'est tournée vers moi, son regard a croisé le mien et elle a détourné le visage, comme si elle ne me connaissait pas.

« Je sais maintenant qu'elle faisait partie de celles qui se doutaient qu'il n'y aurait pas de bonne douche chaude une fois cette porte passée. Elle avait si peur qu'ils me conduisent à elle, comme ces autres femmes accrochées à leurs bébés, à leurs petits qu'elles croyaient protéger. Je me suis toujours demandé ce que ma mère avait pensé, fait, lorsqu'ils avaient commencé à déverser le gaz. Mais au fond, je crois que je ne veux pas le savoir. Voilà, c'est pour cela qu'il a fallu que j'attende toutes ces années avant de me décider à faire arranger cette photo. Je vais lui trouver un beau cadre. Je monte dans ma chambre.

— Attends, Simon. Qu'est-ce qui s'est passé, ensuite ?

— Ensuite ? Ils étaient aryens, c'est ce qu'ils disaient. Les tiens étaient des Asiatiques, comme toi. Bopah, tu le sais, il n'existe plus de mots où nous sommes allés. Ça ne sert à rien, les mots. Les mots étaient un don de Dieu et Dieu est mort dans ces camps. Il n'y a plus que le silence. Pour nous, c'est le seul qui signifie quelque chose. Tu sais, le silence : quand on arrête de gémir, de crier, de hurler. Le silence, c'est la mort de tous ces regards d'hommes. Le silence, c'est ce qui tombait sur le camp lorsque plus aucun ne se jetait sur les barbelés électrisés pour en finir tant qu'il leur restait un peu d'humanité, de choix.

Il essuya quelque chose sous son œil du revers de sa grosse main carrée, rouge.

— Je veux croire qu'elle est morte comme elle était sur cette photo. Sage, trop sage. Ses genoux ont lâché, elle est tombée et le gaz l'a asphyxiée. Elle est morte au chaud dans son col d'astrakan. Je ne veux pas penser qu'elle a hurlé, qu'elle s'est ruée contre les murs de béton, en tentant de respirer, de trouver une issue.

— Non, tais-toi. Elle n'est pas morte comme cela. Elle était soulagée, tu étais dans l'autre file, dans celle qui peut-être avait une chance. Elle était au milieu des autres femmes qui, elles, hurlaient parce qu'elles venaient de comprendre que leurs bébés allaient mourir avec elles. Mais Judith était parvenue à sauver ce qui était le plus précieux dans sa vie : toi, son fils. Ses genoux ont lâché, elle a commencé à suffoquer, ça c'est vrai, mais au fond, elle était apaisée. C'était une louve. Tu sais, elle court à découvert pour entraîner les chasseurs loin de la tanière, de ses petits. Elle n'a aucune chance, elle le sait. C'est dans ses hormones, dans sa tête. Ça, c'était Judith Kaplan.

« Simon, ne m'appelle jamais Bopah. Je m'appelle Isabel.

— Alors ne me parle pas des camps. Pourquoi Isabel ?

— C'était le prénom de la sœur française qui m'a appris à lire. J'ai hésité, mais je ne connaissais pas beaucoup de noms occidentaux.

— Ça ne s'écrit pas comme ça, en français.

— Je sais, mais c'était trop compliqué pour ici. Je vais nous préparer un thé. Je ne veux pas que tu montres cette photo à Isaac.

— Je la lui léguerai à ma mort. Tu sais, il lui ressemble physiquement. Attends, je voudrais te demander un service. M'écouter. C'est à cause de cette sœur Isabelle. Il faut que je t'en parle, de celui-là, parce qu'il me revient sans cesse dans le crâne depuis quelque temps et je ne sais pas pourquoi. Je croyais l'avoir oublié. Je le détestais. Il était dans mon baraquement. C'était un prêtre viennois, un des rares qui se soient opposés en chaire à Hitler.

« Au bout d'un moment, on n'aimait plus personne, on ne détestait plus personne, cela n'avait plus de sens. Pourtant, j'éprouvais de la haine envers lui. Je l'aurais frappé si j'avais eu de la force à gaspiller. Je lui dois sans doute la vie, parce que grâce à lui, j'ai toujours pu garder une sorte de passion, même si elle était sombre. Il acceptait tout, allant au-devant des brimades, des privations, des coups. Ce masochisme triomphant me dégoûtait. C'était comme si ce raz de marée de haine et de sadisme lui rendait service, lui permettant de se révéler, de devenir un vrai beau martyr chrétien. Connard ! Il n'y a pas de grandeur à souffrir volontairement parce que la souffrance n'ennoblit pas et qu'elle ne sert à rien. La seule grandeur, c'est le combat contre la peste des ténèbres.

« C'est tout ce que je voulais te dire. Merci. Tu me le sers dans un verre, le thé, comme ma mère.

Isabel avait toujours adoré son beau-père. Au début, il

lui faisait un peu peur, parce qu'il était si massif, si puissant et elle si frêle. Il avait aussi une sorte de lenteur efficace. Il ne se précipitait jamais, parlant en détachant les mots, et ce n'était pas la résultante d'une difficulté de langage, en dépit de son invraisemblable accent : chaque mot avait une signification précise, méritait que l'on s'y attarde un peu, que l'on choisisse sa place dans une phrase, parce que les phrases sont précieuses et traduisent la pensée de l'homme. Du moins le devraient-elles.

Simon vieillissait, il avait presque 70 ans. C'était un de ces grands hommes, forts comme des bœufs durant une vie, s'insurgeant de ce corps qui le lâchait progressivement, de ces articulations qui n'obéissaient plus, de ces dents qui faisaient mal parce qu'elles se déchaussaient, de ce souffle qui lui manquait parfois. Isabel s'énervait. Quoi ? La vie humaine a une fin et elle est rarement esthétique. Son fils unique, Isaac, ne lui ressemblait pas. Sans doute tenait-il de cette mère dont on parlait peu, mais toujours tendrement, morte quelques années après sa naissance. Il était petit, un peu frêle, mais il avait l'obstination de son père, l'idée aussi que la volonté des hommes construit la vie.

Samantha couina :
– Bon alors, on mange ou quoi ?
Sok Bopah revint de loin, de ce lit métallique qu'elle n'oublierait jamais. Il n'y avait ni sommier ni matelas. Les grosses mailles des lattes en fer laissaient passer la pisse et les excréments de ceux qui ne parvenaient plus à se retenir. Le sang, aussi. C'était plus facile à nettoyer après.
– Oui ma chérie. Appelle ton père et ton grand-père, tout est prêt.
– Ça va, maman ?
– Oui. Bien sûr.
Elle réprima l'envie folle de prendre le petit corps de sa fille contre elle et de le serrer à l'étouffer. Mais Samantha

s'inquiéterait. Isabel fronça le nez. Cela faisait toujours rire sa fille lorsqu'elle était petite. L'enfant avait fini par décider que sa mère était une autre sorcière bien-aimée.

Samantha ne saurait jamais, pas plus que Thomas. Toute leur vie, ils devaient croire que la pire chose qui puisse leur arriver était un deuil naturel, un redressement fiscal ou un retrait de permis de conduire. Elle aussi, à sa façon, était une louve, un peu comme cette Judith dont elle avait découvert le sourire sépia, quelques mois plus tôt, et qu'elle ne voulait plus revoir.

Lorsque Simon s'installa à sa place coutumière, Isabel sentit à son regard qu'il savait qu'elle avait eu une autre de ces glissades qu'ils partageaient sans en parler. Isaac n'en avait aucune idée, aucune intuition et c'était bien mieux comme ça.

III

Ils n'étaient pas en retard, ils ne l'étaient jamais, Isabel y veillait. Juste pressés, comme tous les matins.

Ils seraient bientôt tous partis, Samantha au collège, Isaac à son travail, Simon vers sa déambulation matinale. Elle le menait toujours à ce petit banc de bois, juste à droite du pont qui enjambait la fausse rivière du parc. Lorsque le banc était libre, il s'y installait avec un journal et une tasse en plastique remplie de café sans sucre qu'il achetait au vendeur ambulant. Il y rêvassait jusqu'à midi.

Elle allait appeler Thomas. Elle préférait l'appeler lorsque son père n'était pas là. Isaac semblait parfois éprouver des difficultés à parler à son fils, peut-être parce qu'il lui en voulait de son éloignement, peut-être aussi parce que Thomas rejoignait le clan des hommes et qu'il n'était plus un petit garçon sur lequel on doit veiller. Bien sûr, Thomas avait sa propre vie et la ville est si propice aux menues révoltes des jeunes...

Il avait loué une petite chambre chez l'habitant, une dame d'un âge certain, pas très loin de Harvard Square. C'était un peu plus cher qu'ailleurs, mais Isabel comprenait son plaisir d'habiter au cœur du monde étudiant, dans ce carré de vieilles rues, vibrant jour et nuit de l'agitation des petits restaurants italiens, asiatiques, grecs ou turcs, des librairies, des boutiques. Sa propriétaire lui laissait l'entière jouissance d'une salle d'eau et lui permettait de se faire un peu de cuisine pour peu qu'il laissât l'endroit méticuleusement propre.

Devant ces précisions, Isabel avait gloussé. Thomas savait à peine faire cuire du riz. Quand elle avait voulu savoir à quoi ressemblait cette dame, Thomas avait souri. Son annonce stipulait qu'elle recherchait « une locataire, étudiante ». Lorsqu'il s'était présenté, il avait compris qu'elle ne retiendrait pas sa candidature. Thomas ne s'en était pas insurgé. Il comprenait que pour une vieille dame, la présence d'une jeune fille soit plus distrayante et surtout plus sécurisante. Mais il voulait vraiment cette *piaule,* comme il disait, maintenant qu'il se sentait un vrai étudiant. La dame s'appelait Susan Goldstein, aussi avait-il longuement parlé de Simon. Elle avait été séduite.

Lorsque son fils avait ri doucement, Isabel l'avait pressé de questions. Après quelques réticences, il avait accepté de « cancaner ». Susan Goldstein était élégante, très comme il convient à une dame de son âge ; pourtant, il était certain qu'elle avait dû être beaucoup plus « décapante » que cela, quelques années plus tôt. Ses oreilles étaient percées de trois trous. « Dingue, non ? » Bien sûr, elle n'arborait plus qu'une paire de perles, tout ce qu'il y a de convenable, et dissimulait tant bien que mal les autres minuscules cicatrices sous un des plis complexes de son impeccable brushing. Isabel avait été émue, rassurée aussi que Thomas soit capable de regarder, de recomposer la vie de l'autre à d'infimes détails.

Tout de même, il devait apprendre à appeler plus souvent. Elle se faisait du souci. Boston est une grande ville, et leur petite existence tranquille de banlieusards de Bedford n'avait sans doute pas préparé Tom à cette vie qui ne s'arrête jamais, à cette apparente liberté.

La famille avait été si fière que Tom, parmi des milliers, obtienne cette bourse d'études au MIT. Avec ça, il n'y avait plus de soucis à se faire. Il ferait partie de ceux que l'industrie s'arracherait à la sortie de l'université. Il leur avait raconté que ces initiales prestigieuses du Massachusetts Institute of Technology avaient été détournées par les étudiants de souche américaine pour devenir Made In Taiwan, tant la proportion d'étudiants d'origine asiatique devenait importante. Isaac avait déclaré :

— Ne t'inquiète pas, c'est des jaloux. Ils oublient que la grandeur de ce pays, c'est justement ça. Savoir amalgamer les talents, les origines, les sensibilités. Regarde-nous. Tu mélanges un juif polack à une Cambodgienne. Et qu'est-ce que tu obtiens ? Les deux enfants les plus beaux et les plus intelligents de la ville... non, de l'État.

Tout le monde avait ri devant son absolue mauvaise foi.

Elle tomba sur la voix enregistrée de son fils et sourit pour la centième fois de son débit courtois et hésitant. Il devait être en cours :

— Chéri, c'est maman. Nous aimerions avoir de tes nouvelles. Ta sœur s'ennuie de toi, elle est encore plus « fillasse » que d'habitude. Nous t'embrassons tous. Si tu as des petits problèmes de sous, n'hésite pas, mon chéri, nous sommes là.

Mais Thomas ne lui demanderait rien. Il ne l'avait jamais

fait. Pourtant, sa bourse ne couvrait que ses cours, le sport et son assurance d'étudiant. Il travaillait le soir et le week-end dans un restaurant qui vendait des salades, des sandwiches et des tartes à emporter. C'est bien que les jeunes travaillent, ça leur donne une idée de la vie et de l'argent plus raisonnable, moins facile. Mais tout de même, sans être riches, ils auraient pu un peu l'aider. D'autant qu'Isabel avait tout prévu, même avant d'être enceinte de son fils. Tous ces petits plans, toutes ces prévisions quotidiennes l'avaient assurée que la vie pourrait être normale, si elle s'y attelait.

Elle relut la liste de ses courses. Bien, rien n'y manquait. Elle monta dans la Ford bleu pâle et regarda Sa maison et Sa rue avant de démarrer. Ce n'était pas la plus jolie maison du coin, loin s'en fallait, mais c'était une grande demeure confortable. Les pelouses autour des pavillons alignés étaient soigneusement entretenues, et certains de ses voisins avaient même installé des petits bassins entourés de rocaille, dont quelques-uns hébergeaient des nénuphars, comme chez Alice Cooper. Il faudrait qu'elle en parle à Isaac. Si le bassin ne fait pas face à la porte, l'eau devant une maison apporte bonheur et prospérité. Non, cela, c'était là-bas. Ici, c'était simplement décoratif.

Quand même, elle en parlerait à Isaac et Simon.

Comme toujours, elle parcourut scrupuleusement toutes les allées du Safeway, passant un temps fou à tout regarder, à s'émerveiller de chaque innovation, comme cette crème légère additionnée de ciboulette ou cette pâte à brioche en petit conteneur plastique. Il suffisait de la déposer sur une plaque de four chaude, et pouf, on obtenait une brioche dorée, enfin c'est ce que spécifiait l'étiquette. Mais elle n'était pas folle. Elle n'achetait que ce qui se trouvait sur sa liste. Les supermarchés savent vous tenter pour vous faire dépenser plus que prévu.

Elle s'arrêta, sidérée devant une série de boîtes de conserve : de la viande d'autruche. Quelle idée ! Pourquoi pas du serpent ? Quoi, il n'y avait plus assez de porc ou de bœuf dans ce pays ? Pourquoi pas du rat ? Elle en avait bouffé du rat, cru, du reste elle aurait bouffé n'importe quoi. Grâce à Kim, sa petite sœur. Qu'était-elle devenue ? Morte sans doute, comme sa mère, comme les autres, tous les autres qu'elle n'avait jamais revus. Sans doute avaient-ils ajouté son crâne blanchi aux monticules d'autres qu'ils exposaient au soleil, blancs, si blancs de chaleur.

Kim avait réussi à les nourrir, sa mère et elle, de déchets qu'elle piquait dans les cuisines des Khmers rouges. Elle y travaillait. Elle boitait et était un peu lente, idiote. Elle les amusait parce qu'ils pouvaient la couvrir d'injures et que ça la faisait rigoler. Jusqu'au jour où ils s'étaient rendu compte qu'elle fauchait dans les poubelles. Ils étaient devenus fous et Isabel ne voulait pas penser à la façon dont ils lui avaient fait payer leur humiliation. S'être fait gruger par une presque débile, eux, la race suprême, sans tare !

Isabel reposa la boîte de conserve et frissonna. Non, elle ne mangerait jamais de trucs comme ça. Elle mangerait tout le reste de sa vie les viandes de ce monde qui ne savait rien du sien et qui s'en foutait.

De retour chez elle, Isabel rangea la maison, lava les rideaux, et s'occupa des bacs à fleurs, dans lesquels elle planterait des bulbes d'ici quelques semaines. Simon et elle terminèrent la soupe de brocolis et burent un thé en silence. Elle aimait bien prendre ses repas avec lui. Rares sont les gens qui ne s'insurgent, ni ne s'inquiètent de l'absence de mots. Un compagnon de silence, voilà ce qu'était Simon. Parfois, il lui parlait des canards de la rivière, ou d'une petite fille qui s'était approchée de lui pour lui demander : « Qu'est-ce que tu fais, monsieur, t'es perdu ? » comme s'il reprenait un dialogue interrompu.

Et puis il repartait dans le silence, parce que c'était cela, sa vraie conversation.

Comme elle le redoutait, Mrs Cooper sonna juste après le déjeuner. Simon se précipita à l'étage, pour y poursuivre son monologue muet jusqu'au soir, et éviter qu'il ne soit haché par les phrases sans fin d'Alice. Simon n'avait aucune patience pour les mots, les tirades qui ne veulent rien dire. Ce n'était pas de la discourtoisie, Isabel en était certaine. Il appartenait à cet autre âge d'hommes qui n'ôtent jamais leurs vestes en présence d'une dame, même par 30 degrés, qui ne tendent jamais la main avant qu'elle n'ait indiqué qu'elle répondrait volontiers à son salut. C'était juste une incontrôlable impatience.

Alice Cooper et Isabel étaient à peu près du même âge, mais les Occidentales vieillissent plus vite, et puis elles deviennent souvent grosses, avec le temps. Alice Cooper venait de se faire plaquer par son assureur de mari. Isabel comprenait cette rage d'épouse bafouée, abandonnée pour une femme plus jeune, plus jolie ; elle comprenait aussi la peur panique d'Alice qui, à 42 ans, se retrouvait seule, sans boulot, sans formation, avec une maison en vente et rien à quoi se raccrocher. Mais pourquoi Alice passait-elle ses journées à tenter de collecter de fielleuses anecdotes sur sa rivale ou son ex-mari ? Pourquoi cherchait-elle à savoir si ce couple qui défaisait le sien se portait bien ?

Son mari ne reviendrait pas.

Comme la plupart des femmes, elle tentait de croire que cette idole blonde d'à peine 30 ans était la raison de son naufrage, la rendant responsable du désamour de son mari, taillant à son assureur un rôle de victime sur mesure qui la rassurait, lui laissait espérer que, peut-être, il ferait marche arrière.

Foutaises.

Pourquoi ne balançait-elle pas tout ? Pourquoi ne se battait-elle pas où elle avait une chance de vaincre ? On n'aménage pas l'enfer, on se démerde pour en sortir ou alors on en crève.

Alice eut un petit sourire conquérant en reposant sa tasse de café sur la table de la cuisine :

— Enfin, heureusement que j'ai gardé de bonnes relations avec Karen, l'ancienne secrétaire de mon mari. Une fille bien. Il faudra que je l'invite à déjeuner, d'ailleurs. Il paraît qu'il y a de l'eau dans le gaz. Elle l'a envoyé promener lors d'une réunion, devant tout le monde. Elle a beau avoir un joli petit cul, la blonde, elle devrait se méfier. Mark n'a jamais supporté qu'on le vexe. Elle pourrait se faire plaquer avant d'avoir compris.

Alice passa sa langue sur ses lèvres sèches. Isabel hésita, se demandant si elle n'allait pas assener la vérité à cette femme que finalement elle aimait bien : *il ne reviendra pas. Ce n'est pas cette blonde qui est en cause, c'est toi, lui, votre quotidien. Et s'il revient, ce sera en désespoir de cause et en attendant mieux, ou en le regrettant toute sa vie.*

Mais pouvait-elle lui dire que sa conviction naissait des regards qu'elle avait surpris, lorsque Mark contemplait sa femme, sans tendresse, sans amitié, sans rien d'autre qu'une gigantesque habitude qu'il ne supportait plus ? Sans doute pas. Elle abonda dans le sens d'Alice :

— C'est plutôt bon pour toi. Il faut que tu t'occupes de toi, Alice. Que tu sois belle, rayonnante. Va chez le coiffeur. Ne joue pas les perdantes.

— Oui, tu as raison. Mark déteste les loosers. Bon, je vais te laisser. Ça me fait du bien de te parler, Isabel. Je ne sais pas ce que je ferais si je ne t'avais pas.

— C'est à cela que ça sert, les amis.

Au moment où elle prononça ces mots, elle se demanda ce qu'elle disait. Elle n'avait pas d'amis. Elle ne pourrait plus jamais en avoir. Pour quoi faire ? Nettoyer leur merde ou leur sang qui avait coulé sous le lit à mailles, ou se retrouver à son tour allongée et menottée aux montants parce qu'ils l'avaient dénoncée : « Elle avait verni ses ongles et parlait le vietnamien » ?

Alice partie, Isabel entreprit de composer le dîner. Du poisson, on était vendredi. Le fait que son mari et son beau-père soient juifs, et elle catholique parce qu'on le lui avait dit un jour, n'avait aucune importance. Le poisson le vendredi, c'est comme les bonbons à Thanksgiving, un arbre avec des guirlandes pour Noël, les boulettes de viande pour Roch Hachana. C'est le signe que la vie accepte d'obéir à des petits rites charmants, et que tout va bien. Du reste, ni son mari ni Simon ne mangeaient casher. Simon lui avait dit un jour :

— Ce n'est pas une obligation dans la religion juive. Tu peux éviter la Casherut si tu es un Juste. Elle est là pour te montrer à quel point tu es faillible, à quel point tu dois apprendre, à quel point ton esprit mélange des choses qui ne doivent pas l'être.

— L'agneau dans le lait de sa mère ?

— C'est cela. Mais c'est un symbole. Toutes les religions sont symbole, mais on finit par perdre leur signification.

— Et donc, tu es un Juste et tu sais tout.

— Non. Mais j'aime la charcuterie et les huîtres et j'ai passé l'âge qu'on m'emmerde.

Isaac la fit sursauter, Isabel ne l'avait pas entendu rentrer :

— Ma puce n'est pas encore là ?

— Mais quelle heure est-il ?

— Six heures et demie passées.

— Mince. Mais qu'est-ce qu'elle fait ? Elle termine le sport à 4 heures, le vendredi. Il n'y avait pas de match, aujourd'hui ?

– Non. Enfin, pas que je sache. Elle est peut-être chez sa copine ?

– Ce qu'elle est agaçante ! Si encore c'était pour travailler à leurs cours. Mais non, en ce moment c'est les garçons ; les garçons et les fanfreluches. Et quelles fanfreluches ! Elles sont d'un ridicule avec leurs baskets dont la semelle ressemble à un pied bot.

– Je n'avais pas l'air plus malin à leur âge, avec les pat'd'éph et les chemises étriquées à long col pointu.

– Et puis leurs histoires de marque ! Maintenant c'est H&M et Pravda qu'il faut, sous peine d'être déshonorée au collège !

– Prada.

– Quoi ?

– Pas Pravda, Prada.

Agacée, Isabel se tourna vers son mari, les mains dans l'évier :

– De toute façon, toi et ton père lui passez tout. Il lui donne même des sous en cachette.

Isaac sourit et quitta la cuisine.

IV

Bien sûr qu'ils n'avaient pas dormi. Sans doute ne dormiraient-ils plus jamais.

Le cerveau d'Isabel repassait en boucle toutes les séquences de la soirée, puis de la nuit, puis du petit matin. Elle n'y comprenait rien, cherchant un fil, une explication qui remette tout dans le bon ordre. L'ordre de la cuisine, du garage, l'ordre avec lequel elle faisait ses courses, l'ordre qui disait que Sam rentrait après le collège.

Mais l'ordre lui avait échappé. Une sorte de chaos malfaisant s'était installé.

Hier soir, juste avant l'agonie de l'ordre, ils avaient un peu attendu. Vers 19 h 30, Isaac avait téléphoné chez la copine de Sam. Dorothy, la jeune fille, lui avait annoncé – avec cette voix lasse et agacée des adolescentes qui croient qu'elles inventent le mal-être – qu'elle n'avait pas revu Sam après le cours de maths, juste avant le déjeuner. Elle avait séché le sport. C'est au moment précis où son mari reposait le combiné que l'ordre avait volé en éclats.

Ensuite, le pouls lumineux orange et bleu des voitures de police avait inondé leur pelouse et la rue.

Ensuite, on leur avait posé des questions, demandé des adresses, on avait répété et répété les mêmes soupçons. Sam était-elle en crise ? Avait-elle des fréquentations douteuses ? Et la drogue ? Et l'argent ? Et les mecs ? Les trois voix sèches, sifflantes de peur, avaient répondu la même chose. Non, rien. Elle était difficile, parfois chiante, comme toutes les adolescentes.

Le flic le plus âgé, celui qui interrogeait, avait un visage lunaire, sur lequel les mots se heurtaient sans laisser de trace. C'était le regard de l'autre qui se froissait, le plus jeune. Il y passait alternativement une sorte d'ennui, la méfiance, le doute, peut-être même une vague compassion. Isabel se fit la réflexion idiote qu'ils formaient tous les deux une sorte de couple siamois dont un des membres était doué de parole, l'autre d'expression.

Et puis Alice Cooper était arrivée en trombe, fondant en larmes dès que son regard avait croisé celui du plus jeune flic. Elle avait hoqueté, debout au milieu du salon. Le flic plus âgé avait déclaré d'un ton excédé :

– Ce n'est peut-être pas le bon moment, madame.

Elle était repartie en titubant.

Et puis voilà.

Ensuite, ils étaient seuls, tous les trois. Simon avait tenté de joindre Thomas, sans succès. Il avait laissé quelques mots secs sur la bande du répondeur. Des mots si inadéquats qu'Isabel savait qu'elle ne les oublierait jamais :

– C'est ton grand-père. Rappelle dès que tu rentres. Nous avons un ennui.

Un ennui. L'inverse d'un plaisir ou d'un divertissement ; bref, un petit tracas, voire une lassitude. D'un autre côté, c'était peut-être aussi une façon d'expliquer à la mort, au viol et à la douleur qu'ils n'existaient pas.

Ensuite, Isaac était assis contre elle, sur le canapé mordoré ; Simon se tenait droit dans le fauteuil qui leur faisait face, comme s'il l'empêchait de s'effondrer.

Ensuite, plus rien. La nuit avait cédé le terrain au petit jour, très discrètement, comme si le silence qui régnait dans le salon l'intimidait. Il n'y avait plus eu de mots, là encore. Même pour Isaac, dont le passé n'était peuplé que de sons. Il y avait eu des inspirations, pas de soupirs, des expirations. Lorsqu'il n'est plus véhiculé par le bruit des hommes, l'air a beaucoup de mal à se frayer un chemin dans la gorge, à inonder les poumons, à imprégner le sang. Il faut le pousser, le faire rentrer et sortir de force. Eux savaient, mais Isaac le découvrait. Il restait la bouche ouverte entre chaque souffle, comme un poisson hors de l'eau. Eux se souvenaient qu'il ne faut jamais ouvrir la bouche, parce qu'ils peuvent vous y mettre des trucs qui font mal ou qui tuent.

V

Lorsqu'elle ouvrit aux deux hommes et à la femme qui se serraient sur le perron, devant la moustiquaire, Isabel sut qu'elle allait hurler.

Il s'était passé combien de temps ? Des heures et des heures depuis ce soir où ils devaient dîner, devaient sourire, devaient monter se coucher. Des jours. Thomas était rentré à la maison, ajoutant sa longue silhouette mince aux autres fantômes qui se déplaçaient entre ces murs. Personne ne parlait. Thomas avait-il hérité cette capacité au silence des hurlements muets de sa mère enceinte ?

Isabel sut. Ils étaient habillés en gris moyen, tous les trois. La femme portait une jupe droite, mais c'était la seule différence. Leurs traits étaient figés sur un masque de fin de monde et ce visage-là, Isabel le connaissait sur le bout des doigts.

– FBI, madame, pouvons-nous vous parler ?

Isabel les conduisit au salon et resta là, sur cette boule d'air coincée dans sa gorge. Enfin, elle expira :

– Elle est morte, c'est cela ?

La femme blonde, celle qui ne la lâchait pas du regard, avança légèrement le torse, sans se désolidariser des épaules de ses deux coéquipiers, comme d'un étai double.

– Je suis désolée, madame. Nous venons de retrouver le corps, pas très loin d'ici. Bien sûr, il faudra une identification, mais tout porte à croire que... Votre mari est là ?

– Non, il travaille. Mais il ne faut pas. Pas lui. Il ne sait pas. Je vais appeler son père, et puis, il y a moi.

– Bien.

– Asseyez-vous, Simon va descendre.

Isabel ne l'avait jamais trouvé aussi grand, aussi massif. Le désespoir et la peur lui rendaient ces épaules qui avaient forcé les chevaux à s'aligner contre la forge, cette masse de muscles, de courage et de force qui avait résisté à deux hivers, quelque part dans un camp, en Pologne ou ailleurs, elle ne saurait sans doute jamais.

Elle resta debout dans la cuisine, le ventre appuyé à l'évier tout le temps qu'ils parlèrent, parce que ce qu'ils échangeaient ne lui appartenait pas. Elle n'en voulait pas. Ce qu'elle voulait, c'était rester toute sa vie convaincue que la Samantha dont ils parlaient n'était pas vraiment la sienne. Thomas la fit sursauter :

— C'est le FBI ?

— Oui.

— Pourquoi ?

— Sam... est morte. Morte.

Il resta là, les bras ballants, les yeux plissés comme s'il cherchait à distinguer quelque chose, au loin, et murmura :

— Mais... Enfin, c'est con...

— Oui. Remonte dans ta chambre, Thomas. Laisse-moi. Je t'appellerai.

Les deux hommes et la femme suivaient Simon qui se tourna vers la porte de la cuisine et fixa Isabel.

Elle lui rendit son regard et il acquiesça d'un signe de tête.

Elle observa les mailles minuscules de la moustiquaire et regarda la voiture grise disparaître. La boule d'air descendit jusque dans son ventre. Le reste, elle le connaissait. Elle tomba à genoux, comme dans un souvenir, et la boule remonta, gorgée de sons. Elle sortit comme un ouragan, lui arrachant les parois du larynx et Isabel s'entendit hurler. C'était bien le sien, il revenait après toutes ces années, inchangé. Les Khmers rouges avaient réussi à dompter l'air de son ventre pour l'éternité.

— Maman, maman...

Rien, la silhouette d'un jeune homme qu'elle avait porté, les larmes qui dévalaient, pâlissant ses joues mates, ses bras qui tentaient de relever sa mère, dont la salive tachait le tapis vieux rose de l'entrée.

— Maman !

Thomas criait ; lui aussi, peut-être, croyait-il hurler. Mais il ne savait pas. Merci mon Dieu ou n'importe qui. Il n'avait pas appris.

Elle hurla encore, longtemps sans doute. Thomas s'était assis contre elle et serrait le corps mince et tassé contre lui. Et puis comme toujours, comme là-bas, elle s'était tue. Le silence. Il s'abattait parfois d'un coup dans cette salle où ils avaient installé des niches. On ne pouvait y tenir que tassé comme un embryon, incapable de se retourner à cause des entraves. On y faisait sous soi. On y bouffait à même le sol, comme un chien, les déchets qu'ils s'amusaient parfois à vous envoyer. On y grelottait de fièvre et on y crevait.

Pourquoi avait-elle résisté ? Elle avait eu cent fois l'occasion, mille fois l'envie de mourir. Ils étaient presque tous morts, des plus forts qu'elle. Pourquoi avoir survécu ? Cela signifiait-il qu'elle avait été choisie ? Sélectionnée, mais pour quoi faire et par qui ? Dieu ? Foutaises. L'ombre de Dieu s'arrête aux barbelés des camps. Simon avait raison. Peut-être était-ce parce qu'elle n'avait jamais compris ce qu'elle faisait là ? Peut-être parce qu'elle savait que sa mort ne ferait aucune différence pour personne ?

— Papy est parti pour la reconnaître, c'est ça ?
— Oui.
— Tu sais ce qui s'est passé ?
— Non. Je ne veux pas.
— Il faut appeler papa.
— Non. Il saura assez tôt. Laisse-lui encore quelques heures. Ce sont les dernières.

Thomas fondit en larmes, la tête enfouie dans ses bras repliés contre son visage. Isabel attendit. Elle était incapable d'un geste, d'un mot. Peut-être allait-elle rester à genoux toute sa vie, dans cette entrée, sur ce tapis. Il cria :

— Mais pourquoi tu ne pleures pas ? Pleure !
— Je ne sais plus, Thomas.

VI

Thomas était rentré à Boston peu de temps après l'enterrement. Le cercueil était scellé, plombé. Petit, en bois laqué de blanc. Simon et Isaac s'étaient occupés de tout. Isabel avait exigé que l'on rouvre le cercueil, pour elle, la mère. Simon avait tonné :

– C'est non et c'est un ordre ! Tu n'as pas besoin de voir le corps ! Ce n'est pas Samantha, tu m'entends ? C'est quelque chose que tu connais, d'avant. Comme moi. Mais ce n'est pas Sam. Ce ne sera jamais elle.

« Il ne faut pas se souvenir d'eux comme cela. Nous les chargions sur des brouettes pour les entasser dans les fosses communes. Et au bout d'un moment, ils étaient tous pareils et on en perdait le compte. Ce n'est pas elle, je te dis. Ce n'est personne qu'on a aimé. »

Les jours étaient passés. Les cris et les bouderies de Sam résonnaient toujours aux quatre coins de la maison. Alice Cooper avait disparu depuis le cimetière. Quoi, avait-elle peur de la douleur d'Isabel, ou craignait-elle qu'il n'y ait plus suffisamment de place pour la sienne ? Mais Alice Cooper n'avait jamais vraiment existé et cela ne faisait aucune différence.

Parfois, les épaules d'Isaac s'affaissaient, les muscles de son dos tremblaient et Isabel posait sa joue contre son omoplate. Parfois, Simon dessinait du bout de son gros index le sourire rieur de sa petite fille, sur cette photo prise lorsqu'elle avait 7 ans. Parfois, Isabel se cramponnait à un meuble, à la rambarde de l'escalier, au grès de l'évier parce que ses genoux voulaient céder, et la boule d'air menaçait de redescendre dans son ventre.

Rien. Une sorte de bulle qui existait hors du temps. On y mangeait, on y dormait, on y surveillait l'absence des allées et venues de Sam. On y passait d'un moment qui n'existait pas vraiment à un autre, et chacun s'était terré loin dans sa tête. C'est tout.

Jusqu'à l'arrivée de cet homme.

VII

Jusqu'à l'arrivée de cet homme.

Il avait plu le matin. De cela, Isabel se souvenait. Une de ces pluies d'été, brèves, rageuses et inefficaces, qui ne marque la terre et l'asphalte que pour quelques secondes. Une menteuse promesse de fraîcheur.

Elle avait ouvert la moustiquaire avant même qu'il ne se présente. Pourtant, il était à peine 10 heures et elle était seule.

– Mrs Kaplan ? Isabel, Sok Bopah, Kaplan ?

– Isabel Kaplan, oui. Sok est un nom de famille très répandu au Cambodge. Mais je m'appelle Kaplan.

– Je m'appelle John King. Puis-je vous parler ?

Il y avait quelque chose dans le regard bleu très pâle de cet homme qui induisait l'obéissance. Il était grand, plus grand que Simon même, presque maigre. Sans doute était-il beau, très beau. Ces cheveux bruns, épais et bouclés se teintaient à peine de gris ; pourtant, il y avait dans les rides de son front, de son cou, des années et des années de regards. Pourquoi pensait-elle cela ? Qu'en savait-elle, après tout ?

Elle l'avait précédé dans la cuisine. Pourquoi avait-elle choisi cette pièce plutôt que le salon ? Il s'était assis, un vague sourire distendant à peine ses lèvres. Lorsqu'il levait le regard vers elle, la lumière du jour qui pénétrait par la grande fenêtre de la cuisine décolorait ses iris, jusqu'à les rendre invisibles.

Isabel avait attendu, contemplant le regard presque blanc, sans impatience ; de toute façon, le temps ne l'intéressait plus depuis des semaines.

– Je ne sais pas par où commencer, Isabel...

Qu'il l'appelât par son prénom ne l'étonna pas.

– Je suis attaché, ou détaché, comme on veut, au FBI. J'ai préféré venir seul. Pour moi. Parce que c'est plus évident. Je sais que votre mari n'est pas là et j'espérais que votre beau-père serait sorti.

En temps normal, c'est-à-dire lorsqu'elle avait été une femme qui s'occupait de sa maison, de sa famille, cuisinait, maugréait après ces hommes qui laissent toujours l'abattant des toilettes relevé et finissent le shampooing en laissant le flacon vide proprement rangé dans la douche, elle se serait inquiétée, du moins aurait-elle cherché à savoir ce qu'il voulait dire. Mais Isabel lâchait Sok Bopah de plus en plus souvent ; cette dernière avait oublié comment l'on pose une question, parce que là-bas, c'était une autre façon de mourir.

John King la fixa, puis son regard détailla le réfrigérateur, le porte-assiette, le bouquet d'épis de blé qui traînait au-dessus du placard de la cuisine depuis plus d'un an.

– Vous n'avez pas vu le corps de la jeune fille, n'est-ce pas ?

Elle lui fut vaguement reconnaissante de ne pas avoir attribué ce corps à Sam et répondit :

– Non. Pas moi, ni Isaac. Simon.

– Je comprends.

– Ça m'est égal.

– Bien sûr.

Isabel refit surface, étouffant un peu Sok Bopah.

– Mr King, pourrais-je voir une preuve de votre appartenance au FBI ?

— J'aurais dû commencer par là, je suis désolé, sourit-il en lui tendant une carte bleu et blanc plastifiée.

Elle la lui rendit et s'approcha de la table sur laquelle il avait délicatement posé ses poignets, comme s'il s'apprêtait à déjeuner. Il poursuivit, le regard toujours scotché au réfrigérateur :

— Deux autres jeunes filles sont mortes. Nous avons toutes les raisons de penser qu'il s'agit du même meurtrier et aucune d'espérer qu'il s'arrête de lui-même.

Isabel le contemplait, cherchant une signification à ce qu'il venait de dire, un lien avec leur bulle de silence. Elle n'en trouva pas et se laissa tomber sur la chaise, en face de lui :

— Dites-moi.

— C'est vraiment ce que vous souhaitez ? Il n'y a pas de chemin de retour, Isabel.

— De toute façon, il n'y en a plus. Je l'ai cru, mais ce n'est pas vrai.

— Le corps de Sam a été retrouvé non loin d'ici, à 5 kilomètres, dans un bosquet d'arbres qui longe un coude de la rivière. C'est assez désert. En contrebas. On ne le voit pas de la route. Je continue ?

— Oui.

— Nous avons découvert à ses côtés une bonne trentaine de squelettes d'animaux. Des oiseaux, des chiens, des chats. Beaucoup plus anciens. Il se faisait la main sur eux avant de passer aux humains. C'est presque toujours le cas. Tous les serial killers à tendance sadique commencent par torturer des animaux. Et puis au bout d'un moment, ce n'est plus assez drôle, assez jouissif.

— Bandant, comme dirait Simon ?

— C'est cela, oui.

— Et Sam ?

Les yeux de nuage de John King plongèrent dans les amandes presque noires de Sok Bopah.

— C'est ce que vous voulez ?

— Maintenant, oui.

— Nous parlons de la vérité, n'est-ce pas ? Avec ses mots. Ce sont des mots qui blessent et qui tuent.

— Et c'est à moi que vous dites ça ?

— D'accord. Elle a été... massacrée... Nous n'avons pu remonter la piste que grâce à ses baskets.

— À semelle pied bot ?

— Oui.

— Qu'est-ce qu'il lui a fait ?

— Je vous laisserai le rapport, Isabel. Je ne vous conseille pas de le lire.

— C'est trop tard. Il ne fallait pas venir.

— Je sais. Je suis, enfin, je souffre avec vous. Ce n'est pas un vain mot, même s'il ne change rien. Mais il y a les deux autres, aussi. Et celles qui vont suivre.

— Pourquoi pas les parents des autres ?

— Parce que dans le cas de Sam, il a abandonné le corps dans sa tanière. Là où il avait découvert à quel point il aimait torturer, faire saigner, faire hurler. C'est chez lui. Il tient à cet endroit. C'est un bon souvenir. Ce qui veut dire qu'il est du coin et qu'il connaissait Samantha. Cela ne nous surprend pas, du reste, puisqu'elle a séché les cours, sans doute pour le rejoindre, parce qu'elle le connaissait, qu'elle avait confiance. Il est là, je le sens.

— Vous êtes profileur ?

— En quelque sorte, oui.

— C'est-à-dire ?

— J'ai suffisamment pataugé dans l'âme humaine pour en connaître tous les recoins, des plus sublimes aux plus terrorisants. Une expérience sur le tas, en quelque sorte.

Elle répliqua, mauvaise :

— Et dans ce tas, avez-vous déjà rencontré ça ?

— Oui. Parfois. Allons Isabel, vous aussi. Simon aussi. Mais que croyez-vous ? Qu'il s'agit d'idéologie ? Non.

Tous les mouvements idéologiques ont recruté dans leurs rangs des serial killers même s'ils ne se nommaient pas ainsi à l'époque. Les exécuteurs des basses œuvres, depuis l'Inquisition jusqu'au nazisme, en passant par le Cambodge, l'Argentine, l'Afrique, partout où l'on peut torturer et tuer en toute impunité. Tuer est relativement facile : une peur, une rage ; mais torturer, durant des heures, sans autre raison que son propre plaisir, c'est autre chose. C'est hors de l'humain.

– Et pourtant, je n'y ai vu que des humains, lâcha Simon.

Il se tenait debout derrière John King. Ce dernier se leva et tendit une belle main fine, large et pâle :

– Mr Simon Kaplan ?

– Oui.

– Je suis John King, du FBI. J'ai ici le rapport d'autopsie de Samantha Kaplan et celui des autres jeunes filles.

– Je l'ai vue. J'ai vu Sam. Mr King, j'ai toujours cru que j'avais mérité de ne plus jamais être témoin de cela. Je me suis trompé, encore une fois.

– D'autres Sam vont suivre. Il faut le coincer.

– N'essayez pas de m'avoir aux sentiments. Il y a bien longtemps que cela ne marche plus. C'est un regard de femme qui m'en a guéri. Ma mère.

– Judith Kaplan. Je sais. D'accord, vous avez raison. Disons... Allez-vous supporter cela ?

– Quoi ?

– Ils sont presque tous morts, sauf quelques-uns, là-bas, en Allemagne, en Pologne ou au Cambodge. Lorsque vous avez volé ce cheval que vous ferriez, Mr Kaplan, cette jument pommelée, la passion d'un officier du camp, et que vous l'avez poussé droit devant, sans savoir où vous alliez, espérant juste qu'ils ne tireraient pas parce qu'ils ne voudraient pas risquer de blesser la bête, lorsqu'elle vous a porté, sauvé... admettons que l'interrogation vous est venue. Pourquoi ? La jument est morte, d'épuisement et de froid, je suppose. Pourquoi ne pas l'avoir mangée ?

— On ne mange pas une compagne qui vous a sauvé la peau, même si on crève de faim et même si c'est un animal. On bouffe des racines, des cadavres de mulots. Ça file la chiasse, mais ça cale.

— Oui, c'est ce que je pressentais. Vous savez, lorsque quelqu'un se remet d'une maladie terrible, il pavoise, il sable le champagne. Il y a une belle satisfaction à rouler la mort, se dire qu'on a été le plus fort ou le plus malin. Pas vous, aucun d'entre vous. Vous n'avez jamais pensé que c'était vraiment « chouette » de vous en être sorti. Alors, qu'est-ce qui reste ?

« Qu'avez-vous pensé, tous, vous Simon, Isabel ? Serait-il indigne de suggérer qu'à un moment, vous vous êtes dit que c'était un signe ? Que quelque chose vous était réservé, une tâche, un devoir, un truc ? Pourquoi avoir rejoint la Résistance française, Mr Kaplan ? Hein, pour quelle raison ? Vous aviez déjà payé le maximum.

— Mon passé, la Résistance, rien ne vous appartient, Mr King, et je n'ai aucune envie de les partager avec vous. Mais vous, de quoi parlez-vous : de Dieu ?

— Pourquoi pas ?

— Vous me faites penser à un prêtre, lâcha Simon d'un ton qui devenait désagréable.

— Sans doute parce que je l'étais.

— Prêtre ?

— Oui. J'ai abandonné la prêtrise il y a trois ans.

— Défroqué ?

— Oui, c'est comme ça que l'on dit. Ce n'est pas grave, juste un mot déplaisant. On n'en meurt pas.

— Démissionnaire, alors ?

— Oh surtout pas, je n'ai jamais perdu foi en ma mission.

— Qu'est-ce que vous faites au FBI ?

— C'est une très longue histoire. Peut-être ai-je moi aussi

senti qu'il y avait un signe, un appel, quelque chose que je ne pouvais pas résoudre, auquel je ne pouvais pas répondre sans déshonorer la robe. J'ai préféré la quitter. Je la garde en moi, mais c'est une autre histoire et elle n'engage que moi. M'aiderez-vous ?

— Je ne suis pas sûr de comprendre.

— M'aider à coincer ce type, pour épargner d'autres Sam.

— Avec un curé, Mr King ? Vous rigolez ! Si je coinçais ce dégénéré, ce serait pour l'éradiquer de façon définitive. Comment dites-vous chez les chrétiens, déjà ? Tendre l'autre joue ? Mon cul ! J'ai vu ce qu'il avait fait à Sam. Je suppose que les autres gamines étaient dans le même état. Il n'y aura pas de pardon. Quant à ce que vous nommez absolution, chez nous elle se gagne sur toute une vie, elle ne se distribue pas.

— Non, je suis indigne de l'absolution. Elle ne m'appartient plus. J'ai fait un choix. J'ai choisi les purs et les doux.

— Je ne comprends pas ce que vous dites, mais ça m'est égal. Ce que je veux savoir, c'est si vous êtes décidé à aller jusqu'au bout.

— Mais il n'y aura jamais de bout, Mr Kaplan. Il y a une lutte permanente, décourageante parce qu'on n'y gagne jamais rien d'autre qu'un petit répit. À chaque fois que l'on remporte une bataille contre la destruction, la cruauté, bref le mal, une autre se prépare à faire rage. C'est l'histoire de l'humanité et elle ne finira qu'avec elle.

Simon s'adoucit soudain, parce qu'il partait dans sa tête :

— Vous savez, lorsque la guerre a été finie, lorsque tout le monde a appris l'holocauste, les chambres à gaz, l'extermination organisée de dix millions d'êtres humains, les tortures, j'ai cru... Enfin, j'ai espéré que nous avions payé le prix du sang pour que cette horreur reste à jamais gravée dans les mémoires et qu'elle en décourage d'autres. Je me suis trompé. Les hommes ont la mémoire si courte lorsque ça les arrange... Isabel, veux-tu nous faire un thé ?

— Oui, Simon. Ne l'oubliez pas, tous les deux. C'était ma fille, c'est ma fille. *Où Simon ira, j'irai. Où il demeurera, je demeurerai. Où il mourra, je mourrai et j'y serai enterrée.*

John King baissa les yeux vers la table et murmura :

— Livre de Ruth, 15-19. Naomie supplie sa belle-mère Ruth de lui permettre de l'accompagner. Je vais vous laisser. Je vous appellerai demain. Pour savoir. Selon ce que vous me direz, je reviendrai ou alors nous ferons tous comme si ces instants n'avaient jamais existé.

John King partit, laissant derrière lui, posé sur la table de la cuisine, quelque chose de sale, d'immonde, et puis une petite carte blanche, avec un simple numéro de téléphone gravé sous son nom.

Un désespoir, un petit dossier jaune pâle et plat dont Isabel savait que si elle l'ouvrait, si elle le lisait, il n'y aurait plus de vie, plus d'oubli.

Elle se laissa aller à la lassitude qu'elle repoussait depuis des jours. Une sorte de coton, pas désagréable. L'impression que l'on fond dans quelque chose de tiède, que peut-être, on pourra y dormir un peu. Simon la fixait, les joues creusées, vieillies par la poussière d'une barbe blanche naissante. Elle avança le visage vers lui et posa sa joue dans la grosse main rêche.

— Qu'est-ce que je dois faire, Simon ?

— Je ne sais pas, Isabel. Ton beau-père t'ordonne de ne pas le lire parce qu'il t'aime ; le grand-père de Samantha souhaite que tu en prennes connaissance, parce qu'il veut que celui par qui l'horreur est arrivée paye.

— Paye ?

— Oui, payer. Il faudrait toujours payer ce que l'on doit, ce que l'on a pris, ce que l'on a détruit.

Elle plongea. Elle l'ouvrit, elle le lut. Les organes de

Samantha s'y trouvaient étalés, croquis à l'appui, du moins ce qu'il en restait. Elle apprit que dans le joli cercueil en bois laqué avaient été rassemblés des bouts de membres, des bouts d'os, des tissus épars. Ce qu'il avait laissé de sa fille : une tête décapitée à la face défoncée. Simon avait exigé un cercueil scellé parce qu'ils avaient été incapables de reconstituer le corps de Samantha. Ils y avaient placé ce qu'ils pensaient lui appartenir.

Elle allait le tuer.

Elle le tuerait.

Si elle parvenait à le localiser, c'est ce qu'elle ferait. Il n'y aurait ni pardon, ni questions, ni circonstances atténuantes. Il fallait qu'elle le trouve. Elle tuerait du même coup Ta Mok, « le boucher », et Nam Nay, l'homme de main, spécialiste des décharges électriques et de l'arrachage des ongles. Et puis aussi Cham Daravuth, le tueur qui avait peur de verser le sang parce qu'il était bouddhiste, qui n'aurait pas mangé un animal à moins qu'il fût tué par un autre, et qui traînait les prisonniers et les mourants au bord de la fosse commune, les faisait agenouiller et leur explosait le crâne à coups de rayons de roue de charrue. Ils tombaient directement dans la fosse, en tas sur les autres : c'était plus aisé. Ainsi, il n'y avait pas vraiment de sang, juste une bouillie blanchâtre, à peine rosée. Elle tuerait tous ces êtres dont elle n'avait jamais compris comment, ni pourquoi ils pouvaient vivre. Ça vaut le coup, ça vaut la prison, ça vaut même la mort. Faire taire le hurlement de milliers de gens, comme ça, d'un seul geste. Faire croire à Sam, aux deux autres jeunes filles que l'impunité n'existe pas, que tout se paye. C'est faux, bien sûr, mais elles étaient si jeunes, elles le croiraient ; ça fait partie des conneries auxquelles on s'accroche, lorsqu'on croit encore que l'on peut faire changer le monde.

Mais c'est vrai qu'on peut refaire le monde. Simon le disait et il avait raison. Bien sûr, Isaac ne pouvait pas le comprendre, parce qu'il faut admettre que comme le reste, cette modification a un prix : le sien. Rien n'est gratuit, jamais. Son prix, c'est le sacrifice. Un tribut. Un jeu de con auquel il faut adhérer.

Jusqu'où est-on capable d'aller pour modifier la course des choses, ce qui, un jour peut-être, deviendra l'Histoire ? Jusqu'au bout ? Le sacrifice de soi ? C'est bien, ça peut marcher, mais il n'y aura ni marchandage, ni accommodation avec la foi, ni dérobade. Peut-être la vie usera-t-elle de son droit de grâce ? Peut-être pas. C'est le prix qu'il faut payer et c'est tout.

Du reste, d'une certaine façon, Simon et elle étaient déjà morts depuis bien longtemps dans les camps, même si personne ne s'en rendait compte et même si, parfois, ils parvenaient eux-mêmes à l'oublier. Ils étaient des survivants, des sursitaires en attente de quelque chose, peut-être, comme l'avait dit John, d'une explication.

Elle reposa le dossier et regarda Simon qui ne l'avait pas quittée des yeux. Elle murmura, calme :

— Je vais le tuer.

— C'est bien. Je vais t'aider. Il ne faut pas tolérer que d'autres prennent la place de ceux que nous avons connus. Range le dossier. Isaac ne doit pas le voir.

— Tu crois que si je le tue, les autres mourront du même coup ?

— Je ne sais pas. Ce que je crois, c'est que ça vaut le coup de le vérifier.

— D'accord.

— Tu as peur de mourir, Isabel ?

Elle fixa le regard gris-bleu et sourit, inconsciente des larmes qui lui montaient sous les paupières :

— J'ai eu tellement peur de mourir, Simon, des mois et des mois. J'aurais fait, j'ai fait n'importe quoi pour qu'ils ne me tuent pas. Et puis, quand ce tordu m'a demandé de le sucer et qu'il m'a permis de m'enfuir, que je suis arrivée au bateau après des nuits de marche, je me suis dit que la meilleure solution aurait été qu'ils me tuent tout de suite, comme tant d'autres.

« C'était trop tard. Je ne sais pas ce qui m'a pris, je ne sais pas pourquoi je me suis tellement accrochée à cette idée de vie qui ne signifiait plus rien, même pour moi. Ça ne doit pas être si terrible que ça, la mort. Enfin, je veux dire que j'ai vu bien pire. De cela, je suis certaine. »

Simon la regardait, l'étirement de ses lèvres la surprit. Elle pensa soudain qu'il avait dû être très bel homme, grand, large, blond-châtain, avec ce regard mouvant. Isabel n'avait jamais pensé à lui comme à un homme. Il était le père de son mari, le grand-père de ses enfants. Elle se rappela soudain un mot amusé d'Isaac : « Ça a été un chaud lapin. » Cet homme, qui pour elle n'avait jamais vraiment eu de sexe, avait été un jour un amant, peut-être même un coureur de jupons, un mari. Elle s'en voulut. C'était un homme, pas seulement une sorte de balise confortable du temps.

— Tu aimes Isaac, mon fils ?

La question sidéra Isabel :

— Hein ?

— Est-ce que tu l'aimes, Isaac ? Dis-moi la vérité.

Sans même le vouloir, elle chercha une jolie dérobade, mais le temps était passé, pour cela aussi :

— Je l'aime vraiment beaucoup, donc je suppose que je ne *l'aime* pas comme ça.

— Hum. Pourquoi ?

C'était une vraie interrogation, sans accusation, sans hargne :

— Tu sais, d'abord, c'est différent dans la culture asiatique. Et puis même, je crois que c'est fini. Même si j'avais pu aimer ainsi, ce serait impossible. Est-ce que ça existe seulement l'amour fou, la passion déraisonnable ? Isaac est merveilleux, gentil, je ne le quitterais jamais, jamais je ne le tromperais. De toute façon, ce serait idiot. Je ne sais pas avoir ce genre de sentiment, ni pour lui, ni pour personne. Je l'ai épousé parce qu'il était bon, amoureux, qu'il croit toujours à des tas de trucs. Mais moi, je ne peux plus.

– Je vois. La mère d'Isaac n'a pas été très heureuse, je crois. Elle était née dans ce pays. Elle savait, les camps, le reste. Mais cela ne sert à rien. Elle n'a jamais vraiment *ressenti*, c'est normal, ça la terrorisait tant. C'était une femme douce, aimante. Elle était à des années-lumière de la barbarie. Elle méritait mieux que moi, parce que j'étais tellement ailleurs. J'ai été un mari parfait, ça je le sais. Enfin, tu vois, sur toutes ces choses que l'on fait ou ne fait pas lorsqu'on est un bon mari. Les rares fois où je l'ai trompée, elle ne l'a jamais su, et je crois sincèrement qu'elle ne s'en est jamais doutée. Mais c'était une femme, elle était fine. Elle a toujours senti que mon esprit était ailleurs, ou peut-être plus nulle part.

« Elle est morte comme elle était : doucement, sans vouloir embarrasser personne. Je crois qu'elle avait contracté ma lassitude de ce monde, sauf que moi, j'y résiste toujours. Je n'arrive pas à me permettre de mourir. Le pire, c'est que je serais encore capable de piquer cette belle jument grise, pour vivre, survivre. »

Isabel se leva, croisa ses bras derrière son dos et murmura :

– S'il fallait le sucer à nouveau, je le ferais. Si je meurs, je veux savoir pourquoi. J'ai gagné le droit de choisir quand ça s'arrête.

Simon pouffa, son torse partit en avant et son front frôla la table :

– Oui, c'est cela, ma jolie, c'est exactement cela : c'est nous qui disons quand !

Isabel sourit, sottement bouleversée. C'était la première fois qu'il l'appelait « ma jolie ». Elle s'était toujours demandé, avant, si ces Occidentaux trouvaient véritablement ses traits khmers esthétiques, troublants, ses yeux si fendus que la paupière inférieure semblait presque superflue pour les fermer, ce nez si petit, si plat. Qu'elle fût soudain *sa jolie* prouvait qu'elle était une femme, davantage qu'un meuble aimable dans l'environnement de Simon. Elle se fit la réflexion étrange qu'ils se découvraient mutuellement, devenaient soudain l'autre, pas seulement un lien nécessaire, légal, avec le passé : la femme du mari ou le père du mari.

VIII

John King était revenu, plusieurs fois. Simon et Isabel avaient gratté au plus profond de leurs souvenirs pour remonter la trace de Samantha. L'ancien prêtre avait formulé le souhait de rencontrer Thomas. Sans doute avait-il raison et pouvait-il l'accompagner un peu dans la débâcle de leurs gentilles vies. Mais quelque chose retenait Isabel, comme si elle était encore convaincue qu'elle seule pouvait protéger son fils.

Isabel passait les journées qui séparaient deux entretiens à noter sur un petit calepin la moindre bribe de souvenir, le moindre rien de la vie de Samantha. Simon n'en avait pas besoin. Il avait, comme tant de personnes âgées, une mémoire presque pathologique pour tout ce qui concernait le passé, même si le présent lui semblait de si peu d'importance qu'il l'oubliait au fur et à mesure de son déroulement.

Jusqu'à ce matin-là. Isabel était sortie de la douche, ses longs cheveux si bruns trempés d'eau. Avant, c'était un moment qu'Isaac adorait. Il se précipitait et essorait sa chevelure parfumée au chèvrefeuille, pour tirer son visage contre sa bouche. Depuis Sam, il ne le faisait plus.

Isaac était avachi sur le bord du lit, les jambes écartées, son sexe pendant entre ses cuisses, ses mollets pâles et poilus contrastant avec le bleu marine de ses chaussettes. Il tenait à la main un dossier jaune pâle. Isabel se figea à l'entrée de leur chambre. Il leva la tête et déclara doucement :

– Je cherchais un slip, je me suis trompé de tiroir. Pourquoi vous ne m'avez rien dit ?

Soudain il se leva et hurla :

– Je suis quoi à vos yeux, à tous les deux ? Un débile ? Une larve ? Je suis comme ma mère, c'est ça ? Sauf qu'elle, c'était acceptable parce que c'était une femme ? Réponds !

– Isaac, je...

– La ferme, tu es comme lui ! Il la méprisait, tu m'entends. Oh, il était gentil, il a toujours été courtois, mais il la méprisait et elle le savait. Elle n'était pas ce qu'il voulait. Tu sais ce qu'il voulait ? Sa mère. Il voulait une femme qui soit comme Judith Kaplan, exactement. Ou du moins ce qu'en a fait sa mémoire. Il voulait une lionne et il est tombé sur un petit oiseau. Esther, ma mère...

Il s'interrompit pour rétablir le débit de sa voix.

– Ma mère était fragile, elle était douce, apeurée, elle n'était pas faite pour lutter. Il n'a jamais compris. C'est lui qui l'a tuée. Je te dis que c'est lui ! Elle s'est sentie tellement inutile, tellement nulle... Je sais, je l'ai senti lorsqu'il partait et qu'elle me serrait dans ses bras comme si elle allait mourir ; et elle est morte, de rien, de lui. Il me juge comme elle, et toi aussi.

– Non, c'est faux. Simon n'a tué personne. Personne ne te juge.

– Sans blague. Alors pourquoi ? Pourquoi tu as caché ce dossier ? Tu l'as lu, toi. Pourquoi... Bordel, c'est mon bébé, à moi aussi ! C'est mon bébé-fille qu'on a... Je vais le tuer. Je le hais. Je veux qu'il meure.

Il fondit en larmes. Isabel le prit dans ses bras. C'étaient des sanglots d'homme, étranges, presque sans larme, des hoquets secs, râpeux, douloureux.

– Écoute Isaac, je vais te confier un secret. C'était trop beau, cette vie, c'était comme un film, je n'y ai jamais vraiment cru. Chut, là, c'est fini, cesse de pleurer, ça ne sert à rien.

« Tu sais, quand ce type – c'était un Khmer – a voulu me sauter... C'était un sous-fifre, il ne pouvait pas. Presque tous les autres m'étaient passés dessus, mais pas lui. Ça le faisait bander, je crois, d'être comme les officiers, et la démonstration passait par mon vagin. J'étais la pute en titre du chef, j'étais très jeune, très jolie. Et je m'en foutais. Ce sont les premiers viols qui comptent. Après, tu ouvres les cuisses et tu attends que ça se passe. C'est ça ou le lit à mailles. Il m'a dit que si je lui faisais des trucs, il me ferait sortir. C'est comme ça que je suis parvenue à m'enfuir. En laissant derrière les autres, ma mère et la dernière de mes sœurs.

« C'est pour te dire que toutes ces années n'étaient finalement qu'une série de pointillés. Je reprends mon histoire où j'avais espéré pouvoir la laisser. Non, c'est faux, je n'ai jamais cru qu'elle m'oublierait. Ce type, qui a fait ça à notre bébé, je le connais, je l'ai vu des dizaines de fois, là-bas. Simon aussi le connaît sur le bout des doigts. Et nous savons une chose : si personne ne les arrête, ils continuent, encore et encore. Tu sais, nous partageons l'un et l'autre quelque chose que tu comprends mais qui n'est pas inscrit en toi : des milliers et des milliers de tortures, de morts. C'est pour ça que nous avons caché le dossier, pour toi.

La tête enfouie dans le ventre de sa femme, il finit par se calmer.

Elle caressa les cheveux frisés, serrés et murmura :

– Tu ne dois pas y aller. C'est à nous. C'est notre tour.
– Mais c'est con, bordel ! Pourquoi ?
– Je ne sais pas. C'est comme ça, c'est tout. Peut-être parce que Simon et moi étions tous les deux au mauvais endroit au mauvais moment, et qu'on ne revient pas sur l'histoire.
– Qu'est-ce qu'il a dit, ce curé ?

Elle lui raconta leurs différentes rencontres, craignant qu'il ne s'en offusque, lui tienne rigueur de l'avoir maintenu dans l'ignorance ; mais Isaac écoutait, bouche entrouverte. Lorsqu'elle se tut, il se leva et déclara simplement :
– Je vois.

IX

Une sorte d'exaspération faisait trembler ses mains. Isabel dut s'y reprendre à plusieurs reprises avant de refermer convenablement la cocotte-minute. Que faisait ce type ? Ce curé, comme le nommaient Isaac et Simon. Il ne les avait pas appelés depuis plusieurs jours. Elle avait laissé une bonne dizaine de messages sur son répondeur. Elle aurait pu réciter par cœur la bande d'annonce, la voix grave, presque joyeuse qui déclarait : « Vous êtes en communication avec le répondeur de John King. Je vous rappellerai dès que possible. » Il n'allait pas abandonner après les avoir convaincus ? S'il le fallait, elle était capable de se rendre jusqu'en Virginie, à cette mystérieuse base de Quantico, faire un siège, emmerder le monde, jusqu'à ce qu'on lui explique par où commencer. Pour le reste, Simon et elle se débrouilleraient ; ils n'avaient besoin de personne.

Elle regarda sa montre. Isaac avait une heure de retard, comme d'habitude, si l'on concevait que ladite habitude remontait à quelques jours seulement. Depuis une semaine, il rentrait de plus en plus tard, de plus en plus épuisé, prétextant des réunions tardives auxquelles personne ne croyait. Du reste, il ne mettait pas une grande conviction dans cette série de mensonges répétitifs et malhabiles. Qu'importait ? Et même s'il s'envoyait en l'air avec une pute quelconque, Isabel l'aurait admis. Avant, elle lui aurait arraché les yeux, mais aujourd'hui, cela prouverait qu'il avait encore envie d'avoir envie de la vie. Elle s'en sentait de moins en moins capable.

Elle décrocha le combiné de la cuisine, fatiguée par avance de devoir articuler des sons. La voix incertaine de Thomas la surprit. Elle se souvint soudain qu'elle ne l'avait pas appelé depuis des jours, effaçant au fur et à mesure ses messages sans les écouter, de peur qu'il parle de Sam, qu'il pleure, qu'il explose de fureur :
– Maman ?
– Chéri.
– Pourquoi tu ne m'as pas rappelé ?
– Je...
– C'est pas grave. Comment tu vas, et papy, et papa ?
– On survit.
– Et l'enquête ?
– Rien pour l'instant. On a vu des gens du FBI. Il y a eu d'autres jeunes filles.
– Sac à merde ! Et ?

Elle hésita à lui parler de John King. Mais Thomas avait tant besoin de croire à quelque chose, de se convaincre que l'on allait arrêter l'assassin de sa sœur, qu'il était capable d'espérer, comme une évidence.
– Et un homme, un profileur qui travaille pour le FBI, est venu nous voir. John King, un ancien prêtre. Il est déter-

miné. Papy se méfie de lui, mais je ne sais pas pourquoi, j'ai l'impression qu'il peut remonter la piste de l'autre.

— Un prêtre ? C'est des nuls.

— Peut-être, je ne sais pas.

Il s'emporta brusquement, et elle comprit que son tendre garçon, ce jeune homme si posé, était rongé par la haine, comme eux :

— Si. C'est des connards. Ce mec leur fait la nique et ils ne sont même pas foutus de lui mettre la main dessus, avec tous leurs moyens. Et d'autres gamines vont se faire buter. Comme Sam. Un prêtre, et pourquoi pas une messe, tant qu'on y est !

Isabel ne répondit pas. Il soupira, et reprit de cette voix de petit enfant qu'il retrouvait toujours, lorsqu'il pensait avoir fait une ânerie :

— Maman, j'ai... acheté une arme.

— Quoi ?

— J'ai acheté un flingue, d'accord ! Et ce n'est pas la peine de dire quoi que ce soit, j'ai raison. Si Sam avait eu une arme...

— Qu'est-ce que tu veux en faire ?

Presque boudeur, il répondit :

— Je sais pas.

Elle se retint de l'insulter et maintint sa voix sifflante dans un registre à peu près normal :

— Thomas, je viens de perdre un enfant. Tu sais ce que cela représente pour une mère ? Non. Eh bien, je ne peux pas te l'expliquer parce que moi-même, je l'ignorais. Je ne supporterai pas de perdre mon fils, en plus. C'est clair ? Ta vie ne t'appartient pas. Elle est à moi, de moi ; d'ailleurs, elle l'a toujours été. Avant, je ne te l'aurais jamais dit, parce que ce n'est pas bien, il faut laisser les enfants libres. Mais maintenant, je m'en fous, de ça comme du reste. Tu ne peux pas en disposer, me la prendre, m'en priver : ce serait de l'escroquerie. Je te tiens pour responsable de ta vie envers moi. Est-ce que tu comprends ?

Il y eut un silence. Thomas aimait tant les silences qu'elle s'en était parfois inquiétée, même si elle y retrouvait une part de son passé. Ce n'est pas normal, un enfant qui ne crie pas, qui ne vitupère pas, qui pleure rarement. Un enfant, c'est un univers de bruits et de sons, parfois entêtants jusqu'à l'exaspération.

– Thomas ? Tu comprends ?
– Oui. Tu veux que je vienne ?
– Est-ce que toi tu veux venir ? Je veux dire, est-ce que cela te ferait du bien en ce moment ?
– Non. Je préfère être seul. Mais si tu veux, je viens.
– Non, je ne veux pas.
– Je t'aime, maman.
– Moi aussi, chéri, tellement. Thomas, débarrasse-toi de cette arme, tout de suite. C'est un ordre.
– D'accord.
– Tu promets ?
– Oui.
– Dis-le.
– Je promets.
– Dis-le complètement.

Elle retrouvait sans y penser le code des premières années, lorsqu'il fallait préciser chaque point pour empêcher Thomas de trouver une échappatoire qui ne soit pas un vrai mensonge. Thomas avait une sorte de méticulosité dans le mensonge. Tant qu'elles n'étaient pas prononcées, les choses demeuraient dans une sorte de demi-vérité floue dont il s'accommodait assez bien. Pour lui, le mensonge était une action. On ne mentait que lorsqu'on parlait, mais jamais en se taisant. Peut-être était-ce une des raisons de ses silences qui n'en finissaient pas.

Isabel en était arrivée à lui faire promettre des listes de précisions, comme une interminable série d'avenants corrigeant une sorte de contrat muet, donc contournable. C'était l'inverse avec Sam. Le mensonge lui venait comme une vérité préférable, plus drôle. Elle y ajoutait une sorte d'onirisme, des descriptions invraisemblables, des détails si fantasmagoriques que son père et son grand-père en riaient. Pour elle, peu importait qu'on la crût, qu'on la grondât. Il lui fallait séduire.

Isabel sourit, perdant un peu des mots de Thomas.

Un jour, Samantha était rentrée le visage barbouillé d'une suie noire qui lui montait jusqu'à la racine des cheveux. Elle devait avoir 5 ou 6 ans à l'époque. Le cours primaire était juste en face de chez eux, de l'autre côté de la rue. Affolée, sa mère l'avait suivie dans le salon. La petite fille s'était figée devant son grand-père et avait déclaré d'une voix caverneuse :

— J'ai sauvé ma maîtresse d'une mort affreuse.

La formulation très sitcom avait étonné Isabel. Faussement troublé, Simon avait demandé :

— Comment ça, ma chérie ?

— Nous avons eu un incendie, une cigarette mal éteinte, sans doute.

Prétendant l'affolement, Simon avait soufflé :

— C'est pas possible !

— Si. Le brasier a pris comme sur de la paille sèche. Les flammes sont montées si vite. C'était affreux, papy.

Isabel s'était ruée sans un mot dans la cuisine pour regarder par la fenêtre. La pimpante petite école vieux rose ne gardait aucune trace des supposés ravages. Elle était revenue dans le salon. Simon écoutait sa petite fille bouche bée :

— ... Miss Morris a été héroïque. Elle a tenté de faire sortir tous les petits, mais je suis restée. Elle avait du mal à respirer avec toute cette fumée noire et grasse. Je le voyais bien.

53

— Et alors, chérie ?

— Alors papy, nous n'avions pas le temps d'appeler les pompiers. Et soudain, j'ai vu miss Morris s'effondrer. Je me suis précipitée. Je l'ai traînée. Bien sûr, pour moi, elle était lourde. Mais j'y suis arrivée quand même. Elle a repris conscience dans le couloir, mais elle avait la nausée à cause de la fumée. Elle a vomi. Je lui ai tenu le front, comme ça. (Elle posa sa petite main sur sa mèche brune.) Ça lui a fait beaucoup de bien. Et puis après, les pompiers sont arrivés et ils m'ont longuement félicitée.

— Normal, il y avait de quoi. Tu as été parfaite, mais cela ne m'étonne pas de toi. Va te débarbouiller, tu as encore plein de suie sur la figure. C'est ton père qui sera fier de sa fille quand je vais lui raconter.

— N'est-ce pas, papy ?

Machinalement, Isabel avait téléphoné à miss Morris, lui demandant quel texte elle avait lu aux enfants dans la journée.

— Oh, un magnifique récit sur des pompiers qui sauvent les enfants d'une école. Samantha a adoré.

Folle de rage, Isabel avait déboulé dans le salon et apostrophé son beau-père :

— Mais elle ment et tu la félicites !

Il avait ri doucement :

— Non, elle ne ment pas. Elle conte.

— Vous allez la pourrir, tous les deux.

— Non, nous allons lui montrer combien elle nous intéresse.

Le soir, alors que Sam dormait, Isabel avait trouvé dans son sac à dos koala les deux bouchons de liège carbonisés, dont elle s'était servie pour se tartiner le visage de suie.

Les larmes lui vinrent aux yeux. Elles n'allaient pas couler. Ce serait trop facile. Elle ne comprit que les derniers mots de Thomas :

– ... tout de suite.
– Répète.
– Je promets de me débarrasser de cette arme tout de suite.
– Bien. Au revoir, mon chéri. Je t'aime très fort.
– Moi aussi, maman.

Elle raccrocha et resta les bras ballants, épuisée à l'idée de parcourir les quelques mètres qui la séparaient de l'évier. Rien n'avait aucun sens. Tous ces gestes, ces mots. Faire à manger, se laver, éplucher des légumes, aller chercher le courrier, bouger : tout était superflu et évitable. La seule chose qui restât était cet homme décliné des centaines de fois, dans des centaines de lieux et qu'elle voulait tuer.

Une haine folle la précipita vers la cuisinière ; elle arracha la cocotte bouillante du feu et la lança de toutes ses forces dans la cuisine. La vapeur se rua par l'orifice de la soupape, un jet de liquide bouillant arrosa le sol et les éléments de bois clair, puis l'épais aluminium percuta le carrelage dans un bruit de cataclysme. La cocotte rebondit plusieurs fois, tournant sur elle comme une toupie, se vidant partiellement d'un bouillon jaunâtre et fumant.

– C'était Thomas ?

Isabel s'arracha de la contemplation des traînées de liquide et regarda Simon, sans comprendre ce qu'il disait. Il s'approcha de la cocotte et la souleva pour la reposer sur la cuisinière avant d'éteindre le gaz :

– J'espère que c'était pas trop gras. C'était Thomas, le téléphone ?
– Oui. Non, c'était de la soupe à la tomate.

Elle sortit la cuvette du placard sous l'évier et la remplit d'eau chaude.

– Isaac n'a pas appelé ?
– Non.
– Il est pas loin de 8 heures. Il est très en retard.
– Je sais.

— On l'attend encore un peu et on mange ? Comment va Tom ?

— Pas trop bien, je crois. Je vais nettoyer.

Elle ne voulut pas lui parler de l'arme.

Simon s'installa à sa chaise coutumière, celle qui lui permettait de voir en oblique les informations diffusées par la télévision du salon.

Il posa sa main sous son sternum et grimaça.

— C'est ton ulcère qui repart ?

— Oui. Ça me donne des brûlures.

— Tu devrais aller voir le médecin.

— J'y suis déjà allé.

— Il y a longtemps.

— Non, j'y suis retourné il y a deux mois quand ça a recommencé.

— Et pourquoi ne nous en as-tu pas parlé ?

— Oh, j'ai oublié. C'est pas très important. Douloureux par moments, mais c'est tout. Ça va mieux en mangeant. J'ai un peu de mal à digérer, mais ça finit par passer. Quand Isaac rentrera, j'aimerais que tu me laisses un peu de temps pour parler avec lui.

— Oui... Je...

— J'ai deux trois trucs à lui dire. Je préfère une conversation d'homme à homme.

Isabel vida le contenu de la cuvette dans l'évier, rinça la serpillière et se tourna vers lui, ne sachant pas comment commencer. Simon était un homme d'une autre époque, d'une autre culture. Il avait des relations entre les êtres une conception étrangement anachronique et pourtant péremptoire.

— Simon... si Isaac a une maîtresse, ce n'est pas grave, pas en ce moment.

Il regarda ses grandes mains carrées, posées bien à plat sur la table et déclara :

— Il n'a pas de maîtresse. C'est pas ça.

– Quoi alors ?
– Je ne sais pas trop, c'est pour ça que je veux lui parler. Il est différent, je n'arrive plus à savoir où il est.

L'agacement la gagna d'un coup et elle fit un effort pour rester courtoise :

– Cela me semble relativement normal, non ? On a tous changé parce que rien ne sera plus jamais normal.
– Ça je sais. C'est autre chose.
– Mais enfin quoi, bordel ?

Il leva les yeux, surpris. Simon détestait les femmes grossières, cela faisait partie de ce que n'aurait jamais été Judith Kaplan.

– Je crois qu'il est en train de perdre les pédales. Je crois qu'il le sait et que c'est ce qu'il veut. C'est pour ça qu'il ne veut plus nous parler. Mais je ne le laisserai pas faire : contrairement à ce qu'il espère, ce n'est pas la solution.

Elle se sentit prise en faute, coupable. Pourquoi n'avait-elle rien vu, rien compris ? Simon avait raison, bien sûr. Isaac semblait éprouver de plus en plus de difficultés à parler, à participer à cette sorte de quotidienneté qu'elle et Simon tentaient de maintenir. Il se concentrait pour parvenir à capter les banalités habituelles qui s'échangeaient autour de la table, pour y répondre de quelques mots. Personne ne parlait de Sam, ni même de John King. Une sorte de pacte tacite les liait, se traduisant par un silence supportable. Il partait très vite le matin, rentrait de plus en plus tard le soir. Pourquoi ? Éviter de rencontrer Samantha dans les moindres recoins de la maison, ou au contraire pour se concentrer uniquement sur elle sans que les autres le dérangent ?

Le grincement de la porte moustiquaire fit sursauter Isabel :

– Je crois que c'est lui, Simon.
– Bien.

Isabel eut la sensation qu'une petite éternité s'écoulait

pendant qu'Isaac se débarrassait de son imperméable, posait sa serviette, chaussait ses pantoufles dans l'entrée. Les battements de son cœur se précipitèrent jusqu'à résonner dans sa gorge, sans qu'elle comprenne vraiment pourquoi.

Isaac déposa un baiser sur son front, comme toujours, et elle dut chercher son souffle pour mentir :

— Je monte. Je crois que j'ai laissé la fenêtre de la salle de bains ouverte. De toute façon, il faut que je vide la machine à laver. On dîne après.

Isabel se cramponna à la rampe pour gravir les marches, soufflant bouche ouverte. Une douleur intercostale électrisa sa cage thoracique et elle ferma les yeux pour se concentrer sur son ascension. Enfonçant son poing sous son sein, elle haleta pour reprendre sa respiration. Enfin, elle parvint dans la salle de bains et s'aspergea le visage d'eau froide. Elle se laissa tomber sur l'abattant en bois des toilettes et une vague de nausée la releva. Elle n'eut pas le temps de soulever l'abattant et vomit une sorte de liquide jaune pâle et mousseux sur le tapis de bains. Cette odeur, elle la connaissait si bien...

Ils vomissaient tous, elle aussi, après les séances d'immersion, lorsque leurs cellules asphyxiées les forçaient à ouvrir la bouche sous l'eau. Des litres et des litres d'eau. Ils vomissaient tous, jusqu'à ce que l'eau qu'ils dégueulaient se teinte de rose. Ils vomissaient parce que le peu de déchets qu'on leur balançait était frelaté, pourri. Ils vomissaient de trouille, aussi. Isabel se passa le visage au savon, frottant jusqu'à avoir mal. Elle sortit sa brosse à dents du placard scellé au-dessus du lavabo et gémit lorsqu'elle se rendit compte qu'elle s'était trompée. Au lieu du dentifrice, elle avait étalé sa crème de nuit sur les soies. Bien fait. Elle allait se brosser les dents, jusqu'au bout, bien fait pour elle. Elle compta comme tous les soirs trente d'un côté, puis de l'autre, puis devant. La crème tapissait l'intérieur de ses joues, recouvrant ses dents d'un film gras qui sentait la glycérine et le magnolia. Elle rinça la brosse, déglutissant avec peine, et la frotta sur le savon avant de l'introduire à nouveau dans sa bouche. Le compte minutieux des allers et retours reprit.

Simon avait-il terminé, maintenant ? Avait-il repêché la tête d'Isaac quelque part, et où, et pour combien de jours, d'heures ? Isabel aurait été incapable de préciser depuis combien de temps elle se brossait les dents. Sans doute assez longtemps. Elle redescendit. Un autre silence pesait sur la maison, hostile, meurtrier, mais elle n'y repensa qu'ensuite.

Simon était pâle, debout, rigide. Sa pomme d'Adam remontait très vite, comme si la salive lui faisait défaut. Elle sut que ce n'était plus le moment de poser des questions et, pourtant, elle demanda :

— Où est Isaac ?
— Parti.
— Quoi ?
— Il est parti.
— Mais où, comment ça ?
— Je ne sais pas.
— Vous vous êtes disputés ?
— Non. Il n'a rien voulu expliquer. Il m'a embrassé et il est parti en disant : « Papa, ce monde n'existe plus. Tout est mort. Tu ne comprends pas ? » C'est tout.

Isabel plaqua sa main sur sa bouche pour ne pas hurler. Les sanglots qui ne pouvaient pas naître la faisaient trembler.

— Il faut le rattraper. Maintenant.
— Non. D'abord on ne sait pas où il est parti, et ensuite, il reviendra, une fois la crise passée.
— Et si elle ne passe pas ?

Simon crispa les maxillaires et cracha :

— Elle va passer parce qu'il le faut. Quoi ? Qu'est-ce que

c'est, cette merde de jeu de con ? Qui a dit que toute ma vie je perdrais tout ? Qui ? Lui ? (Il leva le doigt vers le plafond.) Je l'emmerde !

X

Isabel n'avait pas dormi de la nuit. À 9 heures précises, elle avait appelé la succursale de la Eagle trust qui employait Isaac. Monic, la chef comptable qui partageait le bureau d'Isaac, avait demandé :

– Ah, Mrs Kaplan. Comment va Isaac ? Ça passe, cette angine ? C'est fou, lui qui n'est jamais malade. Il faut absolument qu'il nous fasse parvenir le certificat du médecin.

Isaac ne s'était pas présenté depuis cinq jours.

Lorsque Isabel raccrocha, une peine terrible lui fit serrer les lèvres. Elle l'imaginait, errant toute la journée en quête de sa fille. Il avait rôdé autour du collège, contemplant le terrain de sport. Sam était petite mais nerveuse, teigne aussi. Une remarquable attaquante au hand-ball. Sans doute avait-il acheté une glace au vendeur qui avait installé son estafette devant la sortie de l'école. C'était là qu'elle dépensait la plus grande part de son argent de poche. Avant, du moins. Quand Isabel avait réussi à concentrer assez de rage et de haine pour ranger sa chambre, elle avait en effet découvert, dissimulés dans un carton à chaussures, une bonne dizaine de bâtons de rouge à lèvres et quelques flacons de vernis à ongles. Des stickers, aussi. Johnny Depp, Keenu Reeves et quelques chanteurs dont elle ne connaissait rien, si ce n'est que tous avaient des traits vaguement asiatiques et que, d'une certaine façon, ils ressemblaient un peu à Thomas.

Mais qu'espérait Isaac de ce pèlerinage ? Un soulagement ? Il n'y en aurait jamais. Une explication ? La seule qui existât était la satisfaction sadique d'un homme. Tout était né de lui, était mort à cause de lui.

Elle décrocha le téléphone. La colère rendait sa voix suraiguë :

— Vous vous foutez de nous, King. C'était quoi ce jeu, pour vous ?

Un déclic et la voix de King qui répondait :

— Cela n'a rien à voir avec un jeu, Isabel.
— Pourquoi n'avez-vous pas répondu à mes messages ?
— Parce que je n'étais pas prêt. Je cherche.
— Vous aviez dit que nous pouvions vous aider.
— Pas pour l'instant. La chasse ne fait que commencer, Isabel.
— C'est ça pour vous, une chasse à l'homme ?
— Oui, parce qu'il le faut, mais ce n'est pas un homme. Je ne peux rien me permettre d'autre.
— C'est tellement plus confortable, n'est-ce pas, de se dire que ce n'est pas un être humain, que nous sommes différents.
— C'est la vérité, du moins c'est la mienne. Tout dépend de la définition que l'on donne à l'esprit humain.

Elle eut le sentiment que toute sa fureur, toute son énergie coulait hors d'elle :

— Mr King, il faut que je fasse quelque chose, n'importe quoi ! Simon aussi ! On ne peut pas rester là, à attendre, rien. Vous comprenez, il n'y a rien depuis des semaines. Isaac est parti, hier soir.

— Oui, je m'en doutais.

Soudain méfiante, elle siffla :

— Comment ça ?
— Il le cherche. Seul.
— Comment le savez-vous ?

— Mais je ne sais rien Isabel, je le sens.

La panique lui coupa les jambes et elle se raccrocha au combiné mural et au flanc du réfrigérateur. Elle s'entendit gémir :

— Il faut l'arrêter. Il ne faut pas. Isaac n'est pas de taille.

Un silence, puis la voix douce et si autoritaire :

— J'ignore où il est. Je suis sa trace dans ma tête, mais c'est tout. Isabel, rendez-le à son humanité.

Elle cria :

— C'est crétin, vous êtes idiot ! Il ne sait pas ce que c'est. Il n'en a aucune idée.

— Vous êtes comme Simon, n'est-ce pas ? Que savez-vous de ce qui nous pousse, Isabel ?

— Ce sont des fadaises de curé !

— Peut-être. À bientôt, Isabel.

— Nooon...

Mais il avait déjà raccroché. Il était inutile de reformer le numéro, il ne décrocherait pas, cette fois. Elle le détestait. Mais que croyait-il savoir ? D'où lui venait son arrogance ? De la certitude qu'il avait de Dieu ? Foutaises !

XI

Trois jours s'étaient écoulés, sans nouvelle d'Isaac, mais ils n'en espéraient pas. Enfin, si, mais sans y croire vraiment. Isabel et Simon avaient décidé de ne pas alerter Thomas.

Quand reviendrait-il, et dans quel état ? Lorsqu'il aurait enfin admis que Sam était morte, qu'il ne pourrait plus lui passer ses moindres caprices, rire de ses bêtises, caresser ses cheveux. Lorsqu'il sentirait que la petite femme en miniature qui l'avait conquis, séduit plus définitivement qu'une maîtresse, avait disparu pour toujours. Il avait été comme tant de ces hommes qui se rassurent d'avoir un fils comme un nécessaire prolongement d'eux-mêmes, et qui se passionnent pour leur fille : elle devient à leurs yeux une sorte de luxe, sans compétition ni surenchère.

Elle devait se lever. Faire quelque chose. Ne pas rester une heure de plus, dix heures de plus, scotchée à la chaise de la table de la cuisine, le regard perdu vers rien, l'esprit incapable de saisir une idée et de s'y accrocher. Ranger pour la vingtième fois un placard ou nettoyer le réfrigérateur presque vide, c'était déjà quelque chose. Non, elle allait faire le tour de ses provisions, dans le garage, voir si rien n'y manquait. Peut-être même intervertir l'ordre des légumes secs et des conserves sur les étagères. Étiqueter, voilà, il fallait repenser le système d'étiquetage. Ajouter, à la nature du produit, la date de début de stockage et une date souhaitable de consommation bien antérieure à celle de péremption.

Elle commença à se relever, s'aidant du bord de la table parce qu'une lassitude infinie lui coupait les jambes.

La sonnerie résonna. Avant même de décrocher, elle sut que c'était John King, elle sut qu'elle n'aurait jamais dû tendre la main pour soulever le combiné jaune pâle et l'approcher de son oreille.

– Isabel ?

C'était lui. Pourtant, elle ne reconnaissait pas sa voix. Elle était si essoufflée.

– Oui ?

– Isabel... Isaac est ici, à la base.

Un éclair de soulagement la fit presque rire et pourtant ses joues tremblaient de trouille et la pièce tourna autour d'elle. Elle respira très fort, luttant contre l'évanouissement :

– Pardon ?

— Il est mort. Il a été transporté dans notre morgue.

Elle suffoqua et dut articuler en détachant chaque syllabe :

— Alors, c'est qu'il l'avait trouvé.

— Non, je crois que c'est l'autre qui l'a trouvé. Il faut venir l'identifier.

— Où l'a-t-on...

— Dans une benne à ordure à la sortie de Quincy, en allant vers Braintree. Ce qui prouve qu'il est dans le coin. Il est très attaché à ses lieux.

« Une voiture va venir vous chercher et vous conduira jusqu'à Logan. Un avion militaire vous amènera ici. Isabel, je crois qu'il vaudrait mieux que seul Simon...

— Gardez vos conseils, John King.

XII

Simon s'était installé à côté d'elle, à l'arrière de la voiture.

Leur chauffeur, un jeune militaire, blond et rose, aux cheveux très courts qui laissaient transparaître un crâne doux de bébé, avait rougi en leur ouvrant la portière. Il avait baissé les yeux, gêné, et murmuré en bafouillant :

— Mrs et Mr Kaplan, euh... je suis votre chauffeur. Je dois vous conduire à Logan Airport.

Comme si c'était une découverte. Il devait avoir préparé cette introduction, sottement inoffensive, idiote. Isabel s'en voulut de sa hargne contre lui. Il n'ouvrit plus la bouche de tout le voyage, sauf pour leur demander s'ils avaient trop chaud ou trop froid et s'ils voulaient un bonbon à la menthe. Il sentait bizarre pour un blond, pas désagréable, juste déplacé. Une odeur de sueur, forte, cette sueur de gêne ou de peur. Il lui tapait sur les nerfs. Elle ne parvenait pas à se calmer, ni à détourner le regard de sa nuque rose et tendre. De quoi avait-il peur, qu'est-ce qui le gênait, cet abruti ? Du reste, que savait-il de la peur, ce gentil jeune homme rasé de frais ?

Elle regarda Simon. Il eut un petit signe de tête et lui prit la main qu'il serra entre ses gros doigts rêches. Elle s'apaisa un peu.

La voiture contourna Logan pour franchir les grilles par le portail réservé aux véhicules militaires. La nuit tombait, trouée par les cônes de lumière des projecteurs halogènes qui balisaient les pistes. Ils s'arrêtèrent le long d'un hangar et le jeune homme sauta de son siège comme si l'habitacle était en feu. Il ouvrit leur portière et déclara d'un ton soulagé :

– Voilà, nous sommes arrivés. Quelqu'un vous attend dans le hangar. Eh bien, au revoir. Je vous souhaite un bon voyage.

Isabel serra encore plus fort les doigts de Simon qui n'avait pas lâché sa main pour s'empêcher de le gifler.

Il déposa leur gros sac de voyage à leurs pieds et se réinstalla au volant. La voiture démarra en trombe. Simon murmura :

– Chut. Il est jeune. C'est terrible, le regard des gens qui viennent de tout perdre, tu sais. Si ça se trouve, il le découvrait ce soir et il ne pourra plus jamais l'oublier.

– Oui, je sais, Simon.

Ils se dirigèrent vers l'intérieur du hangar. Au fond, en diagonale, une silhouette était penchée au-dessus d'un petit bureau en bois grossier. Elle se redressa et se tourna vers eux. Une femme. Grande et carrée dans son gros blouson de cuir marron. Elle s'avança vers eux. Isabel se fit la réflexion qu'elle était jolie avec ses petits cheveux courts et bouclés, d'un roux presque blond, et cette peau si pâle qu'elle s'irisait sous la lumière crue des plafonniers.

– Bonsoir, Mrs et Mr Kaplan. Je m'appelle Kay Connelly, FBI. L'avion nous attend en bout de piste. Ce n'est pas très loin. Laissez-moi porter votre sac.

Elle avança la main. Simon agrippa plus fermement l'anse et fit non de la tête. Kay Connelly n'insista pas.

Ils la suivirent.

Elle grimpa la petite échelle métallique devant eux et les précéda dans la carlingue basse. Désignant un bat-flanc, elle s'installa sur celui qui était en face.

– Ce n'est pas très confortable, mais le voyage n'est pas trop long.

L'avion décolla rapidement et la nausée reprit Isabel. Elle ferma les yeux. Kay Connelly détailla la sueur qui se formait à la racine de ses cheveux bruns et demanda :

– Vous devriez manger quelque chose. Je dois pouvoir trouver des biscuits.

– Non merci, ça va passer. Enfin, je l'espère. Où sont les toilettes ?

– Il n'y en a pas. L'espace est compté, à cause du matériel.

– Ah.

Un silence s'installa, lourd du son des moteurs et des crachotements des conversations indistinctes en provenance des scanners.

Simon le rompit :

– Vous l'avez vu ? Mon fils, je veux dire.

– Oui. Je travaille avec John King.

– Alors ?

– Alors, Mr Kaplan... (Elle inspira profondément, fixant le bout de ses bottes noires.) ... Alors imaginez-vous le pire, parce que vous serez encore au-dessous de la vérité. Ce sac à merde a fait preuve de beaucoup d'imagination.

– Je vois.

— J'en doute.

Elle releva les yeux et Isabel se demanda si elle ne luttait pas contre les larmes. Mais peut-être était-ce la fatigue, ou la chiche lumière jaunâtre qui baignait l'habitacle.

Le reste du voyage fut silencieux. Simon l'interrogeait parfois sur la durée résiduelle de vol avant d'atteindre la base. Elle lui répondait toujours, du même ton calme, poli. Enfin, l'avion amorça sa descente, virant au-dessus d'une grosse tâche sombre qui ressemblait de loin à un petit bois.

Plus pour rompre le calme dangereux qui s'était installé depuis une heure qu'autre chose, Kay Connelly précisa :

— Les pistes proches de la base sont très courtes. Le pilote est forcé de boucler au-dessus pour ralentir jusqu'à la vitesse d'atterrissage.

L'avion se posa en sursautant à plusieurs reprises, puis il se cabra et s'immobilisa.

Lorsque Connelly fit coulisser la porte, une bourrasque d'air chaud saturé d'humidité s'engouffra dans la carlingue. Une jeep les attendait au pied de l'échelle.

— Nous nous rendons au Jefferson Building. C'est le bâtiment qui héberge l'Unité des Sciences du Comportement, vous savez, comme dans *Le Silence des agneaux*. John King est un des consultants de l'unité, là-bas.

— Et vous ?

— Je suis un des agents que le Bureau lui a détachés : 100 % FBI.

Ils arrivèrent rapidement en vue du bâtiment, hérissé d'antennes satellites, trapu, relié à un autre cube de glace et de béton par un cordon ombilical aérien, en Plexiglas transparent.

Kay Connelly les précéda dans le hall de réception, où un panneau lumineux leur souhaita la bienvenue, les priant de se conformer strictement aux consignes de sécurité. La jeune femme s'entretint doucement avec un vigile de faction, puis revint vers eux avec deux badges.

– Vos chambres sont réservées dans un autre bâtiment. C'est assez spartiate, mais convenable. C'est là que nous logeons les témoins, en général. Ces badges ne vous permettent pas de circuler dans les bâtiments. Donc pas de promenade, je viendrai vous chercher pour vous conduire d'un endroit à l'autre.

– Alors ils servent à quoi ?

– C'est une sorte d'enregistrement, afin que l'on sache que vous n'êtes pas des indésirables ; vous devez les porter de façon visible et ça sert de clef magnétique pour la chambre.

Isabel hocha la tête, sans répondre.

Ils la suivirent, au travers de plusieurs lourds panneaux de verre, verrouillés par des serrures à code, jusqu'aux ascenseurs.

– Nous nous rendons au troisième sous-sol. À l'origine, sous le règne de Hoover, c'était conçu pour résister à une attaque atomique. Les locaux ont été réhabilités et servent de bureaux et de labos, maintenant.

Ils traversèrent une longue salle, quadrillée par des paillasses métalliques, seulement éclairée par les signes lumineux qui indiquaient les sorties de secours. Une odeur âcre et métallique flottait dans l'air.

– C'est une salle d'entretien d'armes. Durant la journée, on ne s'entend plus hurler avec le bruit des détonations et celui de l'air comprimé qui sert à nettoyer les barillets et les canons. L'odeur bizarre, c'est celle de la poudre mêlée à la graisse qu'ils utilisent.

Ils débouchèrent dans un couloir, aveugle comme tout le reste. Le bruit de leurs pas était absorbé par la moquette et seul subsistait le ronronnement de l'air conditionné. Isabel se fit la réflexion stupide que si le moteur tombait en panne, ils mourraient tous, rapidement asphyxiés.

John King les attendait, une fesse appuyée contre le bord

d'une épaisse plaque en Plexiglas fumé qui faisait office de bureau. Il se redressa à leur arrivée et déclara :

— On m'a prêté cet endroit pour vous accueillir.

Cela, Isabel le savait déjà. La pièce n'était pas du tout comme lui. Elle avait un côté féminin, chaleureux, et pourtant, c'était un bureau d'homme. Un homme qui aimait les objets élégants, comme cette très jolie statuette en bronze représentant un éléphant, ou ce vase à haut col en verre dépoli. Un homme méticuleux qui avait proprement aligné ses stylos dans un vieux plumier en bakélite avant de rentrer chez lui. Un homme marié, père de famille, comme en témoignaient les photos d'une femme rieuse aux cheveux mi-longs serrant dans ses bras un petit garçon boudeur, qui se cachait les yeux derrière ses poings fermés. John King n'aimait pas les objets, enfin si, puisque les objets parlent, du moins n'y était-il pas attaché. Elle le savait à la façon dont son regard les saisissait, les scrutait, pour glisser ensuite dessus, comme s'ils n'avaient jamais existé.

— Désirez-vous boire quelque chose ? Il y a une machine à café au-dessus. Elle fait du thé, aussi. Il faut beaucoup d'imagination pour détecter le goût, mais c'est chaud.

Simon le regarda et murmura :

— C'est où, Mr King ?

— Un étage plus bas. Le médecin légiste ne nous a pas attendus, mais ils enregistrent toujours leurs rapports préliminaires. L'autopsie sera pratiquée demain matin, enfin dans quelques heures. Il est... tel qu'il nous est arrivé.

— Nous pouvons y aller ?

— Si vous le souhaitez. Mr Kaplan, je ne sais pas si...

Isabel l'interrompit d'un ton cassant :

— Je viens. Si j'avais dû m'évanouir, il y a longtemps que ce serait fait, ne croyez-vous pas ?

John King jeta un regard interrogatif à Kay Connelly, adossée à la porte :

— Non. Si vous le permettez John, je ne vous accompagne pas. J'en ai assez vu.

XIII

Deux séries de lourdes portes battantes, munies elles aussi de cadenas numériques, les arrêtèrent. Isabel avait envie d'être mauvaise, blessante, parce qu'elle se sentait sur le point de hurler :
— Ils ne vont pas se sauver. Ils sont morts, vous savez.
— Oui, mais les autres sont vivants.
Elle ne comprit pas ce qu'il voulait dire, mais se tut. La nausée la reprenait par spasmes de plus en plus incontrôlables.
Ils pénétrèrent dans une petite salle ronde, éclairée par une grosse lampe qui diffusait une lumière bleuâtre, dans laquelle régnait un froid anormal. L'odeur de désinfectant et de formaldéhyde lui piqua la gorge et lui fit monter la salive aux lèvres. Des scalpels, des pinces, une scie, des seringues sous plastique étaient proprement alignés sur un champ vert, posé sur une paillasse en aluminium. Une sorbonne ronronnait faiblement à l'autre bout de la pièce. Tout était si calme, si propre, si en dehors du monde.
Sous la grosse lampe, allongé sur une table métallique, dont l'une des extrémités était percée d'un trou relié par un tuyau de plastique à un évier, protégé d'un autre grand champ vert, reposait Isaac.
John King contourna la table, s'immobilisant derrière sa tête. Il saisit un bout du drap :
— J'y vais ?
Simon acquiesça de la tête. Isabel ne quittait pas son

beau-père des yeux. Sans doute serait-ce moins terrible de voir d'abord dans son regard, avant de se décider à tourner la tête vers son mari. Elle avait tort. Elle vit les joues maigres de Simon rentrer vers l'intérieur, comme aspirées, et épouser la forme de ses molaires.

Elle baissa les yeux : il ressemblerait à cela, lorsque lui aussi serait mort. Il gémit doucement, mais elle n'était pas sûre qu'il s'en rende compte. Ses mains rouges se refermèrent convulsivement sur l'air et il murmura :

– Ce n'est pas possible, n'est-ce pas ?

Quelque part en elle, Isabel retrouva assez de Sok Bopah pour s'approcher de la table. Elle articula d'une voix qu'elle ne reconnaissait pas :

– Vous avez parlé d'un enregistrement.
– Vous voulez l'entendre ?
– S'il vous plaît.

Quelqu'un avait enfoncé une balle de ping-pong rouge sur le nez d'Isaac, un nez de clown. Et elle se dit que cette balle, à elle seule, valait bien une mise à mort.

Ce n'est que lorsque la voix plate du légiste résonna dans la pièce qu'elle parvint à en détacher les yeux pour découvrir le reste. Elle se cramponna au rebord de la table lorsqu'elle comprit que les paupières supérieures d'Isaac avaient été cousues à l'arcade sourcilière pour l'empêcher de fermer les yeux, découvrant les globes oculaires morts qui fixaient le plafond. La lèvre aussi était cousue par un gros fil à la base du nez. Deux incisives dénudées souriaient : le rictus grotesque d'un lapin de bande dessinée.

« Bien, nous sommes le 5 juin, il est 18 h 42. Je commence l'observation préliminaire d'un sujet mâle caucasien, identifié par John King comme Mr Isaac Kaplan, 43 ans. L'autopsie est prévue pour demain matin... La langue a été tranchée... »

Le froid glacial du métal de la table remonta dans les poignets d'Isabel, puis vers les coudes et les épaules, jusque sous le crâne. Elle ne hurlerait pas. Même si elle devait mourir tout de suite, elle ne hurlerait pas. Pour cela aussi, le temps était passé. Pourtant, elle sentit ses genoux céder et la boule d'air tomber dans son ventre. Elle se mordit la lèvre inférieure au sang et essuya du dos de sa main le liquide tiède qui dévala sur son menton.

John King interrompit l'enregistrement et demanda de cette voix calme et sérieuse :

– Isabel, est-ce bien nécessaire ?

– Oh oui. Je veux tout savoir, tout mémoriser pour le jour où je l'aurai devant moi.

– La vengeance ne sert à rien.

Méprisante, elle le coupa :

– Mais qui vous parle de cela, John King ? Il s'agit d'éradiquer un fléau, c'est vous qui l'avez dit. Ce n'est pas de la vengeance. C'est un acte de survie.

– C'est mieux.

Il repoussa complètement le drap, découvrant le corps martyrisé de ce qui avait été Isaac. La bande repartit, délivrant le débit irrégulier du médecin, qui inspectait, s'interrompait, puis prononçait ses observations d'un ton pressé.

« La peau du thorax a été incisée et arrachée *ante mortem*. L'incision est en forme de cœur, c'est trop régulier pour être fortuit. Un gag, je suppose... Il existe de nombreux hématomes. Des coups violents. De nombreuses incisions sur tout le corps, peu profondes. Elles n'étaient pas destinées à provoquer la mort. Brûlures de cigarette multiples un peu partout, sur les mains et même sur la plante des pieds. Il a été émasculé. Une boucherie... Le tibia droit a été explosé, fracture ouverte. A priori, il y a des traces de violences anales. Les fissurations et l'analyse de sperme confirmeront... Le pauvre mec a dû déguster. Ça a été long et le tueur sait faire durer le plaisir. Cause de la mort... »

Simon cria :
— Isabel !
Isabel eut l'impression que quelqu'un la tirait brutalement par les cheveux pour lui éviter la noyade.
Elle cria à son tour :
— Arrêtez ça, tout de suite !
Le silence s'abattit dans la salle. Elle contempla la buée qui sortait de sa bouche, réalisant avec peine qu'elle ne parvenait plus à respirer que bouche ouverte ; l'air qui sortait de ses poumons produisait un bruit étrange.
Elle demanda d'une voix presque inaudible :
— C'est quoi la cause de la mort ?
John King s'approcha de la table et recouvrit Isaac.
— Le légiste ne veut pas se prononcer avant l'autopsie. Hémorragie interne due aux coups ou le cœur qui a lâché.
— Il avait ce nez rouge ?
— Bien sûr, voyons. Que croyez-vous ? Les flics l'ont trouvé comme ça.
— On peut lui enlever ?
— Oui, je vais le faire.
Il enfila une paire de gants de latex qu'il tira d'une boîte abandonnée sur la paillasse.
— Et les yeux. La lèvre ?
— Demain. Après. Je ne suis pas certain que toutes les photos aient été prises.
Elle hocha la tête.
— On peut remonter, maintenant.
— Bien sûr.
Isabel enlaça la taille de Simon et ils se dirigèrent vers la porte. John King les regarda. Elle semblait si petite, si menue à côté de lui, pourtant elle portait cette grande carcasse d'homme cassé.

XIV

Ils burent leur thé en silence. Kay Connelly passa à la ronde un paquet de cookies au chocolat qui resta intact.

John King attendait. Isabel se demanda quoi. Il ne semblait ni impatient ni embarrassé. Juste vide. Enfin, il se décida :

– Continuez-vous ?
– Pardon ?
– Le meurtre est très symbolique. Beaucoup plus que ceux des jeunes filles, de Samantha. C'est d'autant plus étrange que la victime était un homme.
– Un pédé, lâcha Simon.
– Non, je ne crois pas. À cause de la castration. C'est rarissime qu'un homme en émascule un autre. Il projette toujours sa virilité dans les testicules des autres, même ceux de son chat. C'est un signe d'absolu mépris et surtout, c'est un signe de bande. Ce genre de choses ne se fait pas seul. C'est une surenchère de groupe, pour montrer aux autres qu'on est le plus fort, le plus « membré » en quelque sorte, donc au-dessus des attributs virils de la victime. C'est éminemment démonstratif. Les meurtres de filles l'étaient beaucoup moins. C'était de la satisfaction sadique pure, un plaisir solitaire. Tout, dans le meurtre d'Isaac, indique l'envie de rabaisser, de faire savoir aux autres que la victime est un insecte, inexistant.

Isabel prit son élan pour parvenir à prononcer quelques mots :

– Les yeux ? Le nez ?
– Le nez, oui. Infliger la souffrance et le grotesque. La lèvre aussi. Pas les yeux. Les yeux, c'était pour qu'il voie, jusqu'au bout. Que rien de son calvaire ne lui échappe, aucune préparation, aucun outil. C'est aussi, si le tueur

vient des religions du Livre, ce qui, statistiquement, est probable...

— Les religions du Livre ?

— Oui, judéo-chrétiennes et islamique, la Bible et le Coran... Donc d'une des grandes religions contemporaines pour lesquelles la mort n'est qu'un passage, une sorte de repos intermédiaire que l'on doit aborder les yeux clos. C'est aussi une volonté plus ou moins consciente d'empêcher la victime de trouver la paix. Encore un symbole.

« Pardon. »

Simon se pencha vers le bureau derrière lequel John King s'était assis :

— De quoi ?

— De tout ça.

— Pourquoi ?

— Parce que vous n'auriez pas dû venir, jamais, voir ce pauvre corps. On aurait dû l'autopsier, lui rendre une forme à peu près présentable et le renvoyer chez vous. J'ai insisté. Je voulais que vous le voyiez. C'est une grande faute. Une faute égoïste, déplorable.

— Alors pourquoi ? Faites-moi le coup du masochisme et du repentir.

— Parce qu'il le fallait. Je ne suis pas sûr que ce soit honnête. Je veux coincer ce type plus que tout au monde et j'ai besoin que vous m'aidiez.

Isabel, soudain méprisante, intervint :

— Vous voulez dire que votre but était de provoquer notre haine, une envie de vengeance ?

— Non, non pas à ce point. Je voulais juste que vous sachiez que rien ne l'arrêterait. Que vous sentiez à quel point ce que nous chassons n'est plus un être humain. Ça ne peut pas être un citoyen, un mari, un père, un fils. C'est une aberration qu'il faut éliminer avant d'autres ravages, pour protéger les autres, ceux qui sont humains, avec leurs tares et leurs luttes.

— Vous tueriez un homme ?

— Ce n'est pas un homme. Ça bouge et ça parle comme un être humain, mais c'est tout. C'est une forme très sophistiquée et très redoutable de la peste. Ils se propagent de plus en plus. Vous ne le saviez pas ? Il y a aujourd'hui une bonne centaine de ces choses qui sillonnent ce pays et ça se métastase vers l'Europe.

Simon avait parlé de peste, lui aussi, il y a quelques jours, quelques mois, elle avait perdu le compte du temps. Son beau-père demanda d'un ton plat :

— Seul un homme juste peut décider de qui est humain ou pas. Êtes-vous un Juste ?

— Ah... C'est l'insoluble question. Suis-je faillible ? Sans doute. Mais vous ?

— Moi je m'en fous. Moi je n'ai de compte à rendre à personne, qu'à mes morts et à Isabel ; certainement pas à Dieu, ni le mien, ni le vôtre.

John King hésita, puis regarda sa montre en plastique noir.

— Il faut prendre un peu de repos. Kay va vous accompagner à vos chambres. Nous nous retrouverons demain matin.

Isabel et Simon suivirent la grande femme au travers d'un dédale de couloirs, de portes pare-feu, d'ascenseurs, de cadenas numériques, sans même chercher une logique topographique à leurs détours.

Kay Connelly s'arrêta enfin devant deux portes mitoyennes en bois roux, protégées de serrures magnétiques.

— Votre badge, s'il vous plaît, demanda-t-elle en tendant la main. Voilà, vous le passez ainsi. Le témoin lumineux devient vert et vous pouvez entrer. La porte se reverrouille automatiquement.

Elle précéda Isabel dans sa chambre :

— Là, il y a une petite kitchenette. Vous pouvez préparer

du café ou du thé. Cette porte, c'est la salle de bains. Vous la partagez avec Mr Kaplan. Nous avons fait monter votre sac de voyage. Il doit se trouver dans sa chambre.

— Pourquoi n'avez-vous rien dit, en bas ? À moins que ce soit en haut, je ne sais plus.

— En bas. Si vous tirez ce rideau, vous aurez une jolie vue sur la base. Si tant est que cela puisse être joli. John King sait exactement ce que je pense. Il est superflu que j'ajoute ma voix à la sienne.

Kay Connelly désigna ensuite les différents placards dans lesquels Isabel trouverait des oreillers, des couvertures supplémentaires, des serviettes de toilette.

— La chambre de Mr Kaplan est identique. Vous pourrez lui montrer ?

— Oui. Il faut que j'appelle mon fils à Boston.

— Vous pouvez, de ce poste-là. Vous composez le zéro pour sortir. Je dois vous prévenir que les communications sont enregistrées.

Acide, Isabel repartit :

— Mon mari est dans votre morgue, n'est-ce pas ? Il faut juste que je trouve le moyen de l'annoncer à son fils.

Kay Connelly baissa les yeux et se mordit l'intérieur des joues. Elle soupira et déclara d'un ton doux :

— Ne le prenez pas mal, Mrs Kaplan. Je... Comment vous dire sans être discourtoise ? Je me sens très mal à l'aise avec vous. Avec votre beau-père, aussi, mais dans une moindre mesure, parce que c'est un homme d'un certain âge. On conçoit mieux un décalage.

Maintenant glaciale, Isabel lâcha :

— Et vous vous attendiez à quoi, miss Connelly ?

— Peut-être à ce que j'ai l'habitude de voir. Vous êtes... si lisse. Je ne sais pas par quel bout arriver jusqu'à vous.

— Qui vous dit que je le souhaite ? Qu'est-ce qui vous aurait rassurée ? Une femme en larmes, une grosse, belle crise de nerfs, une folie bien évidente, peut-être ? Si j'avais cru que ma vie se terminait là, je suis sûre que vous vous seriez employée à me prouver le contraire. Seulement, je ne le pense pas. Ma vie s'arrêtera quand je le dirai, et ce n'est pas maintenant. Mr King vous a passé nos dossiers, n'est-ce pas ?

— Oui.

— Voyez-vous, Simon et moi avons déjà visité ce qu'il y a de pire, nous y avons nos repères. Il n'y a pas de crise de nerfs ni de larmes, là-bas. Il n'y a plus rien, parce que rien de ce qui est humain ne sert plus.

— Je sais.

— Non. Vous ne savez pas. Vous le croyez, mais vous n'êtes que d'indirects témoins de la monstruosité. Nous, nous sommes toujours ses acteurs, ses victimes. Et franchement, je me fous de ce que vous ou Mr King en pensez. Bonsoir, miss Connelly. Je vais voir mon beau-père.

Simon était assis sur le bord du lit dont il avait soigneusement plié le couvre-lit bleu marine, sans doute pour ne pas le froisser. Ses mains agrippaient le repli de la couverture, comme s'il avait peur de basculer vers l'avant. Il leva les yeux vers elle, mais Isabel se demanda s'il la voyait vraiment. Elle s'avança vers lui, prit place à côté de lui et ouvrit les bras. Elle le berça longtemps, d'avant en arrière, sans un mot. Son corps était si dur, froid, tassé sur lui-même.

— Tu veux un thé, Simon ? Il y a une kitchenette.

Il acquiesça d'un signe de tête.

Isabel se releva :

— Il va falloir appeler Thomas.

Il hocha à nouveau la tête.

— Où sont tes comprimés pour l'ulcère ?

Il désigna de l'index le sac de sport à l'autre bout de la chambre.

Isabel trouva dans le petit réfrigérateur de la cuisine une

bouteille de whisky entamée et se demanda si c'était l'oubli d'un précédent occupant ou si Mr King les avait pourvus d'un antalgique acceptable. Elle oublia le thé et servit deux grands verres. Elle n'avait jamais aimé le whisky, l'odeur la dégoûtait. Il suffisait de se boucher le nez.

Elle revint dans la chambre. Simon n'avait pas bougé.

Elle lui tendit son verre et trois gélules blanc et bleu. Elles le faisaient dormir, et l'alcool amplifierait sans doute la léthargie. Il la remercia d'un autre signe de tête. Plus aucun mot ne lui venait, parce que tous étaient également imbéciles.

Il avala les comprimés et le contenu du verre, d'un trait. Isabel se força à descendre le sien aussi. Moins vite : la brûlure de l'alcool ravageait sa gorge et son estomac vide. Ils restèrent assis côte à côte, durant une éternité.

Rien, elle ne pensait à rien.

Parfois, elle se forçait à visiter dans sa tête la morgue glaciale, baignée d'une lumière bleue, s'arrêtant toujours au moment où King avait soulevé le champ. Elle parvenait à recapturer des bribes de Sam, mais n'arrivait jamais au bout des souvenirs. Comme si tout ce qui avait précédé ce soir, cette chambre, ces deux whiskies, était en suspens, attendant qu'elle puisse en reprendre le fil. Elle tenta de retrouver les traits d'Alice Cooper, sans succès. Seules lui revenaient avec précision les affreuses boucles d'oreilles en paillettes bleues et rouges qui lui mangeaient complètement les lobes.

Le souffle de Simon devint plus lent, et elle tourna la tête vers lui. Ses paupières s'abaissaient et il dodelinait de la tête.

Elle se leva, lui retira ses souliers, desserra le col de sa chemise et l'allongea comme un enfant avant de le recouvrir.

Isabel regagna sa chambre par la salle de bains. La possibilité de tomber sur Connelly, aussi improbable fût-elle, la décourageait d'emprunter le couloir.

Elle resta là, au milieu de la pièce. Si elle avait eu la force, elle aurait bien aimé regarder par la fenêtre. Mais c'était trop loin, le rideau infiniment lourd à tirer. Et puis le jour devait se lever, symbole menteur d'autre chose, de la vie qui continuait. Comme si, déjà sous terre, la dépouille d'Isaac n'existait pas, comme si tout à l'heure ou peut-être en ce moment même, le scalpel, la grande scie qu'elle avait vue n'allait pas découper la cage thoracique, comme si cet homme dont elle ne connaissait que la voix enregistrée n'allait pas séparer les poumons de la trachée, couper le foie de ses veines pour le peser dans le plateau rutilant de la balance rangée derrière les portes vitrées d'un placard.

Elle l'attendait, la boule. Elle avait cru pouvoir l'étouffer mais, finalement, il ne manquait plus qu'elle. Elle était parvenue à la coincer jusqu'ici, jusqu'au sommeil de Simon. Il fallait qu'elle sorte avant de l'étouffer. Elle se retint de justesse au rebord du bureau qui soutenait la télévision et tomba sur le sol, au ralenti. La boule descendit, toujours plus loin. Elle comprima ses ovaires, lui broyant l'utérus, et explosa. Isabel plaqua sa main sur sa bouche et se traîna sur un coude jusqu'à la chaise. Elle parvint à attraper son gilet en fine laine et fourra une des manches dans sa bouche. Un renvoi de bile amère trempa la laine et elle appliqua de toutes ses forces ce bâillon contre ses lèvres. Elle ne lui permettrait pas de réveiller Simon. La boule remonta dans son ventre et le hurlement cogna contre la manche, se diluant dans les mailles, ressortant comme une sorte de râle suraigu.

Elle roula sur le côté, cramponnée à son gilet.

Il était presque 6 heures du matin lorsqu'elle composa le numéro de Thomas à Boston. Elle ne savait pas ce qu'elle dirait, ni si elle parviendrait à prononcer un mot. D'une certaine façon, c'était une chance que Simon dorme. Pour rien au monde, elle n'aurait voulu qu'il rompe ce silence : il lui permettait, comme à elle, de ne pas se casser tout à fait, pas encore.

Elle tomba sur le répondeur de son fils et se rappela vaguement qu'il le branchait tous les soirs pour éviter « les emmerdeurs qui n'ont pas le sens de l'heure ».

— Thomas, c'est Isabel. Isaac est mort. Avec Simon, nous sommes à Quantico, en Virginie. Au FBI. Je ne connais pas le numéro de ma chambre. Je te rappellerai plus tard. Sois là.

Elle raccrocha. Elle n'aurait jamais toléré, avant, que ses enfants la nomment par son prénom, pas plus que leur père. C'est peut-être moderne, mais les liens n'existent que lorsqu'on les appelle. Étrangement, pourtant, cette nuit il ne fallait plus les définir. Il n'y avait plus ni mère, ni père, ni fils, ni aïeul. Du reste, il n'y avait plus rien qu'un petit bout de futur qui se résumait à la mort d'un homme, ou d'un non-humain, selon Mr King.

Isabel s'allongea sur le lit, attendant un peu avant de rappeler Thomas. Le carillon guilleret de la porte de sa chambre la réveilla en sursaut.

Elle découvrit John King sur le pas de la porte, aussi pâle que la veille, portant un polo différent, mais toujours noir.

— Je suis désolé. Il est 10 heures. J'aurais dû attendre encore un peu.

— Non. Je ne pensais pas pouvoir m'endormir.

— Je vais vous conduire à la cafétéria. Mr Kaplan se prépare. Quand souhaitez-vous que je vienne vous chercher ?

— Je prends une douche, ce ne sera pas long. Un quart d'heure.

— D'accord.

L'immense salle de restaurant était à peu près déserte à cette heure intermédiaire. La lumière qui s'engouffrait par les grandes baies vitrées blessa les rétines d'Isabel, comme si le monde de ténèbres qu'elle fréquentait depuis hier était devenu son écosystème. Ils s'installèrent à une table ronde, non loin d'une des fenêtres.

— Que prendrez-vous, Mr Kaplan ?

Simon ne le regarda pas et se tourna vers sa belle-fille :

— Fais mon plateau, tu veux bien ?

— Oui. J'y vais. Je vous suis, Mr King.

Ils traversèrent la pièce et se chargèrent d'un plateau chacun, prenant au passage les couverts, du pain et des tasses.

— Il va craquer ?

— Non. Simon ne « craquera » jamais. Il... métabolise la peine, la souffrance. C'est son système pour parvenir à vivre encore un peu avec.

— Il les digère, en quelque sorte ?

— Pas du tout. Digérer signifie qu'il pourrait ensuite les éliminer. Ce n'est pas ce qu'il veut. Ni moi. Il faut simplement trouver un endroit où les stocker pour qu'elles ne vous empêchent pas de respirer.

— C'est ce que vous avez fait cette nuit ?

Elle ne se donna pas la peine de répondre et empila sur leur plateau du jambon, deux coupelles de salade de fruits, du fromage, encore du pain, du beurre, de la confiture, des harengs à l'huile et quatre œufs durs. Elle remplit une des tasses d'un thé très noir et l'autre de café, pour elle. John King se contenta de deux tasses de thé, sans sucre ni lait.

— Vous ne mangez rien ? Vous avez tort.

— Rien n'est très bon ici, vous savez, précisa-t-il en désignant les tranches de jambon sous cellophane, et pourtant racornies, d'un rose sec.

— Cela n'a pas d'importance. Nous n'avons pas faim, mais nous allons tout manger.

Simon avala dans le désordre le fromage, la salade de fruits puis les harengs. Entre deux bouchées appliquées, le regard d'Isabel détaillait le bosquet d'arbres au loin qui leur cachait les champs de tir. Elle sursautait parfois lorsqu'une salve de détonations éclatait, mais ne demanda pas d'où, ni de qui elles provenaient. Elle veillait sur les mastications de Simon, poussant vers sa fourchette une autre petite assiette en épaisse porcelaine blanc passé dès qu'il en finissait une. Elle se releva à deux reprises pour aller remplir sa tasse de thé.

John King n'avait pas envie de rompre leur silence ; pourtant, il avait des choses à leur dire. Mais pas maintenant.

Leur attitude l'avait un peu désorienté au début : ce vieux juif échappé d'un camp de concentration, qui avait ensuite rejoint la Résistance française, cette mince femme asiatique qui avait survécu à l'innommable, réagissaient comme les jumeaux d'une aberrante grossesse. Ils se savaient de l'âme à l'âme. Il était tour à tour son fils, son père, son frère, et elle concrétisait la seule chose qui lui restât, puisqu'il n'existait plus pour rien d'autre. King avait cherché quelque chose dans ses souvenirs qui puisse lui permettre de pénétrer à l'intérieur d'eux. Cet article, lu un jour dans un magazine, lui était revenu en mémoire.

Ayant éliminé un groupe d'Asiatiques de son protocole de validation d'un anxiolytique, un gros laboratoire pharmaceutique était accusé de racisme. Le test était simple : contre rétribution, les volontaires, répartis en un groupe témoin auquel on administrait un placebo et un groupe expérimental recevant l'anxiolytique, acceptaient de se soumettre à une série de décharges électriques d'amplitude variable, sans danger physiologique. Le truc consistait à mentir aux sujets, afin de générer l'angoisse. On annonçait une faible décharge et l'intensité était maximum, ou au contraire une forte et un très faible courant les chatouillait.

L'incertitude gagnait les sujets, abaissant leur résistance à la souffrance, même infime... sauf celle des Asiatiques.

Dans un communiqué embarrassé, le directeur scientifique du laboratoire s'était expliqué, rejetant les accusations de racisme :

Nous avions recruté et établi un contrat à ces volontaires. Il n'est donc pas question de discrimination. Après analyse, il paraît évident que les sujets asiatiques, sans doute à cause de leur histoire, ont une tolérance à l'angoisse de la douleur que les Occidentaux ont perdue. On ne peut donc pas les utiliser comme témoins.

John King ignorait si cette explication avait convaincu les pouvoirs publics et la population. Ce qu'il savait en revanche, pour avoir traîné dans la rue des nuits entières, à la recherche de pauvres hères qu'il pourrait convaincre de le suivre dans un centre d'accueil ou un hospice, c'est que certains d'entre eux marchaient toujours avec des plaies surinfectées, des gangrènes monstrueuses, des amputations sommaires de folie ou de bagarres qui auraient fait hurler et s'évanouir n'importe qui. Ce que la presse occidentale avait baptisé « le fatalisme » des Cambodgiens n'était que le résultat d'une forte imprégnation bouddhiste et puis aussi l'idée qu'il n'y avait rien d'autre, nul endroit où aller, plus rien. D'une certaine façon, cette fameuse et grotesque étiquette du « fatalisme juif » durant les rafles européennes s'expliquait de la même façon, le bouddhisme en moins. Que fait-on lorsqu'une mécanique à tuer, à exterminer se met en route, lorsqu'un État y participe, institutionnalisant le meurtre et la délation ? Où, comment fuit-on ?

John King vit la main lourde, encore puissante, se tendre sur la table et Isabel y glisser les doigts. Elle demanda doucement, comme à un enfant :

– Tu as fini ? Tu veux encore du thé ? Essuie ta joue, là, il y a un peu de confiture.

Il s'essuya avec une petite serviette en papier qu'il

froissa en boule pour la déposer proprement sur son assiette.

John King se lança :

— Une réunion est en cours. J'aimerais que vous assistiez à sa conclusion.

Ils se levèrent et King eut le sentiment que Simon était beaucoup plus grand que lorsqu'il l'avait remorqué jusqu'à la table.

Isabel et Simon attendaient depuis une dizaine de minutes, assis dans le bureau prêté à John King. Il les avait installés, leur précisant qu'il allait « voir où en était la réunion ».

Isabel songea qu'elle aurait dû mettre à profit cette attente pour rappeler Thomas, mais la lassitude qui s'était installée en elle rendait tout effort insurmontable. Elle était presque bien, assise là, sa cuisse contre celle de Simon, comme un rappel qu'ils n'étaient pas encore fous, bouclés dans un monde virtuel. Comme dans la salle d'attente d'un dentiste, à ceci près qu'elle ignorait où la souffrance taperait, cette fois-ci.

Simon haletait parfois à petits coups, puis inspirait profondément. Ses joues ridées prenaient un reflet cendré, souligné par l'ombre de barbe qui les creusait. Il rota et s'excusa ; l'haleine fétide, tiède, et lourde d'une écœurante odeur de décomposition inquiéta Isabel.

— Tu as mal ?

— Ça va passer.

— Où sont tes comprimés ?

— Dans la chambre. De toute façon, ils ne me font plus grand-chose, sauf m'endormir.

— Ils ont sûrement des médecins, ici. C'est peut-être le pansement gastrique qu'il faut changer.

— C'est pas la peine. Ça ira mieux dans quelques minutes.

John King frappa doucement au chambranle de la porte ouverte.

– Si vous le souhaitez, nous vous attendons.

Ils lui emboîtèrent le pas, suivirent le couloir jusqu'à une porte à double battant.

La salle de réunion, de taille moyenne, était plongée dans une semi-obscurité, seulement éclairée par deux faibles spots et le carré lumineux projeté sur un écran par l'objectif d'un appareil à diapositives. Un homme d'un certain âge assis à sa droite rangea précipitamment des photos dans une grosse enveloppe. Samantha, ou cette benne à ordures de Quincy ?

Isabel le sentit nettement : tout dans cette pièce voulait hurler, mais personne d'autre qu'elle ne l'entendait. Chaque atome des murs, chaque boucle de la moquette était imprégné de souffrance, de cris, de sang. Tout avait conservé l'empreinte des massacres, des calvaires projetés sur cet écran de toile. Le savaient-ils, tous, ici ? Sans doute pas.

John King jeta un regard circulaire :

– Voici Isabel et Simon Kaplan. Isabel, Simon, permettez-moi de vous présenter les personnes impliquées au premier chef dans cette enquête. En commençant par la gauche, Jerry Martin, agent spécial, attaché à l'unité des sciences du comportement. Vous connaissez Kay Connelly, Oliver Davies, du Boston PD et le Dr Edward Linden.

C'était le petit homme d'un certain âge. Le médecin légiste. Isabel s'en voulut de ne pas y avoir pensé plus tôt. Il avait l'air affable, doux et poupin, cet homme qui, quelques heures plus tôt, avait découpé Isaac, l'avait pesé et réparti dans des fioles soigneusement étiquetées de codes-barres.

– Simon, Isabel, asseyez-vous, je vous en prie.

Ils prirent place côte à côte, au bout de la grande table

ovale. John King la contourna et se plaça à l'autre bout, dos contre l'écran.

– Kay, on peut éteindre le projecteur et rallumer dans la salle. Merci.

Le flot de lumière surprit Isabel et tous se redressèrent comme si l'obscurité les avait invités au laisser-aller.

– La raison pour laquelle j'ai tenu à cette rencontre, Isabel et Simon, c'est parce que nous sommes certains que Samantha connaissait son meurtrier. Cela a été, dès le début, une de nos hypothèses, vous le savez. C'est maintenant une certitude. C'est la raison pour laquelle Isaac a pu remonter aussi vite jusqu'au tueur. La catastrophe, c'est qu'il a jugé bon de ne prévenir personne. Nous ignorons pourquoi.

Isabel le savait, depuis le début. Mais, pour Simon et pour Isaac, elle ne le dirait pas. Il avait voulu démontrer à son père qu'il était de la même race que lui, que sa grand-mère. Il avait cru qu'il suffisait de le décider pour enfin balayer cette grande ombre paternelle dans laquelle il avait grandi à l'abri et qui maintenant l'étouffait, lui volant son âge d'homme. Sans doute même, avait-il fait le choix de mourir, s'il pouvait tuer l'autre, sans penser une seconde à elle.

La rage lui fit cligner des paupières. Elle devait se calmer. Ne rien montrer. King le détecterait, même à l'autre bout de la pièce. Stupide, voilà ce qu'était Isaac. Pas même courageux, non, stupide. Le petit garçon, mal grandi, voulait ramener un trophée à son père le héros, le Résistant, le combattant, pour éteindre un peu le mépris qu'il éprouvait de n'avoir jamais rien accompli. Isaac, dans toute sa naïveté, avait fini par se convaincre que la vie est nécessairement une démonstration. Ce n'était pas Simon qui avait humilié sa femme si douce, mais Isaac, en ne tolérant pas les similitudes qu'il se sentait avec elle. Isabel lui en voulait terriblement de tout ce gâchis.

Le regard de John King l'alerta et elle fit le vide dans son cerveau.

– Isabel ? Vous souhaitez ajouter quelque chose ?

– Non. J'écoutais.

Oliver Davies prit la parole. Il avait une voix désagréable, métallique et sèche. Il était pourtant bel homme, la quarantaine athlétique, brun, des yeux doux, un regard de myope qui ne porte des lentilles de contact que depuis peu.

– Mrs et Mr Kaplan, toutes les jeunes filles, à l'exception de Samantha, ainsi qu'Isaac Kaplan, ont été retrouvés aux environs de Quincy. Tout porte à penser qu'il s'agit de la tanière du tueur. En d'autres termes, il n'est pas très mobile, ce qui est en désaccord avec son profil psychologique, mais qui s'explique s'il vit en bande. Ce que nous pensons, c'est que Sam le connaissait, assez bien sans doute, et qu'elle a dû faire des confidences à votre mari, qui lui ont permis de remonter sa trace. Elle s'entendait bien avec son père ?

– Oui, très bien. Avec son grand-père aussi. Mieux qu'avec moi. Elle me trouvait trop sévère, je suppose.

Jerry Martin enchaîna en se tournant vers Simon :

– Mr Kaplan ? Samantha vous aurait-elle confié quelque chose ? A-t-elle fait allusion à une bande ? Semblait-elle fascinée par un garçon plus âgé ? Réfléchissez, je vous en prie.

Kay Connelly prit la parole pour la première fois :

– Nous avons brossé les traits majeurs de sa personnalité. Ce n'est pas encore très précis, mais cela peut peut-être vous orienter. Il a entre 20 et 35 ans. Il n'est pas certain qu'il soit blanc. En fait, nous n'en savons rien puisque les trois jeunes filles appartenaient à des groupes ethniques différents. L'une était noire, l'autre eurasienne et la dernière blanche. Il est intelligent, très. C'est un sadique organisé, méticuleux : plus jeune, il s'est fait la main sur des animaux, pour être parfaitement au point lorsqu'il chasserait des victimes humaines. Il est rusé, sans doute séduisant puisqu'il a réussi à convaincre ses trois victimes féminines de le suivre. C'est un menteur pathologique, bien entendu. Ce n'est pas un solitaire. Il peut vivre dans un groupe et c'est sans doute lui qui le domine. A priori, si l'homosexualité refoulée n'est pas exclue, elle ne paraît pas évidente. Ce qui est certain, c'est qu'il est immature sexuellement : ses victimes sont très jeunes et il ne les a pas violées.

– Sauf Isaac Kaplan.

Un silence réfrigéra la salle. Le petit homme au nœud papillon rougit et baissa les yeux vers son enveloppe.

John King l'encouragea :

– Poursuivez, docteur, je vous en prie.

Le médecin tripotait la ficelle du rabat de l'enveloppe, l'enroulant et la déroulant autour de son index.

– Je ne crois pas que ce soit souhaitable, Mr King, pas en présence de...

Isabel murmura :

– Nous avons écouté votre enregistrement.

– C'est ce que l'on m'a dit. Permettez-moi, madame, de juger cela regrettable. Il est des choses qu'il vaut mieux ne jamais entendre ni voir.

– C'est ce que l'on a dit pour les camps, pour les meurtres d'enfants organisés. Mais voyez-vous, cela ne les empêche pas d'exister, au contraire.

– Sans doute.

Il fallait qu'il parle, qu'il poursuive. Elle ne devait pas lui permettre de se retrancher derrière cette peureuse compassion qu'il éprouvait envers elle, la femme. Elle attaqua :

– Et vous ? Pourquoi avoir choisi un métier qui consiste à voir et à entendre l'horreur ?

– Parce qu'il faut bien que quelqu'un s'y colle. Mais voyez-vous, madame, je n'imagine jamais. Je me l'interdis...

Elle sut à son regard, à sa voix qui devenait confidentielle, que la salle disparaissait pour lui, avec ses occupants, que l'autopsie du petit matin avait été une de celles dont il penserait un jour qu'elle avait été de trop. D'une certaine façon, lui aussi avait mal.

– Je suis marié depuis trente ans. Mélanie, ma femme, est radieuse, adorable. En plus, c'est une sacrée cuisinière. Je suis gourmand. Nous avons eu quatre enfants. J'en voulais davantage, mais Mélanie est diabétique. Il y a plein d'animaux dans notre propriété : des chiens, des chats, des oies, et même un mini-cochon, et j'ai maintenant onze petits-enfants. Tout cela fait un potin, je ne vous dis pas. (Son sourire mourut d'un coup.) Pas assez pour couvrir le reste. Alors nous avons adopté un petit garçon et une petite fille d'Amérique du Sud. Moi, j'aurais préféré deux filles, sans doute parce que je vieillis. C'est très remuant les garçons, physiques. Nous en avons eu trois...

Il s'interrompit brusquement, gêné, et bafouilla :

– Je ne sais pas pourquoi je vous dis cela. Je deviens sénile. Voyez-vous, madame, je prends certaines nuits des somnifères pour ne pas rêver, ou du moins ne pas me souvenir de ce que je rêve. J'en prendrai ce soir. Et si je ne sentais pas les jambes de Mélanie contre les miennes, je pense que je perdrais les pédales... Je... Enfin, j'aurais souhaité que vous soyez un peu comme elle. Elle ne sait rien, elle ne veut rien savoir et elle le fait pour moi.

La salle dut réapparaître à ses yeux : il s'excusa d'un petit haussement d'épaules. Isabel glissa la main sur la table et lui enleva gentiment l'enveloppe qu'il martyrisait depuis quelques minutes. Elle caressa du bout des doigts la petite main soignée de cet homme qu'elle avait le sentiment de retrouver, comme une vieille relation perdue de vue, et articula, juste pour lui :

– Mais c'est trop tard, je sais.

John King eut l'intelligence de permettre au silence de

reposer encore quelques secondes, de se dissiper de lui-même.

– Docteur Linden ?

Le regard de Linden sourit une dernière fois aux yeux d'Isabel, puis quelque chose d'implacable, de définitif le voila. Elle l'avait perdu, très loin, mais c'était le prix à payer pour continuer.

– Oui, Mr King. Je reprends mes notes.

Sa voix était différente. Si posée, nasale, qu'elle ne laissait plus aucune place à Mélanie, à ces deux petits enfants, aux oies. Il enchaîna :

– Comme je le disais plus tôt, Mr Isaac Kaplan a été violé. J'ai collecté des échantillons de sperme. Cependant, la tunique interne de l'anus porte des traces de violences, des lésions et saignements assez peu compatibles avec une pénétration humaine, à moins d'imaginer l'utilisation d'un étui pénien ou d'un godemiché en matériau rigide.

La voix de Simon résonna, pour la première fois depuis vingt-quatre heures :

– Vous voulez dire qu'il l'a violé et mis avec un objet ?
– Oui.

Simon remontait de ce silence, lourd comme une menace. L'odeur de tilleul du déodorant d'Isabel l'y aidait. Il aimait cette odeur lorsqu'elle traînait dans la salle de bains. Il ne pouvait pas, il ne pouvait plus la laisser seule. Elle l'avait couché, nourri ; Judith aussi aurait fait cela, sans se poser de questions, parce qu'il redevenait comme un enfant, et qu'elles étaient des mères. Elle l'avait soulevé, mené depuis des heures. Mais c'était fini. La douleur qui irradiait dans son flanc droit, que les antalgiques ne calmaient presque plus, lui indiquait que le temps les pressait. Il fallait qu'Isabel croie toujours que ces jolies petites gélules de dérivés morphiniques n'étaient que des pansements gastriques.

Il allait mourir.

La nouvelle l'avait révolté. Il était indestructible. Il avait résisté à tant de choses, survécu tant de fois... L'idée que ses propres cellules s'allient pour le tuer lui était incompréhensible. Mais il allait mourir. Il avait vu, ou plutôt le médecin lui avait montré ces fins filaments presque translucides qui partaient de l'estomac pour rejoindre le foie. Des métastases, c'est comme cela que ça s'appelait. Le médecin lui avait parlé de traitement, d'un « protocole thérapeutique » qui avait un très joli nom, un nom de femme lointaine, mais qu'il avait oublié. Quarante pour cent de survie, un joli résultat. Des tubes partout. Relié à une vie qu'il n'avait que subie. Pour quoi faire ? Il avait refusé, juste demandé des cachets pour tenir encore un peu, ne pas trop souffrir. Le médecin avait eu la stupidité de souhaiter rencontrer son fils ; Simon avait répondu en riant : « C'est moi qui lui ai donné la vie, pas l'inverse. Je peux la reprendre quand je veux. » D'accord, il était un court sursitaire. Il avait l'habitude. Il réglerait ses comptes personnels après avec *qui de droit*, si tant est qu'il y ait un Après et un Qui. Il n'en avait pas peur. Et surtout, il se foutait de se justifier.

Simon n'avait plus peur de rien, depuis si longtemps. Si peu de choses avaient encore de l'importance, et la plupart lui avaient été dérobées par cet enfoiré qui tuait. Il aurait voulu un bébé de Samantha. Il aurait adoré un prochain Roshashana, du foie haché et des cadeaux, parce que Isabel mélangeait les deux religions et que, pour elle, le nouvel an juif c'était comme un premier Noël, avant le sien. Il allait mourir, cela ne faisait aucun doute, il le sentait à cette douleur qui le prenait comme un coup de poing et qui irradiait jusque dans sa gorge.

Rien à foutre !

Il avait forcé des chevaux. Il s'était relevé des passages à tabac de quelques nazis en goguette, en mal de sévices. Il avait erré, des jours durant, dans une forêt, de la neige jusqu'aux genoux, sans rien d'autre que sa tenue en vilain coton mince du camp. Encore une fois, il survivrait.

Isabel, ce petit être trop mince à ses côtés, il aurait pu l'aimer comme une femme. Étrange. Simon n'avait jamais eu de passion pour l'exotisme. Ce teint marron pâle, ce nez écrasé, ces yeux si bridés qu'il se demandait au début si elle était vraiment réveillée, ne l'avaient jamais attiré. Mais il retrouvait chez elle tout ce qu'il avait perdu de Judith, sa mère.

Sa mère qui criait : « Shimen » tous les mardis parce que le rabbin venait dispenser sa sagesse à l'enfant déjà récalcitrant. Au bout du compte, Simon finissait par obéir. Le rabbin se déplaçait dans une odeur de vieux, pas comme celle de sa mère qui sentait le savon à la rose, les petits bonbons à la violette et à l'anis qu'elle adorait. Simon avait du mal à le comprendre, lorsqu'il lui murmurait en confidence : « Tu ne crois pas en Dieu, n'est-ce pas ? Écoute le Talmud. Tu n'as peut-être pas tort, Simon. Maintenant retourne-toi et regarde derrière. » Simon s'était retourné. Il n'avait vu que le piano orné des napperons que sa mère crochetait.

D'accord, il allait mourir, le médecin avait fini par l'avouer et lui par l'admettre. Mais bordel, il ne partirait pas sans rien. Isabel avait raison, comme toujours. Il avait gagné le droit de dire « quand ». Sa seule faute, dans cette longue vie, était d'avoir involontairement contraint son fils à l'exception. Mais Isaac n'avait ni la rage ni la folie pour ça. Simon était coupable et il l'acceptait.

L'autre chose dont il s'accusait était d'abandonner Isabel : il allait la laisser, pas lui, vraiment, mais ses cellules, qui dans peu de temps cesseraient de lui obéir.

Un jour, peu après la mort de son père, il était rentré de

la chulle, heureux. Tout prenait un sens. Il avait déclaré à sa mère :

— Bon, dans quelques années, je vais t'épouser. Comme cela, tu ne seras plus veuve et seule.

— Mais tu ne peux pas, mon amour.

— Mais si. Le rabbin nous l'a dit. Les hommes doivent s'occuper des femmes de la famille, sans ça... C'est des moins que rien. Je dois épouser la femme de mon frère, si je ne suis pas déjà marié, sauf que j'ai pas de frère. Les femmes ne doivent pas être abandonnées, parce qu'elles ne sont pas assez fortes pour se battre toutes seules et que de toute façon, ce n'est pas leur rôle. Si un homme les abandonne, il est impardonnable. C'est le rabbin qui l'a dit.

Judith avait ri, attendrie :

— Je suis la dernière femme, mon chéri, parce que je suis la première. Celle que tu ne pourras jamais épouser : ta mère. Mais ta mère peut se battre et elle le fera pour toi mon amour, jusqu'au bout du bout.

Simon refit surface. Il n'allait pas encore mourir, pas tant qu'il n'aurait pas dit « quand ».

La voix du médecin poursuivait :

— Nous n'aurons les analyses biologiques que dans quelques jours. On procède à des empreintes génétiques.

John King insista :

— Nous avons votre rapport, Dr Linden, mais y a-t-il quelque chose qui pourrait nous aiguiller ?

Le petit homme rond tripotait son nœud papillon depuis un moment :

— Les morsures, je crois. Enfin, ce n'est pas moi le psychologue.

— Les morsures ?

— Oui. (Il jeta encore un regard à Isabel et murmura :) Je suis désolé. (Avant de poursuivre plus fort, de ce ton péremptoire qu'adoptent les experts pour décourager l'émotion :) Les trois jeunes filles ont été sauvagement mordues. L'intérieur des cuisses, les seins, déchirés par des dents humaines. Nous sommes en train de reconstituer une empreinte dentaire par ordinateur.

Il ajouta à l'attention de Simon, qui le regardait comme s'il venait de proférer une obscénité :

— Oui. Humaines. Saviez-vous, Mr Kaplan, qu'une bonne moitié des morsures ayant nécessité une hospitalisation d'urgence dans l'État de New York ne sont, comme on le précise, « pas dues à des animaux » ? Non ? En d'autres termes, elles sont dues à des hommes. C'est très typique, une morsure humaine. Les carnivores arrachent la chair avec les crocs. Les canines ne sont plus assez proéminentes chez l'homme. Mr Kaplan n'a pas été mordu. Pourtant, il a été taillardé et brûlé, à l'aide d'une cigarette, comme les autres. Les morsures, nous le savons tous, sont un réflexe sexuel, amoureux presque, archaïque, lorsqu'elles surviennent en dehors du combat. Le jeune animal ou le petit enfant mord sa mère, jusqu'à ce qu'il comprenne que les caresses, les baisers sont préférables puisqu'ils ne provoqueront pas de réactions négatives de sa part, au contraire. Mais curieusement, les jeunes filles n'ont pas été violées, même à l'aide d'un objet. Mr Isaac Kaplan, si. Je ne m'explique pas ce déplacement sexuel, mais encore une fois, je ne suis pas psychologue.

— Nous non plus, docteur...

Celui qui s'appelait Jerry Martin, l'autre agent du FBI, venait de parler. C'était un jeune homme noir, aux yeux légèrement bridés. Isabel ne se souvenait pas avoir vu une quelconque expression altérer ses traits élégants. D'une voix un peu hésitante, il poursuivit :

— Mais c'est effectivement une piste à renifler.

Simon leva à peine la main et demanda :

— C'est un dingue sexuel, c'est ça ?

Jerry Martin le fixa, une étrange tristesse sur le visage :

– Non. Les serial killers ne sont pas systématiquement des dingues sexuels. Même lorsque leurs meurtres ont d'évidentes connotations. Ce sont des dingues de pouvoir. Le pouvoir absolu, brut. Exiger et obtenir de l'autre ce qui vous passe par la tête, n'importe quoi, le pire. Le sexe est un symbole très démonstratif, mais ce n'est pas le but. Ils sont toujours un peu déçus, après. Alors ils recommencent, encore et encore.

– Mais comment peuvent-ils être intelligents ?

– Mais ils ne le sont pas, pour la plupart. La majorité se range dans la catégorie des idiots cliniques. Rares, très rares sont les Ted Bundy. La suprême intelligence des serial killers est une légende, Mr Kaplan. Un argument cinématographique. Fort heureusement pour nous, on ne se retrouve pas confronté tous les jours à un Hannibal Lecter.

Simon ignorait qui était ce Lecter, et il s'en foutait :

– S'ils sont tellement cons, pourquoi vous ne les coincez pas ?

– Parce qu'ils sont généralement très mobiles ou si inconséquents et transparents que personne dans leur entourage ne les soupçonne. De plus, le propre du serial killer est de tuer sans motif objectif. Il n'y a pas d'autre mobile que son bon plaisir. Il tue au hasard, des victimes qui correspondent à son envie, au moment où elle le prend. C'est très difficile de remonter ce genre de piste.

– Et celui-là ?

– Malheureusement, celui-là est intelligent. Très. Mais comme vous l'a dit Mr King, il n'est pas mobile. C'est notre seul atout jusqu'à maintenant. Il a besoin de sa tanière, pour une raison ou une autre. Un groupe ou une bande est plus visible qu'un individu. Les mutilations de Mr Kaplan sont des *mutilations de jeu*.

Simon avala sa salive. Il pouvait lui coller son poing sur la figure pour avoir prononcé un tel mot. Mais justement,

Jerry Martin ne l'avait pas prononcé, il l'avait craché, comme quelque chose de sale et qui pue. Simon articula :

— De jeu ?

— Oui, de jeu. Imaginez. La bande. Ils sont tous bourrés, défoncés. Il existe des substances si rapides, si efficaces que vous n'avez pas le temps de reposer la pipe : « Vous voyez les crabes sortir de votre tête pour aller dévorer le cerveau de l'autre. » Je cite. Il n'existe plus rien. Que le groupe et l'obéissance au chef, parce qu'il est dingue et que c'est pour cela qu'ils l'ont choisi. Il tue lentement, sauvagement, et tous chient dans leur froc dès qu'il a ses vapeurs. Mais il les fascine parce qu'il n'a peur de rien, qu'il fait reculer la mort, pour tous. Vous voyez, Mr Kaplan ?

Isabel lâcha :

— Merci, il sait tout ça encore mieux que vous, Mr Martin. Voyez-vous, les nôtres, on les payait et on leur donnait des médailles. Continuez.

— Pardonnez-moi, je ne voulais pas vous offenser.

— Rien ne nous offense plus, Mr Martin. Poursuivez, je vous prie. Donc, le chef, la bande...

— Oui. Il existe des rites. Il faut montrer « qu'on en a ». C'est une perpétuelle surenchère, pour obtenir des « bons points » du chef, son amitié, sa confiance.

— Vous semblez bien les connaître ?

— Oui, j'ai fait ma thèse de psychologie sur les bandes.

Jerry Martin baissa les yeux vers ses mains, posées à plat sur la table.

John King bougea enfin. Il était resté debout, immobile, parfaitement, durant tout le temps de leurs échanges, comme un de ces iguanes, ou un fossile.

— Merci Jerry. C'est là que...

Jerry cria presque :

— Pardonnez-moi, je n'ai pas fini ! Je veux lui dire, à elle. Elle y a laissé son mari et sa fille. Moi, j'y ai laissé mon frère. Ah, madame, si vous saviez ! C'est l'enfer qu'ils recréent. Ils les cassent, tous les jeunes paumés qui arrivent dans ces bandes. Ils leur désapprennent tout ce qu'ils ont pu gratter de civilisation. Vous avez vécu cela, en pire, je l'ai lu. Il faut se battre, madame, jusqu'au bout. Il ne faut pas permettre au délire, à la terreur, de s'installer comme si c'était la seule option, la seule loi. Il faut résister, se battre, pied à pied, tous...

Une étrange quinte de toux le fit trembler, des sanglots secs d'homme, sans larmes, des hoquets d'air qui font mal jusque dans les épaules. Il parvint à prononcer :

– Excusez-moi. Je suis désolé de me donner en spectacle. Il faut que je sorte.

La porte de la salle de réunion claqua. Sans le vouloir, sans savoir pourquoi, Isabel le suivit dans le couloir.

Il s'était accroupi, adossé au mur, la tête dans les mains. Elle s'agenouilla en face de lui et le prit dans ses bras, comme Simon quelques heures plus tôt. Avec lui, il faudrait parler. Simon n'en avait pas besoin. Elle le plaqua contre elle, le berçant de son parfum de tilleul, de ses bras.

– Chut. Chuuuut. On va se battre, on se battra jusqu'au bout. On sait faire ça, tous dans cette salle. Chut. Calme-toi. Il faut que tu reviennes.

Il prit ses longs cheveux à pleines mains et les embrassa comme s'il les mangeait en murmurant :

– Pardon.

Puis il redressa le torse et ferma les yeux :

– Ils l'ont crucifié. Sur le plancher d'un hangar. Des clous bleutés lui sortaient des mains et des pieds. Je n'ai pas pu les retirer, à cause du légiste. Il avait même la couronne d'épines. Ils lui avaient arraché les yeux. Il saignait, sous les paupières, comme un Christ, bordel, comme un Christ !

Elle essuya de la paume de sa main la salive qui coulait de sa bouche. Il suffoquait, étouffé par ces larmes qui ne pouvaient pas couler, par ce gémissement qu'il retenait.

Isabel eut un mal fou à relever l'homme trop lourd. Elle

le tira jusque dans les toilettes pour messieurs. Ils tombèrent tous les deux sur le sol carrelé de blanc.

— Pleure, hurle. Je suis là. Laisse-la sortir.

— Ma mère est morte, elle en est morte. Ces cons de flics lui ont montré le corps.

— Vas-y.

Et il hurla. Elle l'avait sentie, la boule, sa boule à lui. Isabel savait qu'elle attendait depuis des années, tapie dans le diaphragme de l'homme. Il fallait qu'elle descende et puis qu'elle explose. Sans cela, elle finirait par l'empoisonner. Elle le laissa taper à coups de pied contre les portes des toilettes, se défoncer les poings sur le rebord en faïence des éviers. Il hurlait toujours. C'était bien. Ensuite, il serait épuisé, nettoyé de la boule d'air et ils seraient prêts pour la suite.

Cramponné au distributeur de serviettes en papier, il cherchait son souffle. La boule était dissoute, jusqu'à la prochaine fois. Il bafouilla :

— Allez-y. Laissez-moi deux minutes. Je vous rejoins.

Elle le regarda, puis se dirigea vers la sortie.

— Isabel... Je...

— Chut, c'est fini, maintenant.

Simon était debout. À part lui, rien ne semblait avoir bougé dans la pièce, comme si le temps s'y était figé durant un court moment. Il tendit les deux mains vers elle et sourit.

Ils patientèrent un peu, en silence, puis Jerry Martin se réinstalla à sa place. Il avait les cheveux mouillés, l'air épuisé, le devant de sa chemise blanche était trempé et il avait enlevé sa cravate. Quelque chose avait changé, ses traits étaient différents mais c'était si subtil qu'Isabel aurait été incapable de le décrire. John King reprit, comme s'il s'était juste interrompu pour reprendre sa respiration :

— C'est là que le Boston Police Department intervient. La bande loge quelque part là-bas. On va commencer à ratisser la banlieue de Quincy et cela ne sera pas facile.

C'est une véritable pépinière de fondus en tout genre. L'idée est de rester discret, autant que faire se peut. Nous ne voulons pas les forcer à déménager. Oliver, voulez-vous nous parler de vos indicateurs ?

– Ce sont plutôt des taupes. Nous nous méfions des indicateurs pour les grosses opérations. Nous avons trois officiers de police qui font le pavé. Des infiltrés, en quelque sorte...

Sa voix se fit autoritaire et encore plus métallique lorsqu'il poursuivit, au profit de John King :

– Attention, j'insiste sur un point. Ce sont mes hommes ! Ils prennent d'énormes risques en infiltrant les gangs. Certains se tapent ensuite des mois de confinement en clinique : désintoxication. Pas de bavures, parce que FBI ou pas, je ne le tolérerai pas. Ces types me font confiance, enfin, d'ailleurs, il y a une femme dans le lot. Vous avez parlé de « fondus », Mr King. C'est un euphémisme. Ce sont de vrais tarés et des tarés extrêmement dangereux. (Il hésita et conclut d'une voix incertaine :) Jerry le sait. Moi aussi. Pour en revenir aux « taupes », pour l'instant rien n'est remonté qui puisse correspondre à ce que nous cherchons. On continue.

– Bien, merci Oliver. Kay ?

– Nous avons rentré l'ébauche de profil psychologique dans le VICAP. Pour l'instant...

Simon l'interrompit :

– C'est quoi, le VICAP ?

– Un programme. Une base de données informatiques, accessible du Net, qui regroupe tout ce que nous savons sur les pires criminels en liberté à l'heure actuelle. N'importe quel flic, n'importe où, peut la consulter s'il pense que son enquête a un lien avec l'un d'eux. Nous espérons, de cette façon, pouvoir les localiser très vite et les mettre en concordance avec des affaires non résolues.

– D'accord.

Kay Connelly poursuivit :

– Pour l'instant, nous n'avons rien. Mais il est exact que le profil que nous avons établi manque de consistance. Ce que nous cherchons à savoir, c'est si ce type a déjà tué ailleurs, et quand. Voilà, c'est tout ce que nous avons dans l'attente des résultats d'analyses du docteur Linden.

Celui-ci sursauta, comme s'il revenait d'une rêverie qui l'aurait conduit bien loin de cette salle :

– Oui, les analyses. Elles sont parties ce matin, très tôt, à Washington DC, au Russell Building. Ils possèdent des labos époustouflants. Très compétents et surtout rapides. De toute façon, maintenant, avec les techniques de RT-PCR on devrait obtenir les empreintes génétiques en quelques jours.

John King conclut :

– Voilà. Nous en sommes là. C'est-à-dire que nous avons quelques pistes, sans assez de substance. Ce qu'il ne faut jamais perdre de vue, c'est que l'idée est de le coincer et de le coincer très vite. Merci Isabel et Simon, merci Kay, merci messieurs.

XV

De retour dans leurs chambres, en attendant leur départ plus tard dans l'après-midi, Isabel tenta de rappeler son fils. Sans succès : toujours la même annonce, courtoise et distante, toujours le même silence.

Elle appela chez elle, pensant que peut-être Thomas y avait laissé un message. Elle dut s'y reprendre une bonne dizaine de fois parce qu'elle ne s'était jamais servie de la consultation à distance de son répondeur et qu'elle avait oublié quand taper l'étoile et les quatre chiffres du code : le jour de naissance de Tom suivi de celui de Samantha. Rien.

Une vague d'inquiétude la fit s'asseoir sur le lit. Thomas mettait à profit ses vacances universitaires pour « ramasser un peu de fric ». Il travaillait à plein temps dans son restaurant, et faisait, trois nuits par semaine, office de gardien de parking. Il rentrait chez lui épuisé et ne sortait guère. Du reste, il dépensait peu d'argent puisqu'il ne leur en avait jamais demandé.

Simon lui aussi s'inquiétait. Il proposa :

– Et si on essayait de téléphoner à cette dame, comment elle s'appelle déjà, celle qui le loge ?

– Susan Goldstein. Je n'ai pas son numéro. C'est idiot. Je ne l'ai jamais demandé à Thomas.

– Peut-être qu'eux, ils peuvent trouver.

– Oui, tu as raison. Je vais essayer de mettre la main sur Kay ou Mr King. Repose-toi un peu pendant ce temps-là. Tu es pâle. Tu veux que je te ramène quelque chose à manger ?

– Non, merci. Je vais me préparer un thé.

– Tu sauras ?

Il rit doucement et lui caressa les cheveux :

– Mais oui, ma jolie. Ce n'est pas parce que je suis fainéant et que je préfère que tu le fasses que je ne sais pas mettre un sachet dans de l'eau bouillante.

– Crapule !

– Oui. Et une vieille crapule, en plus !

Isabel appela l'ascenseur et s'émerveilla qu'il n'exige pas quelque code secret pour démarrer. Elle appliqua proprement son badge au revers de son chemisier. Kay avait dit que le bureau prêté à Mr King était situé au troisième sous-sol. Même s'il ne s'agissait pas du même bâtiment, les couloirs devaient se rejoindre, à un moment quelconque.

Elle sortit de la cage d'ascenseur et stoppa. Elle ne reconnaissait rien. Le couloir sombre, le sol en béton cru, ces grosses gaines électriques en boudin plastique noir, rien. Le ronronnement d'un compresseur la guida sur une cinquantaine de mètres. Elle comptait rebrousser chemin lorsqu'un ordre claqua derrière son dos :

– On ne bouge plus.

Isabel tomba à genoux, bras levés, mains derrière la nuque, la tête inclinée vers le sol.

– Madame, madame, ça ne va pas ? Vous avez un malaise ?

Le soldat posa son arme au sol et tenta de la relever, affolé.

– Ça va, hein, ça va ? Je vous ai pas fait si peur, quand même ?

Elle le regarda sans le voir. Mais qu'est-ce qu'il racontait ? Il était si jeune, il avait l'air si inoffensif.

Elle haleta en pointant son badge :

– Je me suis perdue, je cherche Mr King. J'ai cru que vous... vous... alliez tirer.

Il la détailla, cherchant si elle avait toutes ses facultés.

– Mais on ne tire pas comme ça, madame, pas sur une femme en plus, et dans un couloir.

– Ah ?

– Venez. Vous êtes dans le mauvais bâtiment. Je vais vous remonter. Il faut pas vous balader seule comme ça. C'est un vrai gruyère. Vous avez eu de la chance que je sois là. Vous pouviez errer durant des heures. Et en plus, c'est interdit aux visiteurs.

– Oui, merci. Merci, monsieur.

Hébétée, elle se laissa conduire par le coude, pousser dans le cordon ombilical, redescendre jusqu'au couloir qui hébergeait les bureaux de l'unité des sciences du comportement. Qu'est-ce qui lui prenait ? Elle avait cru oublier ce réflexe depuis si longtemps. D'où ressortait-il ?

Le jeune soldat la quitta sur un « ça va ? » presque paternel et elle acquiesça de la tête.

Non, rien n'allait plus du tout.

John King se leva à son entrée :

— Asseyez-vous, Isabel. Vous avez un problème ? Vous êtes livide.

— Je me suis égarée, ce n'est pas grave. Simon et moi nous demandions si... Enfin, nous n'arrivons pas à joindre Thomas, depuis hier. Ce n'est pas normal. Je lui avais demandé d'attendre mon appel et il n'a même pas tenté d'appeler à la maison. Je suis peut-être en train de perdre les pédales moi aussi, mais... Enfin, nous sommes inquiets.

— Isabel, ces dernières semaines ont été épouvantables, je ne sais pas comment vous faites pour tenir debout au milieu de cet enfer. Mais Thomas est un jeune homme, vous savez. Il sort sans doute, c'est de son âge. Ce que je veux dire, c'est qu'une absence de vingt-quatre heures n'est pas si surprenante.

Elle se tut quelques instants et repartit d'une voix presque inaudible :

— Non, vous ne connaissez pas Thomas. Il me ressemble, Samantha tenait de son père. Il est réservé, presque sauvage et buté, totalement buté... (Elle respira pour reprendre le contrôle de sa voix qui tremblait.) Il avait acheté une arme... après Samantha. Il avait promis de la revendre, mais... Sam adorait son frère et si elle a fait des confidences à quelqu'un, c'est à lui, avant même son père. Je veux dire... Enfin, je ne pourrais pas supporter que... (Elle s'entendit brusquement crier, mais elle ne pouvait plus se maîtriser.) Il va le retrouver lui aussi, il est obstiné, il ne lâchera pas et il va se faire massacrer, comme son père et sa sœur, je vous en prie, faites quelque chose. Je ne peux plus, je ne peux plus !

John King se leva d'un bond et se précipita vers elle, mais elle tendit les mains, en faisant non de la tête. Il lui arracha le petit carnet qu'elle cramponnait et sur lequel figuraient l'adresse et le numéro de téléphone de son fils.

— Cela fait combien de temps que vous ne lui avez pas parlé ?

— Quatre ou cinq jours, je ne sais plus. Susan Goldstein. C'est la dame chez qui il loge. C'est dans Harvard Square.

— Calmez-vous, Isabel. Il travaille quelque part ?

— Oui, c'est marqué en dessous, le restaurant *Big-Sub*.

— Nous allons faire une recherche. Je vous fais reconduire dans votre chambre. L'extension de mon bureau est le 1711. J'ai oublié de vous le dire. C'est direct, vous n'avez pas à composer le zéro. Vous remontez et vous attendez mon appel. Tout va aller, d'accord ?

Isabel hocha la tête.

John King passa plus d'une heure au téléphone. À l'issue de son dernier appel, il raccrocha et se passa la main dans les cheveux en murmurant :

— Je Vous en prie, pas ça.

Il enfonça une des touches de son gros téléphone standard :

— Kay, vous pouvez me rejoindre ? Si Martin est libre, il ne sera pas de trop.

Ils s'installèrent. Au pli qui barrait le beau front bombé de Kay, John King sut qu'elle se doutait qu'ils n'avaient pas encore été jusqu'au bout du pire.

— Isabel Kaplan ne parvient pas à joindre son fils Thomas, qui loge chez l'habitant à Harvard Square. Moi non plus. N'arrivant pas à contacter sa logeuse, Mrs Susan Goldstein, j'ai appelé le restaurant où travaille le jeune homme. Le patron était furieux. Il ne s'est pas présenté depuis quatre jours, cinq en comptant aujourd'hui. C'est pourtant « un chouette petit gars sérieux », m'a-t-il dit. Pas le genre à manquer, même lorsqu'il est patraque. Cela corrobore ce que m'a dit Isabel. Thomas a disparu de la circulation depuis cinq jours. Pratiquement en même temps que son père. Il avait acheté une arme mais promis à sa mère de s'en débarrasser.

— Ah merde, soupira Jerry. Putain, si jamais il s'est mis en tête de jouer les justiciers comme son vieux, il va se faire découper par l'autre dingue. Mais qu'est-ce qu'ils ont dans la tête ?

— Ils n'ont aucune idée de ce qui est en face d'eux, répondit Kay.

John King se mordit la lèvre. Une sorte de trouille commençait à l'envahir, un étrange sentiment oublié depuis longtemps. La chasse se compliquait parce qu'il ne pouvait pas risquer de perdre Thomas, si toutefois il était encore en vie. Il reprit :

— Les choses sont d'autant plus inquiétantes que j'ai téléphoné à Bell Telephon. Mrs Goldstein n'a pas payé sa dernière facture, un retard de dix jours. C'est la première fois que cela lui arrive, aussi lui ont-ils simplement envoyé une lettre de mise en demeure, sans la déconnecter.

— Et Thomas ?

— Sa facture n'est due que dans une semaine.

Kay se leva, les mains sur les hanches de son jean :

— Qu'est-ce qu'on fait ?

— On appelle le Boston PD et on demande à une patrouille d'opérer une vérification.

— On n'a pas de mandat de perquisition.

— Nous avons « toutes les raisons légitimes de penser que Mrs Goldstein et Thomas Kaplan sont en danger de mort ». Ça suffira pour l'instant.

— Je m'en occupe.

— Et moi ? demanda Jerry Martin en se levant à son tour.

— Vous avez eu, je crois, un contact privilégié avec Isabel Kaplan ?

Jerry baissa les yeux :

— Ce n'est pas la formulation que j'aurais choisie, mais oui, on peut voir ça ainsi.

– Alors vous baby-sittez. Montez leur annoncer qu'ils ne repartent pas ce soir. Voyez s'ils ont besoin de quelque chose, linge, brosse à dents, que sais-je ? Vous pourriez les emmener faire un petit tour, prendre l'air. Peut-être aimeraient-ils visiter notre bibliothèque, ou... Enfin, je ne sais pas. Débrouillez-vous, Jerry.

– Bien, monsieur.

Il se dirigea vers la porte. La voix de King le fit se retourner :

– Jerry... J'ai rarement rencontré des gens comme eux, vous savez, pourtant j'ai rencontré tant de gens... Je, enfin, ce que je veux dire c'est qu'ils...

– Oui, je sais ce que vous voulez dire. Ils méritaient le mieux et ils ont écopé du pire, c'est ça ?

– En substance, oui.

– L'incompréhensible Justice Divine sans doute, monsieur ?

C'était sorti sans qu'il le souhaite. Jerry Martin avait une certaine admiration pour King, même si les mobiles qui le poussaient lui paraissaient étranges et même suspects. Il se reprit :

– Pardon, monsieur.

– Ce n'est pas grave.

John King sortit de la poche de sa veste sa collection de petits cailloux qu'il aligna devant lui. Ils n'avaient rien de morbide, du moins dans son esprit, même si tous représentaient une vie terminée, volée. Le petit caillou de Samantha était un éclat de granit rosé, dont l'une des arêtes avait le tranchant requis. Il l'avait découvert, ou plutôt, la pierre s'était révélée à lui – c'était la règle –, quelques heures après sa première visite à Isabel.

Il traversait une allée gravillonnée et le bout de sa chaussure avait heurté un gros gravier qui avait roulé jusqu'à l'herbe, seul. John s'était agenouillé et l'avait contemplé, le retournant du doigt. Il avait effleuré l'arête coupante. Il était rosé, parsemé de minuscules incrustations grises. C'était celui de Sam.

Il le prit délicatement et le posa à côté du petit galet gris anthracite, le caillou d'Isaac. Ses bords réguliers s'amenuisaient pour former une lame circulaire. Il leur ajouta les cailloux des deux autres jeunes filles. L'un n'était pas vraiment une pierre, mais il lui faisait penser au sourire de la blonde Cindy, sur cette photo que sa mère lui avait confiée en sanglotant. C'était un éclat de gros verre, sans doute un morceau du culot d'une bouteille ancienne. Le dernier, celui de Laurel, la jeune fille noire, était très beau. On aurait cru une sorte de truffe beige... plutôt un oursin hérissé de minuscules stalactites en silice. Et John King s'installa pour une longue attente, le dos très droit, ses mains jointes serrant de plus en plus fort les quatre cailloux, priant pour que celui de Thomas ne s'y ajoute pas, le regard fixé sur le portemanteau et la tête vide de toute autre chose que la bête non humaine, quelque part.

Elle le regardait depuis un moment sans doute et il se sentit pris en faute :
– Isabel ?
– J'ai frappé. Vous n'avez pas entendu. Je préfère attendre avec vous. Simon dort. Il avait mal, je lui ai donné des comprimés. Jerry n'est pas très à l'aise avec moi maintenant, vous savez ? C'est normal. J'ai pénétré dans un des coins les plus secrets de sa vie alors que je lui étais totalement étrangère. Vous devriez vous désinfecter les mains. Vous saignez. Ça a coulé sur la plaque du bureau. C'est quoi ?
– Un secret.

Il se leva, ouvrit les mains et Isabel aperçut quatre petits cailloux, teintés d'une humeur rouge sombre.
– Excusez-moi un moment, Isabel. Je vais les rincer.

Lorsqu'il revint, ses mains serraient des tampons de papier toilette. Il déposa les quatre petits éclats sur la plaque qu'il essuya avec une serviette en papier.

– C'est lequel, celui de Samantha ?

– Ah, bien sûr ! Le rose, le petit morceau de granit. Venez voir si vous voulez, mais n'y touchez pas.

Isabel s'approcha, les mains croisées dans le dos.

– Il est joli. Le gris, c'est Isaac ?

– Oui.

Elle jeta un regard à la collection étalée sur la plaque :

– Il y en a tant que ça.

Ce n'était pas une question.

– Non, plus. Ceux-là, c'est juste ceux qui sont venus à moi.

– Pourquoi des cailloux ?

– Parce que les pierres nous côtoient depuis la création et qu'elles pleurent depuis si longtemps que plus personne ne les entend.

Il les rangea dans la poche de sa veste et se réinstalla derrière le bureau.

– Ne vous croyez pas obligé de faire la conversation, John King. Le silence me va.

– Bien.

XVI

Caroline Knight soupira d'agacement. Elle n'avait pas encore décidé ce qui lui tapait le plus sur les nerfs, des gémissements et reniflements de son coéquipier ou de ces rues de merde où il est toujours impossible de se garer. Elle ralentit en passant devant le 44, Chauncy Street. Bon tant pis, pour quelques minutes, elle collait la bagnole sur le trottoir.

Pour la dixième fois, elle s'insurgea :

– Enfin, Barry, je t'avais dit que c'était une fille comme ça ! Mais monsieur est plus balaise que tous ceux qui ont pris une veste avant lui. Fallait qu'il y aille.

Pour la centième fois, Barry Watson chouina :

– Mais elle m'avait dit qu'elle m'aimait, qu'avec moi c'était différent, que je la mettais en confiance, merde !

– Elle a sorti le même baratin à tous les autres, d'accord. Bordel, qu'est-ce que vous avez dans les yeux, les mecs ? C'est la testostérone qui vous aveugle, ou quoi ?

– Mais attends, là... J'ai pas essayé de la sauter comme ça ! C'était sérieux.

– Bien sûr, puisqu'elle ne voulait pas, ça te faisait saliver.

– Non, moi j'aime bien la réserve chez une femme. Ça rassure, quoi !

Caroline coupa enfin le contact, attrapa son coéquipier par la chemise de son uniforme et, le tirant vers elle, déclara d'un ton franchement exaspéré :

– Je vais te confier un gros secret, Barry, si tu me promets que tu le répéteras à personne.

– Euh, ouais...

– Ce sont les ficelles de votre foutue vision de la féminité, celle que vous avez en tête et qui ne correspond pas à grand-chose. Nos mères nous les transmettent avec le biberon ! Tu veux alpaguer un crétin de flic provincial : joue les vierges, ma fille !

– Elle a pas couché avec les autres non plus !

– C'est ce que je dis : vous êtes tous des crétins provinciaux de flics ! Elle s'est fait inviter, offrir des fleurs, un foulard ou du parfum, peut-être ?

Il hocha la tête d'un air lamentable qui la fit sourire, mais elle porta l'estocade quand même :

– Bon, ben elle n'a pas tout perdu, elle, au moins ! Et elle doit avoir une jolie collection, maintenant.

Elle descendit de voiture en maugréant. Crétin, qui ne voyait même pas qu'elle n'avait besoin ni de fleurs ni d'un foulard. Ce que les mecs peuvent être idiots, c'est pas croyable ! Elle ne pouvait tout de même pas lui sauter dessus... Quoique !

La troisième clef universelle leur permit de forcer la porte bleu marine et de pénétrer dans la maison de deux étages en brique rouge.

Le commandant Fairfax leur avait recommandé d'opérer dans la dentelle. A priori, il ne devait pas y avoir de risques physiques, mais quand même... Ça c'était une bonne femme, Fairfax ! Celle-là, elle réglerait son problème avec Barry dans les cinq secondes, tout en délicatesse, dans le genre : « Alors, bonhomme, tu veux ou tu veux pas ? »

Caroline réprima un gloussement. Ce n'était vraiment pas le moment.

Ils visitèrent les chambres, sans rien y trouver d'étrange. Une de jeune homme, le locataire, à ce qu'on leur avait dit, le lit fait, bien rangée, la décoration presque sommaire. Deux piles de gros bouquins posées sur la plaque en aggloméré qui faisait office de bureau. Caroline s'en approcha sans les toucher : des machins de maths et physique. Elle frémit : elle avait toujours eu ces matières en horreur. Le placard douche-WC qui faisait suite à la chambre ne révéla rien d'autre qu'une bombe de mousse à raser, une brosse à dents dans un verre épais, deux tubes de dentifrice entamés, quelques serviettes de toilette blanches qui juraient avec le tapis de douche fatigué à grosses fleurs roses et jaunes. Sans doute un prêt de la logeuse.

Ils visitèrent ensuite la chambre de la dame, la propriétaire, située à l'autre bout d'un couloir moquetté d'un tapis dans les tons rouge sombre. Un peu cocotte, mais assez jolie, du moins pour une dame d'un certain âge, toute en bouillonné de voile. Le lit à baldaquin était recouvert d'un jeté à grosses fleurs aux teintes pastel. Dessus s'empilait une multitude de petits coussins en dentelle, satin, crochet, déclinant toutes les nuances de rose. Derrière la vitre impeccable d'un meuble-vitrine en acajou verni, une collection de poupées de porcelaine, aux robes complexes, les fixaient de leurs grands yeux bleus. Un ordre méticuleux régnait dans le petit dressing attenant à la chambre. Tout y était méthodiquement séparé : les chemisiers des jupes, les robes des vestes et manteaux. Une petite pile de gants de peau de couleurs différentes s'adossait à la ligne des sacs à main. Les chaussures, proprement alignées sur l'étagère du bas, étaient toutes tendues d'embauchoirs.

Les placards de la salle de bains regorgeaient de crèmes anti-vieillissement, « coup de fouet », à « effet lifting » et de fards, témoins d'une longue et vaine lutte contre les ravages insolents du temps. Ils découvrirent, dans une petite alcôve à côté de la baignoire, une sorte d'appareil bizarre avec de grosses pastilles en plastique mou reliées à la machine par des câbles électriques.

Barry murmura, comme dans une église :

– C'est quoi, ce machin ?

Caroline répondit sur le même ton confidentiel :

– Un truc électrique pour raffermir les tissus. Tu te colles les pastilles sur les fesses, les jambes ou la figure et tu envoies le jus. Ça fait massage, quoi.

– Merde, et si le courant se dérègle ?

– Mais non, c'est prévu pour.

Ils descendirent et parvinrent à la cuisine. La phrase que Barry répétait stoppa net, coupée dans l'air :

– Mais j'te dis que cette fois, avec elle, j'y... Merde, là c'est pas normal.

– Non, tu l'as dit bouffi. Qu'est-ce que c'est que ce truc ?

La cuisine était sens dessus dessous, les chaises renversées. Sur la table, quelque chose achevait de se dessécher et de se couvrir d'une fine moisissure verte dans une assiette : des pâtes avec du parmesan, et un vieux bout de jambon qui ressemblait à une feuille de carton. Un truc était répandu sur la toile cirée fanée décorée de petits sapins de Noël enguirlandés, rouge, presque noir. Caroline approcha son nez, prudemment :

– Non, c'est pas du sang. Du pinard plutôt. Où est la bouteille ? Le verre ?

– Je les vois pas. Oh merde, c'est quoi, ça ?

Caroline s'agenouilla à ses côtés, non loin d'une chaise qui gisait sur le flanc. Elle tira un crayon de sa poche de poitrine et souleva la touffe :

– Des cheveux... toujours attachés à un bout de scalp. De la peau humaine. Bon, Barry, je crois qu'il vaudrait mieux appeler de l'aide sur ce coup.

– D'ac !

Elle le laissa biper le central et s'approcha de la cuisinière en émail blanc. Un étrange résidu brunâtre s'était déposé sur deux des feux et la grille qui les protégeait. L'autre côté de la plaque blanche était impeccable. Elle préféra ne pas imaginer à quoi ce caramel noirâtre correspondait, du moins pas avant l'arrivée des renforts.

Barry lâcha très fort, comme s'il cherchait à se rassurer :

– Une voiture nous rejoint, cinq minutes.

– Bien. On descend ?

– Ben, pour quoi faire ? On peut les attendre.

– Barry ? Te dégonfle pas. Il n'y a plus personne ici. Au pire, on va avoir une mauvaise surprise.

Caroline Knight se souvint très longtemps de cette boutade, destinée à encourager son partenaire. Elle était tellement en dessous de la vérité qui leur sauta à la figure lorsqu'ils poussèrent la porte de la cave.

– Ah merde, oh putain, je vais dégueuler ! gémit Barry

qui aspergea les chaussures de Caroline d'une sorte de liquide jaunâtre et malodorant.

Sa voix devint suraiguë et il hurla :

— Mais qu'est-ce que c'est que cette saloperie, bordel, qu'est-ce que c'est ?

Caroline était tétanisée. Elle avait vu des trucs affreux sur informatique, pendant leurs formations, mais ça...

Susan Goldstein les fixait, assise, jambes écartées, ses paupières retenues aux arcades sourcilières au moyen de grosses épingles de sûreté. Toute la moitié de son visage, sa gorge, son épaule et le haut de son bras portaient en incrustations carbonisées le dessin de la grille de la cuisinière. Des plaques maintenant verdâtres apparaissaient sur le sommet de son crâne, là où ses cheveux avaient été arrachés à pleines poignées, emportant avec eux leur socle de peau. La bouteille de vin avait été renversée sur sa jupe et son bras intact la retenait, comme l'aurait fait une ivrognesse. Le verre était posé à côté d'elle.

Les yeux de Caroline la brûlèrent ; quelque chose lui faisait très mal, juste sous les seins. Pourtant il n'y avait rien : que des étagères soutenant des rangées de boîtes en carton, étiquetées. De là où elle se tenait, elle pouvait déchiffrer l'écriture soignée qui précisait *bocaux vides*.

Rien.

Que cette pitoyable monstruosité, aux yeux aveugles et grands ouverts.

— Caroline, Caroline ? Sortons de là. Ça pue, c'est intenable.

Le cerveau de Caroline, bloqué sur cette scène de supplice, collé aux mi-bas couleur chair que dévoilait la jupe retroussée et qui laissaient apercevoir un peu d'une peau blafarde, n'avait pas encore perçu l'odeur insupportable de décomposition. Barry la secouait, mais elle était incapable de comprendre pourquoi.

— Viens, Caroline, je t'en prie. On se tire de là. C'est pas pour nous, ces horreurs-là.

Il la traîna et referma la porte de la cave. Elle le fixait sans le voir, hagarde. Elle se laissa remorquer, sortir dans la rue, incapable de penser à quoi que ce soit, de parler, jusqu'à ce que les sirènes hurlantes lui crèvent les tympans. Un ou deux de leurs gars tentèrent de lui parler, mais elle ne comprit pas ce qu'ils disaient. Fairfax. Mais qu'est-ce qu'elle foutait là ? Elle la vit s'entretenir quelques instants avec Barry, hocher la tête, mais tout était si brumeux que Caroline ne parvenait pas à trouver une explication à l'agitation qui régnait depuis quelques secondes dans la rue.

— Caroline ? Caroline Knight. Commandant Fairfax, répondez-moi, c'est un ordre ! Caroline ?

Une gifle comme elle n'en avait jamais reçu la fit tomber, assise au milieu de la rue. Elle fondit en larmes et puis les larmes ne furent plus suffisantes alors elle cogna l'asphalte de ses poings en criant :

— Non, non... Merde, non !

Fairfax s'accroupit à ses côtés :

— Vas-y, pleure. C'est ce qu'il faut. Chiale tout ce que tu peux, ma belle, reviens avec nous. Barry va te raccompagner. On prend la suite.

Fairfax se releva dans son beau pardessus chameau, dont elle avait taché l'ourlet en frôlant le sol. Sa silhouette carrée rassura Caroline. Elle saurait, elle. Elle trouverait pourquoi quelqu'un peut faire souffrir ces horreurs à un autre être, parce que Caroline ne voulait surtout pas l'apprendre.

Barry la releva.

Fairfax rassemblait ses hommes. Caroline se cramponnait à la portière de la voiture de service de peur que ses jambes cèdent sous elle. Elle suivit du regard la grande femme, entourée de quatre officiers. Ils pénétrèrent dans la maison.

— Monte. Je te ramène chez toi.

115

– Non, je reste, j'attends.
– Mais Fairfax a dit que...
– Tu me lâches Barry, d'accord. Barre-toi si tu veux !
– Écoute, Caroline, je crois que tu n'es pas en état, et moi, je me sens pas génial.
– Je reste. Je me suis conduite comme une conne, pas comme un flic. Alors je reste.

Il la regarda et lui sourit timidement :
– D'accord, flic, je te tiens compagnie.

XVII

Ils étaient rentrés depuis trois jours à Bedford. Isabel et Simon ne supportaient pas d'être cloîtrés plus longtemps dans cette base, qui ressemblait à une énorme termitière parfaitement organisée et dont ils ne pouvaient sortir qu'escortés. Mieux valait l'enfermement de leur maison. Ils n'avaient pas tiré les persiennes ni ouvert les fenêtres. Isabel était sortie à la nuit tombante pour aller faire des courses dans le supermarché de Burlington, une ville voisine, de peur de rencontrer un voisin qui se sente investi d'une mission d'information ou de compassion.

Simon et elle parvenaient à réduire les sons à quelques phrases par jour, mais les autres en sont incapables. Le silence leur fait peur et ils s'entêtent à le remplir.

Ils ne quittaient leurs places respectives dans la cuisine que pour aller s'asseoir côte à côte sur le canapé et fixer durant des heures l'écran noir de la télévision. Ils s'y endormaient parfois, pour quelques minutes ou quelques heures, puis se réveillaient en sursaut. Simon multipliait les prises de pansement gastrique, murmurant à chaque fois :

– C'est rien. Ça passe.

C'était une certaine satisfaction d'avoir totalement perdu le fil des heures. Bien sûr, si elle avait fait un effort, fixé les interstices des persiennes qui laissaient filtrer un peu de lumière solaire, Isabel aurait pu savoir que ce n'était pas encore la nuit. Mais pour quoi faire ? Elle attendait. Simon aussi attendait et l'heure importait peu. Ils attendaient avec tant de concentration que la sonnerie du téléphone ne les surprit pas :

– Isabel ? John King. Je voulais vous téléphoner aussitôt que nous aurions quelque chose.

– J'attends.

Simon venait de la rejoindre dans la cuisine et elle enclencha le haut-parleur.

– Isabel, ne tirez aucune conclusion hâtive de ce que je vais vous apprendre. Il y a plein de scénarios possibles.

– Il est mort ?

– Non. Pas que nous le sachions. Mrs Goldstein a été traînée de la cuisine où elle dînait seule. Elle a été suppliciée dans la cave et le cadavre abandonné sur place. Rien n'indique que Thomas se trouvait sur les lieux à ce moment-là. En revanche... ce que nous pensons, c'est qu'il est rentré lorsque le tueur avait presque fini de jouer. Votre fils a sans doute tenté de fuir par le garage. Il y a les traces d'une lutte violente, tout est saccagé, retourné et...

– Et ?

– Nous avons retrouvé des éclaboussures de sang, sur le sol, sur une des chaises longues que Mrs Goldstein remisait là. Il correspond à un degré d'étroite parenté avec le sang prélevé de Mr Kaplan. Nous avons aussi collecté des cheveux, sans doute arrachés dans la lutte. Très bruns, raides, des cheveux asiatiques. L'analyse ADN des bulbes est en cours. Elle nous renseignera plus sûrement.

La voix d'Isabel s'étrangla :

– Vous voulez dire qu'il l'a emmené ?

– C'est notre hypothèse la plus solide pour l'instant. La voiture de Mrs Goldstein a disparu.

Elle aurait volontiers offert sa vie en échange de la mort de Thomas, mais une mort rapide, immédiate, pas ce délire de haine, de sadisme, pas un autre Isaac.

– Isabel ? Vous êtes toujours là ?
– Oui, je vous écoute.

Elle ne comprit pas pour quelle raison elle se mettait soudain à hurler :

– Mais qu'est-ce que vous faites, vous attendez quoi ? Qu'on le retrouve dans une benne à ordures ? Pourquoi s'acharne-t-il sur nous ?

– Voilà, c'est ça la question ! Et la réponse peut nous conduire à lui. Pourquoi Samantha, Isaac et maintenant Thomas ? Quel lien a-t-il avec vous ? Il vous renifle, il vous suit à la trace en permanence, pourquoi ?

Elle resta interdite. Qu'avaient-ils dit ou fait ? Qui avaient-ils rencontré un jour qui mettrait cette abomination en marche ? Elle raccrocha sans même penser à prendre congé de Mr King.

Les yeux bleu-gris de son beau-père étaient rivés sur le combiné.

– Il a raison. Ça vient de nous, je sais pas comment ni pourquoi, mais ça vient de nous. Il faut qu'on trouve, Isabel, et vite. Ce dégénéré va éteindre ma race. Je suis le dernier issu de Judith Kaplan. Non qu'ils soient si précieux, nos gènes, c'est des gènes quelconques, mais tu vois, ça prouvera que je n'ai même pas existé et qu'elle, elle est morte en perdant tout ce qu'elle voulait préserver. Je ne crois ni en Dieu ni en Sa justice, Isabel, mais je crois que le devoir de l'homme, c'est de se battre quand il le faut. Et je ne mourrai pas comme un vieux con, abruti par son délabrement.

Il n'avait pas parlé si longtemps depuis des jours et parvint essoufflé au bout de sa dernière phrase. Elle alla à lui et serra contre elle la poitrine massive qui se soulevait chaotiquement, cherchant l'air.

– Je vais rappeler King, Simon. Il faut que je sache quelque chose.

Il répondit à la deuxième sonnerie :

– Mr King, je voudrais que vous me parliez des deux autres jeunes filles. Je ne connais même pas leurs noms. Je me doute que cela ne me regarde pas, du moins que c'est confidentiel, mais il faut que je sache si...

– Elles avaient un lien avec Sam ou Thomas ? Pas à notre connaissance, mais nous creusons. Cindy Hefant et Laurel Ferry étaient un peu plus âgées que Samantha. Laurel était demi-pensionnaire dans une école religieuse à Saint-Ann.

– C'est la jeune fille noire ?

– Oui. Élève modèle, aucun problème de discipline, presque trop sage. Fille unique, chérie de papa et maman et même des voisins. Les parents sont, excusez-moi, « inutilisables ». Ils sont bouclés dans leur chagrin. Je me demande si la mère n'est pas en train de basculer de l'autre côté. Cindy Hefant, vive, beaucoup plus socialisée que l'autre, plein de petits amis et des résultats scolaires plus que médiocres. Papa, médecin, ne l'entendait pas de cette oreille. Elle a redoublé dans un lycée privé, serré. Elle avait fait un court passage dans le collège de Samantha, mais en raison de la différence d'âge, je ne pense pas qu'elles se soient fréquentées.

– Rien d'autre ?

– Pour l'instant, non.

Isabel raccrocha à nouveau et se tourna vers Simon qui attendait, les bras mous le long du corps, la cage thoracique toujours soulevée d'inspirations anarchiques :

– On va trouver, Simon. Il doit y avoir quelque chose, un truc auquel nous n'avons pas pensé. Il faut arrêter de divaguer dans nos souvenirs. Il faut penser, maintenant. On commence par le plus simple, eux. Si ça ne marche pas, on passera à nous. Tu prends la chambre de Sam, moi celle de Thomas. Tu retournes tout, tu fiches tout en l'air. Trouve quelque chose.

Il la suivit dans l'escalier, nerveux, impatient.

— Simon. Tu ratisses tout, au millimètre près, même s'il faut y passer la nuit. Si tu as un doute, tu m'appelles. N'oublie pas que les gamines sont futées lorsqu'elles veulent dissimuler des secrets à leurs parents.

— Ça marche, compte sur moi.

Isabel dévasta méthodiquement la chambre de Thomas, commençant à hauteur de la fenêtre et avançant par bandes de 50 centimètres, fouillant à chaque fois toute la largeur de la pièce. Elle souleva même la moquette à courtes bouclettes bleutées, la retournant en rouleau, au fur et à mesure de sa progression. Elle dévala l'escalier, se précipita dans la cuisine à la recherche d'un large couteau pour soulever la planche du fond du placard à vêtements de Thomas.

Rien.

Elle repêcha dans un des tiroirs de son secrétaire une carte de fidélité du cinéma municipal. Huit des petites cases étaient coloriées d'un tampon en forme d'amaryllis. Il ne lui en manquait que deux avant de pouvoir assister à une séance gratuite. Il ne restait qu'un exemplaire maltraité du *Théâtre* de Shakespeare sur l'étagère scellée au-dessus de son bureau. Une de ces éditions bon marché qu'achètent les élèves. Elle la feuilleta. Dans *Roméo et Juliette*, certaines des répliques du héros étaient soigneusement surlignées au feutre jaune fluorescent. Il n'avait jamais récité Roméo devant elle. Normalement, tous les enfants aiment parader lorsqu'ils parviennent à déclamer la moindre scène d'une pièce. Mais Thomas était si secret, si lointain... Elle se rendit compte qu'elle avait raté une bonne partie de sa vie.

Simon l'appela du pas de la porte :

– Tu trouves quelque chose ?
– Non. Et toi ?
– Rien que des trucs de gamine. Elle a découpé des tas de photos dans des magazines, avec des mecs que je ne connais pas. Il y en a une quantité. Et puis des articles de régime, alors qu'elle était grosse comme une allumette. Un machin sur les premiers rapports sexuels, aussi. Tu crois que...
– Non. D'après... ce dossier, elle était vierge. Ce n'est pas dans ce sens-là qu'il faut chercher. Je vais venir voir. Repose-toi un peu. Je finis, je n'en ai plus pour longtemps.

Elle inspecta tous les vêtements que Thomas avait laissés derrière lui, tous les tiroirs, elle retourna même le placard dans lequel il rangeait ses affaires de sport et de toilette.

Rien.

Isabel s'affala sur le rouleau de moquette, une chaussure de tennis à la main. Comment un garçon de 22 ans pouvait-il passer toutes ces années dans une pièce sans laisser aucune empreinte, aucune trace de vie, de personnalité ? Si elle n'avait pas su que son fils vivait là, elle aurait été incapable de formuler aucune hypothèse sur l'habitant de ces lieux, sans doute même pas son sexe, ni son âge. Où avait-il existé, toutes ces années ? Est-ce que cette fuite avait un lien avec cet enfer ? Soudain, alors qu'elle songeait à rejoindre Simon, un souvenir lui revint. Ce qu'Isaac avait appelé « la grande crise post-pubère » de Thomas. Son fils était rentré un jour du lycée. Il devait avoir 17 ans, même pas. Il avait vidé des sacs et des sacs-poubelle de choses, nettoyé sa chambre. Inquiète, Isabel était montée aux nouvelles. Il s'était contenté d'un :

– Tous ces trucs, c'est complètement infantile. J'ai besoin d'un peu d'espace et de vide.

Elle n'avait pas discuté. Il semblait heureux de ce

vidage. Tous les jeunes ont de ces crises ; tant qu'elles ne sont pas dangereuses, autant les laisser vivre.

La sonnerie du téléphone la fit bondir. Elle regarda machinalement sa montre, 4 heures, sans doute du matin.

— Je ne vous réveille pas, Isabel ? Je suis désolé. Il fallait que je parle à quelqu'un. On en a une autre. Une jeune fille, blanche, 17 ans. Comme les trois précédentes. C'est le même. Il s'est tenu à carreau pendant quelques jours et il recommence. Où en êtes-vous ?

Une rage folle fit trembler sa voix :

— Pourquoi ? Parce que c'est de ma faute ? Hein ? Vous ne trouvez pas, malgré tous vos moyens, vous vous plantez et je suis responsable de la mort de cette gamine parce que la mienne a été tuée avant elle ? Vous vous foutez de qui, Mr King ? Vous croyez que c'est quoi notre vie, en ce moment ?

— Ce n'est pas ce que je voulais dire, et vous le savez. Je sais que la solution m'arrivera par vous, Isabel, je le sens. Je vous en supplie, faites vite.

Il raccrocha avant qu'elle ait le temps de hurler des insultes.

Elle resta là, quelques secondes, le doigt collé contre sa carotide, attendant que son sang s'apaise, puis rejoignit Simon, assis sur le lit de sa petite-fille recouvert d'un drap à ballons multicolores.

— C'était lui ?
— Oui.
— Qu'est-ce qu'il a dit ?
— Des idioties. Il panique. Une autre gamine s'est fait massacrer.
— Merde. Il n'arrêtera jamais.
— Non, nous le savons tous. Où sont ces articles ?
— Là, derrière la porte du placard.
— Pourquoi tu ne descends pas te reposer ?

— Je préfère rester avec toi.

Isabel s'installa à même le sol, les genoux repliés en tailleur, et tira la lourde pile vers elle. Elle les classa en tas distincts : les acteurs de cinéma, les rock stars, enfin tous les leaders de ces nouvelles formes musicales dont elle ignorait la subtile nomenclature, les articles « cosmétiques » et de régime, les recettes déclinant à l'infini les inépuisables thèmes *Comment garder son petit ami*, *Comment se débarrasser de ses points noirs*, *Comment augmenter son tour de poitrine sans danger*...

Elle lâcha le petit papier coincé entre deux feuilles de magazine et regarda ses doigts comme s'il les avait ensanglantés. Elle s'affala sur l'avant, le menton dans les genoux et gémit :

— Non, non, pas ça !

Simon se redressa et tenta de la relever :

— Qu'est-ce qu'il y a ? C'est quoi, dis-moi, c'est quoi ?

Il ramassa la feuille carrée et détailla l'écriture, ronde, jolie, pleine d'accents, de petites lunes et de cédilles.

— C'est... C'est du cambodgien, c'est ça ? Isabel, réponds !

Son regard le traversa, loin, très loin.

— Isabel, Isabel, je t'en prie, je suis là, réponds-moi.

— C'est du cambodgien. C'est signé Cham Daravuth. Cham Daravuth le bourreau. Il souhaite un joyeux anniversaire à sa jolie princesse. Samantha.

Elle se prit les cheveux à pleines mains et hurla :

— Non, non, je ne peux pas le croire, pas lui ! Il est mort, il devait mourir !

Simon tomba à côté d'elle et attendit, caressant ses cheveux, qu'elle ait fini de dire des choses dans une langue qu'il ne comprenait pas, qu'il l'entendait parler pour la première fois. Elle suppliait, puis criait, en donnant des coups de pied dans l'air, les maxillaires crispés. Elle frappait la moquette de coups de poing puis joignait les mains comme pour une prière. Le jour s'infiltrait sous les rideaux à nounours bleus de la chambre de Samantha lorsqu'il l'abandonna, couchée sur le flanc, hagarde, ailleurs.

Il descendit à la cuisine et retrouva, coincée derrière le téléphone, la carte de John King.

Il patienta plus de dix minutes, tendant l'oreille vers l'étage pour surveiller les bruits d'Isabel. Mais tout semblait mort.

– Je vous réveille, c'est ça ?

– Cela n'a aucune importance, Mr Kaplan.

Et Simon lui raconta tout, ce qu'il avait vu, n'avait pas compris, Isabel, la lettre de ce type, Cham quelque chose, retrouvée dans les affaires de Sam, un des bourreaux de Tuol Sleng, l'ancienne école transformée en camp de massacre.

– J'arrive, Mr Kaplan.

XVIII

L'espèce de tétanie qui pliait Isabel en forme fœtale à même le sol n'avait pas lâché avant qu'un médecin d'une antenne mobile ne lui fasse une injection sédative. Elle dormait en gémissant.

John King avait lu et relu le petit bout de papier comme s'il comptait mémoriser toutes ces jolies courbes menues qui ne signifiaient rien à ses yeux. Simon et lui avaient passé le reste de la journée, assis dans la cuisine, à boire du thé.

– J'ai soif, j'ai la tête qui tourne.

Isabel se cramponnait à la poignée de la porte de la cuisine.

Simon lui porta un grand verre d'eau qu'elle but d'un trait.

Elle s'affala sur une des chaises libres et désigna la petite feuille d'un mouvement de menton :

– Ça dit : *Joyeux anniversaire, ma princesse. Tous mes vœux sont pour toi. Sois sage.* C'est signé Cham Daravuth. Un des tortionnaires de Tuol Sleng.

– Un de vos tortionnaires ?

– Entre autres, oui. Un de mes nombreux violeurs, aussi.

– Comment a-t-elle pu le rencontrer ? Comment est-il remonté jusqu'à vous ? Pourquoi ?

Elle le regarda comme s'il venait de proférer une obscénité :

– Vous plaisantez, Mr King ? Comment voulez-vous que je le sache ? Je croyais qu'il avait été arrêté, avec Ta Mok. Mais ces types-là ne sont pas arrêtés. Ils coulent des jours paisibles à Païlin.

– La justice suit son cours.

– Vraiment, Mr King ? Parlez-en à Simon, vous risquez de l'amuser. Parlez-lui de Klaus Barbie, de Mengele, et de tous les autres. Allez, courage, vous verrez bien ce qu'il en pense.

Elle se tourna vers son beau-père qui n'avait pas bougé, qui regardait King la bouche entrouverte.

– Il y a tant de formes de justice, Isabel. Certaines qui nous sont si incompréhensibles.

– C'est du pipeau. Je ne vous crois plus. Vous mentez, comme les autres, et le pire, c'est que vous refusez de vous en rendre compte. La preuve : il est ici, dans ce pays. Il doit être riche. Ce n'était pas un idéologue. C'était un psychopathe opportuniste et un escroc. Il pillait ses victimes et leurs familles, en leur faisant de fausses promesses de libération, d'évasion. Pas un ne s'en est sorti.

– Sauf vous.

– Sauf moi, oui et sans doute deux autres jeunes, je n'en suis pas sûre. Mais je me suis évadée au moment où il se concentrait sur l'établissement de son règne à Tuol Sleng. Après, l'espoir est mort, même le plus mince, et il a donné la pleine mesure de ses capacités.

John King la contemplait. Elle poussait sur la table d'inexistantes miettes du tranchant de sa main, les ramassant en petits tas, pour recommencer aussitôt. Comment pouvait-il lui expliquer, sans qu'elle lui crache au visage, que ce petit message d'un tueur dégénéré à une très jeune fille était son premier espoir à lui ? Cham Daravuth n'avait pas débarqué sans point de chute. Il y a des réseaux, des familles, et puis surtout, il y a des dingues que la réputation d'un tueur passé à la postérité fait saliver. Un maître à penser, une grande ombre ténébreuse.

– Isabel ? Isabel ?

Il emprisonna sa main dans ses doigts et elle leva la tête :

– Quoi ?

– Je dois rejoindre Jerry Martin à Boston. Je vais laisser mes coordonnées à Simon. Contrairement à ce que vous pensez, je sais que l'on se rapproche de lui. Je le sens. Mr Kaplan, pouvez-vous me raccompagner jusqu'à ma voiture ? Je vous donnerai une carte. Elles sont dans la boîte à gants.

Il se retourna vers elle :

– Isabel, on va le coincer, et ce n'est pas le moment de se dégonfler.

– Partez.

Simon précéda John King dans l'allée. La Ford de location était garée contre le trottoir.

– Mr Kaplan ?

Simon stoppa le temps de se laisser rejoindre. John King l'embarrassait. Il faisait partie de cette rare catégorie d'hommes qu'il ne parvenait pas à jauger, à quelques gestes, quelques mots, un sourire, la fuite d'un regard. Simon avait rencontré tant d'hommes ; tant étaient morts qu'il avait regrettés, tant d'autres avaient vécu qu'il aurait voulu savoir morts. Il avait perdu depuis si longtemps le goût de l'amour, du vrai, et celui si puissant de la haine. Il avait abandonné, quelque part en Pologne, dans une forêt, sous la carcasse d'une jument, celui de la vie. Les retrouver tous ensemble, condensés dans ces quelques jours de cauchemar lui faisait réapprendre la peur, pour la première fois depuis les grillages d'un camp de concentration. Il s'était juré, une fois arrivé aux États-Unis, après des mois de traversée pédestre, et deux années de guerre sombre et silencieuse, planqué avec d'autres dans des villages abandonnés, des flancs de colline ou des appartements désertés, qu'il ne prononcerait plus jamais les mots faim, froid et peur. Et pourtant ce soir, pour la première fois depuis un demi-siècle, il avait peur.

– Mr Kaplan, nous avons reçu, il y a quelques heures, le résultat des empreintes génétiques du sperme retrouvé... Enfin, je devrais dire des spermes.

– Et ?

– Il y en avait deux. L'un correspond à une des entrées du VICAP. Un nommé Slim Bull. Christopher Markey. Une vieille connaissance des services de police et du FBI. Ce type traîne derrière lui une liste d'agressions, de viols et de meurtres crapuleux si longue qu'il faut trois feuilles de fax pour les décrire sommairement. Il a été arrêté à deux reprises. Faute de « preuves tangibles » comme on dit, il a été relâché une première fois, puis a obtenu une liberté conditionnelle. Son officier de tutelle ne l'a jamais vu, bien sûr.

– C'est lui ?

– Non, je ne crois vraiment pas. Il ne correspond pas du tout au profil. Ce n'est pas un jouissif. C'est un violent, doté d'un QI de moustique, un admirable lieutenant, mais certainement pas un penseur. Non, non, rien à voir avec le nôtre.

— Et le deuxième sperme ?

— Non référencé.

— Ça nous mène où ?

— Encore et toujours à l'hypothèse d'un tueur qui vit en bande. Un gang. Christopher Markey est un suiveur, d'autant qu'il n'est plus si jeune. Lui aussi a besoin d'un maître à penser, d'un chef.

— C'est pour cela que Jerry Martin est à Boston.

— Entre autres, oui.

— D'homme à homme, Mr King... je ne parle pas au curé. D'homme à homme, pensez-vous véritablement le trouver ?

— L'homme vous jure qu'il fera tout ce qui est en son pouvoir. Quant à l'ancien curé, il le sait.

XIX

Oliver Davies tonnait, abattant son poing sur la table de conférence. Le visage déformé par la colère, il s'adressa à John King :

— Mais qu'est-ce que vous croyez, bordel ? Que votre putain d'auréole va protéger mes hommes ? C'est mieux que du Kevlar, c'est ça ?

Le commandant Amy Fairfax leva la voix pour la première fois :

— Lieutenant Davies, reprenez-vous. Je vous rappelle que ce sont aussi mes hommes. Asseyez-vous, maintenant.

Davies se laissa choir sur sa chaise. Les crispations de ses maxillaires remontaient jusque dans ses tempes. John

King suivit les battements saccadés de la grosse veine bleu-vert qui saillait le long de sa gorge. Il insista d'une voix calme :

– C'est précisément ce que je cherche à vous expliquer, lieutenant Davies. Jerry et moi sommes convaincus que le tueur est sans doute un membre, probablement le chef, d'un gang bostonien.

– Ça fait une bonne dizaine de fois que vous nous serinez la même chose et ça ne nous avance pas.

– Oui, c'est exact. Mais je le répète. Kay Connelly a réussi à remonter la piste de Cham Daravuth grâce aux fichiers du service d'immigration. Il avait un visa touristique en règle. Il a débarqué dans le pays, à Los Angeles, en avril de l'année dernière, c'est-à-dire il y a environ quatorze mois. Depuis, plus rien, envolé. Or si on se fie à la date anniversaire de Samantha Kaplan, il réapparaît à l'est du pays, il y a six ou sept mois.

– Il a pu lui envoyer la lettre.

– C'est une possibilité, mais peu probable.

– Pourquoi ?

– D'une part, Mrs Kaplan se souviendrait d'une lettre. Je vous rappelle que, théoriquement, Cham Daravuth sait à peine parler anglais ; s'il l'écrit, la forme des caractères doit le dérouter. D'après ce que j'ai lu, ce n'était pas vraiment un intellectuel, plutôt quelqu'un qui ne parlait aucune langue en dehors de la sienne. De surcroît, Samantha conservait ce message comme une relique précieuse, au milieu de ses autres petits secrets, caché. Il y a donc fort à parier qu'elle aurait également gardé l'enveloppe si elle lui était parvenue par la poste.

Oliver Davies sembla recouvrer un peu de son calme. Les arguments de King portaient. Il lâcha à regret :

– Admettons. Et ?

– L'idée, c'est que Cham Daravuth a contacté les deux enfants Kaplan. J'ignore pourquoi ou comment. Peut-être n'a-t-il jamais digéré qu'Isabel soit une de ses rares survivantes, donc un des derniers témoins visuels de sa folie meurtrière ; je ne sais pas, ce sont des spéculations gratuites. Ce que je sais, c'est qu'il se trouvait dans les parages il y a encore quelques mois. Je vous accorde que cela nous laisse avec plus de points d'interrogation que de solutions.

— Et selon vous, il aurait rejoint une des bandes bostoniennes ?

— Pourquoi pas ?

Oliver Davies assena un autre coup de poing sur la table :

— Parce que ça ne tient pas debout ! Quel âge peut-il avoir ?

— Selon Isabel, il avait une trentaine d'années en 76.

— Donc il a maintenant entre 53 et 58 ans. C'est un débris pour eux, Mr King. Tous ces types sont très jeunes, ils meurent vite. Il y a des gamins de 12, 13 ans chez eux et leur longévité n'excède pas 20 ou 30 ans, pour les plus malins.

— Oui, c'est vrai pour les bandes traditionnelles, si je puis dire. Jerry m'en a brossé un panorama exhaustif. Mais je ne vous parle pas de ça. Je vous parle d'un psychopathe, extrêmement séduisant, brillant, rusé, fasciné par la vie, l'aventure et l'œuvre d'un autre psychopathe qui, lui, est entré dans l'histoire humaine.

La voix de Fairfax résonna :

— Oliver, réfléchissez en toute honnêteté. Selon vous, d'après les indications en votre possession, est-ce ou non envisageable ?

Il la regarda, soudain presque désespéré, enfantin, et crispa les lèvres :

— Oui madame, ça l'est. Excusez-moi, je vais fumer une cigarette dans le couloir.

Elle acquiesça d'un signe de tête. La jeune femme qui se trouvait à ses côtés, et qui prenait des notes depuis le début de la réunion sans piper mot, releva la tête et lâcha d'un ton accusateur :

— Mais il avait arrêté.

— Oui et alors, Ruth ? Il vous a fauché votre paquet ? Non, donc tout est pour le mieux.

Ruth secoua ses boucles et répondit d'un ton geignard :

— Mais je ne fume pas, madame.

— Ce n'est pas grave. Nul n'est parfait, Ruth.

La jeune femme la fixa avec de grands yeux de veau fidèle, cherchant désespérément ce que son modèle féminin et maternel avait bien voulu dire. Perdue, elle replongea dans ses notes. Profitant de la courte absence de Davies, John King posa un prudent jalon :

— Commandant Fairfax, pensez-vous – avec l'aide du lieutenant Davies, et si nous parvenons à le loger –, que je pourrais vous servir de taupe ?

Elle le détailla, pinçant les narines comme s'il sentait mauvais et siffla :

— Mais vous êtes malade ! Davies a raison. C'est un boulot de professionnel, Mr King. Et quels professionnels : nos meilleurs hommes et femmes. À l'heure actuelle, ces bandes contrôlent presque toute la distribution de la drogue, parfois même sa synthèse, sans parler d'autres trafics. Qu'est-ce que vous croyez ? Qu'on peut faire semblant de fumer une pipe de crack, qu'on peut maquiller une seringue d'héroïne ? Qu'on peut prétendre, avec de faux coups de latte et de poing, qu'on tabasse un mec qu'on ne connaît pas, un flic éventuellement ? Non, Mr King. C'est pour de vrai. Tout. Et si vous vous faites pincer, si vous flanchez, on retrouve durant des semaines des lambeaux de votre peau abandonnés dans toutes les poubelles de la baie de Boston. Ceci est une guerre, Mr King !

Elle avait avancé le torse vers lui au fur et à mesure qu'elle s'emportait, se soulevant de sa chaise. Le retour de

Davies la calma et elle adopta à nouveau la posture rigide et détachée qu'elle avait tenue jusque-là.

King insista :

— Lieutenant Davies, attendez. Avant de poursuivre, je dois vous dire quelque chose. Je sais tout ce que vous avez accompli dans le cadre de cette enquête et sans forfanterie : cela vous vaut mon estime et ma reconnaissance, pour vous et vos hommes. Mais nous ne savons pas où se trouve Thomas Kaplan, ni s'il est encore vivant, ce dont je doute. Les serial killers se débarrassent en général assez vite de leurs victimes. Les garder en vie ne les amuse pas. Si notre théorie est exacte, Cham Daravuth veut la peau d'Isabel Kaplan. Je parle au propre comme au figuré. D'après nos dossiers, il était, entre autres choses, spécialiste du dépeçage à vif. Voyez-vous, lieutenant Davies, Samantha, Isaac et probablement Thomas Kaplan sont morts : je n'ai rien pu faire pour l'empêcher. La vie d'Isabel – je pèse mes mots – m'est devenue plus précieuse que la mienne, et c'est ce que je mets dans la balance.

Davies ferma les yeux et soupira, bouche ouverte. Une légère odeur de tabac blond mentholé parvint jusqu'à John King.

— Okay. Bien, voici ce que je peux faire : chercher si un Asiatique d'un certain âge, maniant difficilement l'anglais, a été récemment accueilli dans une bande, peut-être moyennant finances. Ça arrive.

— Merci.

— Il n'y a pas de quoi. Je ne veux pas non plus qu'elle meure.

XX

Mère Magdalena des Sisters' of Hope était toujours aussi belle. L'éblouissant résultat d'un métissage parfait entre allemand, afro-américain, indien et « sans doute un soupçon d'italien », précisait-elle en riant. Au temps où sa démarche liquide l'avait consacrée star des podiums et mascotte de tous les jeunes designers, le peu que la nature n'avait pas accepté de lui concéder avait été rectifié par les meilleurs chirurgiens esthétiques du Brésil ou de la côte Ouest. Âgée d'une toute petite quarantaine d'années, elle réussissait le prodige d'avoir l'air de sortir d'un cocktail chic dans sa jupe bleu marine à plis et son petit chandail gris boutonné, seulement orné d'une mince croix d'argent. L'ancienne folie de sa chevelure frisée, à peine disciplinée par deux barrettes, lui donnait encore des allures de fauve précieux.

Ils étaient installés à son bureau, devant une assiette de gâteaux secs, dans cette grande pièce du Charity Hospital, tapissée d'étagères, croulant sous des piles de dossiers, égayée par une collection de tapis disparates, un peu fanés mais aux couleurs gaies. John y retrouvait presque toujours le goût de sourire. Il désigna un écran d'ordinateur et plaisanta :

– Tu te mets à l'informatique ?

Un soupir de fin du monde accompagné d'une grimace lui répondit. Elle ajouta :

– J'ai résisté durant quatre ans, mais ma position devenait de moins en moins tenable. Il faut que je rentre tous ces dossiers. (Elle désigna d'un geste découragé les monceaux de liasses accumulées dans tous les recoins de la pièce.) C'est sûr, je mourrai sénile avant d'avoir mené ma tâche à bien, d'autant que je tape avec deux doigts et que ce machin m'impressionne. (Soudain, elle frappa joyeusement dans ses mains.) Bon, ça vaut une petite célébration. Allez, j'ai un excellent vin cuit caché quelque part, un cadeau. Il suffit que je le retrouve. Qu'est-ce qui me ramène enfin mon ami ?

Il biaisa pour profiter encore un peu de sa fulgurante vitalité, de cette énergie que rien, aucune discipline ne pouvait amoindrir, de cette folie bienveillante qui la menait depuis des années :

— Je ne pensais pas, ma mère, que tu resterais aussi longtemps aux Sisters' of Hope.

Elle éclata de rire :

— J'adore quand tu m'appelles ma mère. (Elle but une gorgée de son vin et ferma les yeux.) Hum, il est bon, hein ? Tu sais, John, en l'espace de trente ans, j'ai vécu un concentré de tout ce que les autres peuvent imaginer. La rue, la came, quelques passes, la gloire, des tonnes de fric et une kyrielle d'amants. J'ai toujours été croyante, mais je n'ai pas particulièrement eu de révélation. Simplement, je me suis dit : « Ma fille, tu es au bout de ta vie. Qu'est-ce que tu fais ? Tu meurs ou tu passes à autre chose ? »

« J'ai toujours eu de la chance, finalement. Je suis une des rares personnes qui ne regrettent rien, ni son passé, ni son présent. Quant au futur, je crois qu'il nous appartient de le faire. Et là, bonhomme, je ne crains personne parce que je suis branchée là-haut, acheva-t-elle en clignant de l'œil.

— Et la hiérarchie ?

— Oh, on s'en accommode, même moi. Mais qu'est-ce que tu crois, John ? Je passe dans ces salles, bondées de gens malades ou en train de mourir. J'essaie de calmer ces mères qui s'accrochent à moi en sanglotant parce qu'elles croient que, peut-être, je peux faire un miracle. Qu'est-ce que tu crois ? Quand on remet dehors un gosse de 7 ans qu'on a repêché d'une défonce ou d'un coma éthylique, on sait que de toute façon il mourra dans une semaine, dans un mois... Crois-tu qu'on pense vraiment à la hiérarchie ? Je suis une obscure tâcheronne, parmi des milliers d'autres ; c'est ce que j'ai choisi.

Soudain, elle leva la tête et son regard reprit son éclat de chat :

— Ami, ami, qu'il est futé ! Tu n'as pas répondu à ma question. Tu me fais bavarder comme une pie et je marche. Allez, balance !

Elle l'écouta, sans doute plus d'une heure, presque sans bouger. Parfois, sa longue main fine et nerveuse lui tendait l'assiette de gâteaux qu'il refusait d'un petit signe de tête, parfois elle leur versait un fond de vin, et cette simple alliance sur sa peau mate prenait un éclat de joyau.

Il s'interrompit enfin, cherchant s'il avait omis quelque chose, et attendit quelques instants :

— Qu'en penses-tu, Magdalena ?

— Je pense que je ne ferai jamais le tour de la cruauté humaine, et aussi que tu as raison. Il s'agit très certainement d'une bande.

— Tu les connais ?

— Un peu. La majorité de leurs victimes arrivent chez nous. Nous ne posons pas de questions. Nous recueillons juste ce qu'ils souhaitent nous confier.

— Tu peux me parler des bandes du coin ?

— Si tant est que j'y comprenne quelque chose, oui. Il y en a plusieurs centaines, certaines sont quasi familiales, d'autres plus étendues. Elles portent des noms très pittoresques, en général : les Freaks, les Bloods, les Rocks, les Savages ; j'en passe et des meilleures. Nous n'en sommes pas encore aux cinq cents bandes de LA, mais ça vient. La plupart vivent à la périphérie de Boston, certaines tiennent le haut du pavé en ville. Bien sûr, tu le sais, ils contrôlent presque tout le trafic de la drogue, enfin, je devrais dire de toutes les drogues possibles et imaginables. Ils sont armés jusqu'aux dents. D'après ce que disent les flics du quartier, ils sont équipés des derniers perfectionnements avant même la police. Quoi d'autre...

— Ce sont des gangs ethniques ?

— Pas forcément. C'est là que ça se complique. Certains sont latinos pur jus, d'autres afro-américains, d'autres Europe de l'Est et ainsi de suite. Mais il existe des bandes interethniques, vaguement politiques, et certains gangs noirs en massacrent d'autres. Ne me demande pas pourquoi, il y a longtemps que j'ai perdu le fil. Pour moi, la seule différence entre eux c'est les tatouages, la forme du chapeau ou de la capuche, la couleur du foulard ou des tennis et s'ils portent une boucle d'oreille ou pas. Boston, la région entière d'ailleurs, a été plus longtemps épargné par le mouvement, mais cela a essaimé, bien sûr. On tente de convaincre les familles des plus jeunes de nous aider, mais c'est très dur. C'est né dans les ghettos : les ghettos ne parlent pas et se serrent les coudes face aux « étrangers », les extérieurs. On a beau leur expliquer que tous leurs gosses vont se faire exploser d'une façon ou d'une autre, ils préfèrent se taire, pour la plupart.

— Tout ça sur fond de chômage et de crise économique ?

— Non, John, non. C'est ce qu'écrivent les journaux qui n'y comprennent rien et qui ont une colonne vide à remplir. C'est beaucoup plus grave.

— C'est quoi alors, selon toi ?

— Le fric, John, le Saint Pognon. Au début du mouvement, ou plutôt au moment où il a explosé, c'était sans doute le chômage, le ras-le-bol qui les poussait. « Bouger son cul, pour quoi faire et pour aller où ? » : c'est ce qu'ils disaient et ils n'avaient pas tort. Mais plus maintenant. Imagine, John. Tu vois ton père qui trime toute sa vie, qui arrive à peine à faire vivre sa famille, qui ne pourra jamais offrir l'université à ses gosses. Ta mère, même modèle. Elle vit dans la terreur d'une catastrophe domestique : la machine à laver qui grille, la bagnole qui tombe en panne ou un gosse malade, parce qu'il faudra choisir. Tout l'argent économisé sou à sou ne suffira pas à payer les trois. Ta petite sœur, si brillante, ne deviendra jamais médecin parce que c'est trop cher. Et puis, il y a en face la télé, les magazines. Et on te tartine la saga de petits jeunes qui ont monté une start-up, et qui en trois mois ont ramassé des millions de dollars, en se « marrant » avec leur ordinateur. Ce sont eux les nouveaux héros, et le monde occidental s'incline et se pâme. Ils passent sur CNN, font la couverture de tous les canards. Et ils sont mignons : « Ils vont acheter une hacienda à maman, au Nouveau-Mexique, et elle aura des domestiques. » Tout le monde se fout du nom du mec ou de la nana qui a traversé l'Atlantique à la rame pour des clopinettes, de la mort de ce médecin de brousse dont les quarante années passées à soigner des gamins avec ce qu'il trouvait lui ont valu un entrefilet de trois lignes.

« Mais les jeunes seigneurs du sport ou de la Bourse qui gagnent en quelques mois ce que d'autres mettront leur vie à gratter, ça fascine tout le monde. Ça les fait baver devant leur téloche à crédit. Alors vois-tu, John, de l'autre côté de ta rue, il existe une alternative, une seule. C'est le mec hyper-sympa, le frère d'un copain, avec ses Ray-Ban, sa casquette en cuir noir et sa Corvette, sa Porsche, ou même sa Lotus flambant neuve. Les plus jolies gonzesses lui tombent dans les bras. Et il n'a pas l'air d'en branler une de la journée. Tu regardes une dernière fois ta mère, ta sœur, ton vieux et tu choisis quoi ? Le fric, le pouvoir et la fascination qui va avec.

– Mais ils vont mourir.

– Bien sûr, la plupart d'entre eux. Mais ils s'en foutent. Ils sont à un âge où la mort est une notion très abstraite, presque cinématographique, héroïque même. Et puis quoi, mon pote ! Qu'est-ce que tu préfères : une vie que tu imagines solaire, un météore, avec tout ce que ce monde peut donner, même s'il le lâche peu de temps, ou une vie minable, de rat qui gratte pour se payer un magnétoscope ? Tu comprends ce que je veux dire, ami. C'est nous qui les avons créés. Notre admiration, notre dévotion à Saint Pognon. C'est presque comme si la richesse devenait la seule preuve que Dieu t'a élu. Nous en sommes là. Comme dit une chanson de Leonard Cohen, je crois : « J'ai vu le futur, mon frère, et c'est l'enfer. » L'Occident a le cul scotché sur une gigantesque poudrière et tout le monde s'en fout. Les riches deviennent de plus en plus riches, de plus en plus vite, adulés, et les pauvres crèvent, de plus en plus minables. On propulse sur les marchés des boîtes qui ne valent pas un clou, ne créent pas d'emploi et ça gonfle, ça éponge tout le fric virtuel et, crois-moi, il y en a. Ça s'appelle des bulles financières. Quand ça pète, le petit épargnant qui voulait jouer les golden-boys avec les économies de sa grand-tante en prend plein la gueule. Pas grave, on recommence.

« Oh, John, John, je me sens fatiguée ! On ne peut pas lutter contre ça, on peut juste ramasser les morceaux. Tu veux que je t'aide ?

— Oui.

— Dis.

— L'officier de police du Boston PD chargé de l'enquête sur place se passerait volontiers de moi. Je ne lui en veux pas, je le comprends. Pour lui, je suis un nul de théoricien. Mais je n'ai pas confiance en lui. Je crois qu'il ne jouera pas la réciprocité. Ce que tu m'as dit m'a déjà beaucoup aidé, mais je vais te demander plus. Peux-tu glaner des renseignements sur une bande qui aurait accueilli l'Asiatique dont je t'ai parlé ? Je sais que c'est délicat pour toi, tu leur dois le silence. Mais pense. Pense à ce dégénéré qui va continuer, encore et encore.

Mère Magdalena secoua sa crinière sombre et se servit un verre qu'elle vida d'un trait. Elle sourit, son regard de grand chat familier plongé dans les yeux de nuage de son seul véritable ami. Il l'avait sauvée, une nuit, mais c'était leur secret.

— Non. Je suis comme toi, John. Je ne leur dois rien. Je ne dois rien à personne, sauf à toi... Chut ! Tais-toi, tu vas dire des conneries. Et puis, je dois tout à Dieu. Et c'est mon affaire. Où puis-je te joindre ? Eh John, prends soin de toi. Pense, toi aussi, pense : ta vie ne t'appartient pas. Tu ne peux pas en disposer, même pour te reposer. Elle est à Dieu, à moi, à tous ceux qui t'aiment. À tous ceux que tu ne connais pas, mais qui ont besoin de toi. N'oublie pas.

Il embrassa la paume douce de ses mains qui n'en finissaient pas et caressa ses cheveux, juste parce que rien n'était plus doux, plus vivant.

— À bientôt, ma mère.

XXI

John King allait mieux. L'énergie bouillonnante de Magdalena était passée dans ses veines, soulevant son cœur. La longue et mince femme métisse, si parfaite, si absolument belle, avait reproduit son habituelle magie à son profit. Il vivait. Il vivait et il était apte. Cette énergie, cette force fascinante qu'elle sécrétait passait directement de ses yeux mordorés, presque jaunes, dans son cerveau à lui.

Il marchait dans les rues de Boston, s'émerveillant des devantures de vitrines qui abritaient des tas de trucs dont il ne connaissait ni l'identité, ni l'utilité. Il s'arrêta quelques instants bouche ouverte devant un petit aquarium rond. L'étiquette stipulait : *Ça ne se nourrit pas, ça ne se change pas, c'est des faux mais c'est un plastique imputrescible.*

Vous pouvez partir en vacances. Youpiii ! Des faux poissons rouges qui montaient et descendaient, leur nez de plastique collé aux parois de verre. Génial. Les poissons rouges parvenaient, eux aussi, à n'emmerder personne, surtout pas leurs propriétaires. Même les maîtres d'ablettes peinturlurées en plastique étaient démissionnaires.

Il s'installa sur un banc et regarda passer les gens. Le soir tombait doucement. C'était une heure agréable, tiède. Une brise légère envoyait plus loin des odeurs lourdes de pots d'échappement, de fumées.

La première fois qu'il avait rencontré Magdalena, son nom d'arène était Selavina et il était encore prêtre. Elle était à l'apex de sa gloire. Un des top models les mieux payés, les plus désirés. « Ses jambes sont un pur poème », répétait son agent. Il ne savait sans doute pas écrire le mot « poème », mais qui cela intéresse-t-il, de toute façon ?

John King avait traversé en courant la rue déserte d'un anonyme bloc d'immeubles bas de Los Angeles pour arracher des mains d'un grand mec une longue femme métisse, à moitié évanouie, à moitié hurlante. Le type cognait sous la ligne du soutien-gorge, en la traitant de pute. Il s'était retourné contre John. « Elle avait promis, éructait-il, elle devait l'acheter cette caisse ! Salope ! » John s'en était débarrassé pour quelques minutes, d'un coup de doigts à peine recourbés, juste sous le plexus solaire. Un truc de loubard, qui coupe transitoirement la respiration, très efficace. La femme était écroulée entre deux voitures, défoncée au propre et au figuré. Elle gémissait : « Pas les flics, pas les flics. » Ignorant ce qu'elle avait snifé ou fumé, John s'était contenté de la traîner dans le petit deux-pièces qu'il louait, de surveiller son pouls et de soigner les plaies multiples qu'elle portait au ventre et aux seins. Un esthète. Elle était tombée sur un mec qui n'avait pas voulu abîmer le visage parfait, son compte en banque, sa future bagnole.

Elle avait déliré toute la nuit et il l'avait rassurée, lavée lorsqu'elle vomissait.

Vers 3 heures de l'après-midi, elle s'était plantée devant lui, nue. Une sorte de cadeau miraculeux, une perfection.

– C'était un vrai tordu, non ? Je ne le croyais pas si méchant. Tu m'as ramassée, je me souviens. Sympa. Tu m'as soignée, et tu n'as pas appelé les flics. Je te remercie. Qu'est-ce que tu veux ? Du fric ou une baise. Choisis. Tu l'as mérité.

– Vous préférez un thé ou un café ? J'ai du lait et je devrais pouvoir nous préparer un peu de riz.

– Ah, un romantique ! D'accord, bonhomme. Je t'en dois une. Je paye toujours mes dettes. Va pour le thé.

John lui avait servi une tasse fumante et s'était assis en face d'elle, souriant.

– Bon, je n'ai pas toute la journée. Qu'est-ce que tu choisis ? Si c'est le fric, ne t'inquiète pas, ça ne me vexera pas. Au contraire, ça me fait des vacances.

– Ni l'un ni l'autre, merci. Je suis prêtre, madame.

Elle avait éclaté de rire :

– Merde, je peux pas le croire. Et il fallait que ça tombe sur moi, c'est ça ?

– Je ne sais pas. C'est à vous de voir.

XXII

Il était presque 19 heures lorsque John King rejoignit Jerry Martin au bar du Holliday Inn de Beacon Hill.

Il lui raconta en détail son entrevue avec le Boston PD, mais n'évoqua pas Magdalena parce que c'était un des rares secrets auxquels il tînt.

Jerry Martin réprima une grimace et insista :

— Vous voyez, monsieur, j'ai bien fait de ne pas y aller. Oliver Davies nous a dans le nez. Ça aurait été pire avec moi. Il n'aurait pas supporté un autre expert que lui, à ses yeux un théoricien, et il m'aurait balancé son habitude du terrain au visage. Vous croyez qu'il va passer les infos dans notre direction ?

— Je vois mal comment il pourrait faire autrement. Mais sans doute de mauvaise volonté.

— Oui, c'est-à-dire avec trois jours de retard.

— J'aurais dit vingt-quatre heures, mais mon optimisme me perdra.

— Et pendant ce temps-là, le jeune Kaplan se fait massacrer !

— Jerry, si le tueur a bien embarqué Thomas Kaplan comme nous le croyons, il est déjà mort. Ce n'est plus lui la priorité, c'est sa mère.

— Vous croyez vraiment que c'est une histoire de témoin visuel à éliminer ? La presse parle de procès international, j'ai cru comprendre que cela créait des tensions.

John King soupira :

— Je n'en sais rien. Je me suis raccroché à cette hypothèse parce que c'était la seule qui tenait debout. Mais ce n'est que ça : une piste de travail. Je prendrais bien un bon whisky.

Jerry Martin le regarda avec de grands yeux affolés, comme s'il venait de baisser son pantalon :

— Vous buvez, monsieur ?

John réprima un sourire :

— Ça m'arrive de temps en temps, ma religion ne me l'interdit pas. Vous connaissez une bonne marque ?

— Oh, il y en a pas mal. Vous préférez quelque chose de fruité ou de bien râpeux, avec un arrière-goût de tourbe ?

— Fruité, mais sec.

— Alors un bon vieux Glenmorangie.

John héla le garçon et demanda :
— Vous prenez quelque chose, Jerry ?
— Un porto. Ce n'est pas très viril, mais j'adore.

Ils burent leur verre en silence. Jerry Martin picorait méthodiquement toutes les cacahuètes du petit ramequin, les attrapant une à une.

— Vous n'en voulez pas ? demanda-t-il, soudain gêné d'avoir presque fini la soucoupe.
— Non, heureusement.
— Je suis désolé. Je deviens un vrai goinfre lorsque j'ai faim. Je vais sortir dîner. Je n'aime pas trop les restaurants d'hôtel et puis c'est une jolie ville, le soir. J'ose à peine vous proposer de vous joindre à moi.
— Pourquoi ?
— J'ai cru remarquer que vous mangiez toujours seul. Alors comme j'ignore si c'est un choix...
— C'est un choix, mais il n'est pas exclusif. Je serais ravi de me joindre à vous si vous tolérez une présence cordiale, mais plutôt silencieuse.
— Avec joie. Vous avez des préférences culinaires ? On peut trouver à peu près n'importe quoi à Boston. Thaï, japonais, russe, français, plein-américain, que sais-je ?
— Je ne sais pas. Choisissez pour moi.

Une lueur amusée passa dans le regard de velours marron foncé.

— Bien, je vous emmène dans un endroit qui va vous dépayser. Vous aimez le dépaysement ?
— Je suis dépaysé partout.
— Alors ça roule.

C'était une toute petite salle, sombre, odorante d'une multitude d'épices que John ne parvenait pas à identifier. Une odeur affamante. Un couple était déjà attablé. Au fond, un homme obèse, aux cheveux luisants et tressés, le marcel blanc décoré de traînées rouge sombre et ocre jaune, s'empiffrait méthodiquement.

Jerry Martin murmura :

– C'est le patron. Son tour de taille est rassurant pour des clients, non ?

– C'est une façon de voir les choses, oui.

Une femme en boubou coloré leur indiqua une des dernières tables basses libres et ils s'installèrent sur une multitude de coussins, tentant de maintenir leur équilibre pour ne pas s'affaler sur le plateau.

– Que me recommandez-vous, Jerry ?

– Le plat qu'elle va vous servir, il n'y en a qu'un. Ils n'ont qu'un seul vin. Mais je vous conseille plutôt l'eau.

– J'aime les choix simples. Ça repose.

– C'est très bon, la cuisine éthiopienne. Pas extrêmement varié, mais très bon. Ils font beaucoup de ragoûts.

La femme posa la marmite sur la table, accompagnée d'un plat de riz d'un blanc nacré qui tranchait dans la pénombre et d'une assiette où s'empilaient des petites crêpes tièdes. Elle leur tendit une provision de feuilles de papier essuie-tout.

Jerry lança joyeusement :

– Allons-y, je meurs de faim. Hein, que ça sent délicieux ? C'est du bœuf.

– Où sont les couverts et les assiettes ?

– Il n'y en a pas. Vous enlevez votre veste, comme moi, vous relevez votre manche de chemise et vous faites comme cela, regardez.

Jerry matelassa le devant de sa chemise d'une pléthore de feuilles et en étala sur ses genoux. Il attrapa une petite crêpe et plongea sa main dans la marmite. Il fourra la crêpe, la roula et croqua dedans.

John King pouffa en l'imitant :

– Je vais m'en coller partout. Ça va tourner au carnage.

Le ragoût était délicieux. Des cubes de bœuf fondus, lentement mijotés dans une sauce de tomates, d'oignons, de tranches de patates douces, relevés d'épices étranges. Ils mangèrent en silence, comme promis.

John King se plongea ensuite dans le ramassage des grains de riz qu'il avait semés un peu partout.

Un plateau chargé de pâtisseries remplaça la marmite. Le couple se leva et sortit. Ils étaient maintenant seuls.

– Je n'ai plus très faim, vous savez.

– Goûtez au moins ces trucs-là. On dirait de l'air légèrement sucré avec un petit parfum d'amande derrière. C'est si léger qu'on n'a même pas l'impression d'avoir quelque chose sur la langue. Je nous commande un café ? Il est excellent.

– D'accord.

Il se leva et repoussa légèrement le rideau qui obstruait l'entrée d'une minuscule cuisine.

Lorsqu'il revint, John King entamait sa troisième bouchée d'air sucré.

– Je peux vous poser une, non deux questions indiscrètes, monsieur ? Surtout, jetez-moi si ce ne sont pas mes oignons.

John King le regarda. Il connaissait les questions, c'étaient toujours les mêmes :

– Allez-y.

– Je sais pourquoi vous avez quitté les ordres. Mais justement, pourquoi chasseur de tueurs ?

– C'est une longue histoire, d'autant plus longue que j'ignore si c'est vraiment l'origine de mon choix. J'officiais dans une petite église de Chicago. Un quartier très défavorisé. J'ai retrouvé dans un des confessionnaux une gamine de 8 ans que je connaissais bien, violée et égorgée au rasoir. Il y en a eu d'autres. Il se faisait passer pour un prêtre. La psychose a enflammé le quartier et s'est propagée un peu autour. Il tuait toujours dans le même coin. Des petites filles. Et puis un jour, j'étais dans la sacristie. Je me suis retourné et j'ai su que c'était lui, je veux dire, cela ne faisait aucun doute dans mon esprit.

– Il y avait d'autres gens ?

– Oui. Mais c'était comme si mon regard ne voyait que lui ; tout le reste, les autres étaient troubles, dilués. Je me suis avancé vers lui. Il était beau. Je lui ai dit : « Il faut venir avec moi. » Et il a essayé de me tuer.

– Quoi ?

– Oui. Il a sorti son rasoir. C'est très étrange, Jerry, parce que je ne me souviens absolument pas de ce qu'ont fait ceux qui étaient présents autour de nous. Il me semble qu'il y a eu des cris, des gens renversant des chaises en fuyant. Je ne sais pas trop. Il n'existait plus que lui, moi et son rasoir, face à face, au milieu de l'église.

– Et que s'est-il passé ?

– J'ai foncé et j'ai cogné et cogné. Après, c'était comme si je sortais d'un évanouissement. Enfin j'imagine, parce que je ne me suis jamais trouvé mal. Il était à terre, inconscient. Il avait dû m'atteindre parce que mon bras droit était taillé, et que je pissais le sang. J'ai vécu, à cet instant précis, quelques secondes de paix et de bonheur absolus, plus rien ne me faisait défaut, plus rien n'était imparfait. C'était vertigineux. Je me sentais couler, doucement. (John King eut un petit rire.) C'était très bref, bien sûr. J'ai appelé la police et une ambulance. Quelques jours plus tard, j'obtenais l'autorisation de l'épiscopat de devenir un prêtre itinérant. J'ai sillonné les États-Unis durant des mois. Il me manquait une réponse fondamentale et terriblement angoissante.

– Laquelle ?

– Je n'arrivais pas à démêler le faux du vrai. À qui devais-je ces secondes de paix et de bonheur parfaits ? Aux pires instincts meurtriers de l'humanité que je porte en moi, comme tout le monde, ou à Dieu ? Il n'y a pas eu de coup de tonnerre, de bras divin sortant des nuages pour pointer dans ma direction : juste un lent travail, très lent. J'ai dressé une minutieuse comptabilité de ma vie, de mes actes, de mes faiblesses et surtout de mes espoirs. Une réponse bancale s'est dégagée d'elle-même : mon moment de pur bonheur ne devait rien à mes bas instincts.

– Alors c'était Dieu ?

– C'est ce que j'aime croire, mais je ne sais pas. Je ne saurai jamais. Toujours est-il que j'ai renoncé à mes vœux.

– Quelle est la position de l'Église à votre égard ?

– Je ne sais pas qu'elle en ait une. Du reste, je ne fais plus partie de son sein. Vous savez, l'Église a eu durant des siècles un bras armé, terrible, sanglant. Si terrible en vérité que personne ne souhaite s'en souvenir. C'est sans doute mieux.

– Le bras armé de Dieu.

– Oui, c'est ainsi qu'on l'avait nommé. Dieu est un magnifique alibi, le meilleur, toujours, partout.

John King parut sortir d'un rêve et demanda en riant :

– Voilà. Et la deuxième question ?

– Pensez-vous rejoindre les ordres, un jour ?

– Oh, Jerry, je n'en ai pas la moindre idée. Vous savez, je n'ai jamais fonctionné sur des projections. J'ignore où je serai dans un mois, dans un an. Ce que je sais, en ce moment, c'est que je porte en moi la vie d'une femme et d'un vieil homme et que j'irai jusqu'au bout pour que ces vies poursuivent leur chemin. C'est tout ce que je sais, mais pour les jours qui viennent, c'est assez.

Ils rentrèrent paisiblement à l'hôtel et se séparèrent dans le lobby. Jerry songea en ouvrant la porte de sa chambre qu'il n'aurait pas dû poser ces questions qui lui brûlaient les lèvres depuis des semaines. Leurs réponses n'éclaireraient rien, et John King lui semblait encore plus impénétrable maintenant qu'il tolérait un coin de transparence.

XXIII

Simon reposa son verre de thé sur la table :

– Ils ne nous diront rien. C'est fini. Ils ne diront plus rien.

– Tu crois ?

– Oui. Je sais.

– Pourquoi ?

– Les flics, parce qu'ils n'ont plus besoin de nous et qu'à la limite on les emmerde. Ils ne veulent pas nous avoir dans les pattes ; et John King, parce qu'il a peur.

– Peur ?

– Oui, il a peur pour toi, je l'ai senti, je l'ai vu dans son regard.

Isabel se leva et revint de la cuisinière avec la théière. La rage lui déformait le bas du visage et ses lèvres brunes formaient une ligne mince. Elle tremblait légèrement lorsqu'elle remplit à nouveau leurs verres.

– Eh bien, tant pis pour eux parce que je n'ai pas l'intention de les laisser faire. Ce n'est pas eux qui ont à nouveau tout perdu, c'est nous !

Elle posa la théière et serra le dos de Simon contre elle. Elle embrassa le haut du crâne qui se dégarnissait. Il appliquait soigneusement tous les matins ses petits cheveux rares pour tenter de couvrir un peu de peau rose et lisse et les fixait tant bien que mal avec de l'eau de Cologne. *Heather*, une eau de Cologne ambrée, « qui ne sent pas trop la cocotte, tu comprends ».

Les lèvres contre son crâne, elle murmura :

– Simon, promets qu'on ne les laissera pas nous enterrer avec les autres. L'oubli, c'est comme une fosse commune. On y jette tous les trucs dont on veut se débarrasser, qu'on souhaite gommer. Et après, on recouvre de chaux et de terre. Tout disparaît et on n'a rien été.

– Je promets, ma jolie. Il n'y aura pas de fosse commune.
– Simon, Thomas est mort, tu sais.
– Je sais.

Quelque chose devait mener quelque part. N'importe quoi. Ils devaient trouver. John King avait dit qu'une des jeunes filles assassinées était demi-pensionnaire à Saint-Ann. Un collège religieux à l'excellente réputation, cher, un des refuges des parents anxieux pour le futur de leurs enfants, terrorisés par la violence dans les écoles, les rackets, la drogue. Mais la petite Laurel était morte quand même, torturée par un dégénéré que rien n'arrêterait... Sauf eux, peut-être. John King avait ajouté que les parents s'étaient murés dans leur chagrin. « Inutilisables » : elle se souvenait du mot. De toute façon, elle n'aurait jamais songé à les rencontrer. Elle se cramponnait depuis des semaines pour ne pas basculer dans une folie inefficace et savait que le regard de ces gens, leur infinie souffrance lui ferait perdre pied.

Isabel sortit de la salle de bains, portée par une sorte d'espoir très douloureux. Le gentil passé, sans heurts, sans grand chagrin, plein des menus secrets d'une petite fille morte, lui rendait son énergie.

Elle trouva facilement le numéro de téléphone de Saint-Ann.

– Simon, ouvre les persiennes, s'il te plaît, et laisse un peu l'air entrer.

Il s'exécuta sans un mot et revint s'asseoir à ses côtés, sur le canapé, pendant qu'elle téléphonait. La vive lumière de cette fin de matinée semblait presque incongrue dans la pièce, que la pénombre avait fini par apprivoiser. Isabel demanda à parler au proviseur ou à la directrice. Elle patienta durant l'attente musicale, enclenchant le haut-parleur. Un petit carillon joyeux et répétitif se déversa dans le salon. Elle traçait du bout de son index des cercles concentriques dans la fine couche de poussière pâle qui s'était déposée sur le guéridon du téléphone.

– Secrétariat du docteur Lasalle.

– Bonjour, madame. Je souhaiterais parler au directeur ou au proviseur de l'établissement.

– Directrice, le docteur Lasalle. C'est pour une inscription ?

– Non. Je... je souhaiterais lui parler d'une ancienne élève.

– Qui ?

– Laurel Ferry.

Un silence, inamical, puis la voix maintenant sèche :

– Nous n'avons rien à dire. Cessez de nous importuner. Un peu de décence, cette jeune fille est morte.

Isabel cria, parce qu'elle savait que la femme allait lui raccrocher au nez :

– Je vous en prie, madame, ma fille aussi a été assassinée, par le même tueur. Je vous en supplie, ne raccrochez pas.

La voix méfiante s'enquit :

– Comment vous appelez-vous ?

– Je suis Mrs Isabel Kaplan, la mère de Samantha Kaplan. Mon mari aussi vient d'être tué. Je peux vous laisser mon numéro. Il est facile de vérifier, je suis dans l'annuaire. Il faut que je sache, que je comprenne quelque chose. Je vous en supplie, madame.

– Je vais aller consulter le docteur Lasalle et puis je vous rappelle.

– Je vous en prie, faites-le.

Un quart d'heure, quinze interminables minutes s'écoulèrent et Isabel se jeta sur le combiné. La voix était différente, plus grave, plus autoritaire, très prudente :

– Mrs Kaplan ? Je suis le docteur Lasalle, je dirige Saint-Ann. Que vouliez-vous savoir au sujet de Laurel

Ferry ? Vous êtes la mère d'une des autres adolescentes : Samantha Kaplan, c'est bien ça ?

– Oui. Je ne sais pas ce que je cherche, madame. Un lien, quelque chose qui permette de remonter jusqu'au tueur, de le mettre hors d'état de nuire. Une quatrième jeune fille a été tuée.

– Je l'ai appris par la télévision. C'est le travail de la police, ne croyez-vous pas ?

– Oui, oui, mais voyez-vous... (Elle s'interrompit, reprit sa respiration parce que sa voix la lâchait.) Voyez-vous, il faut que nous fassions quelque chose. Je veux dire, on ne peut pas rester là à ne rien faire qu'attendre, parce que je crois que nous deviendrons fous.

– Oui, je comprends. Je ne vous dirai rien par téléphone, si tant est que je puisse vous aider. Je vous attends à 14 heures, si vous le souhaitez.

– Je serai là.

Simon resta dans la voiture. Il n'avait pas voulu l'accompagner plus loin, parce qu'il savait que la vérité voyage mieux entre deux regards.

Le docteur Lasalle était une grande femme aux cheveux courts, poivre et sel. Il émanait d'elle une sorte de calme, de grâce un peu lourde, puissante. Elle ne se leva pas à l'entrée d'Isabel, ne tendit pas la main. Ne sourit pas. Elle se contenta de désigner le fauteuil en face de son grand bureau de bois sombre. Isabel s'installa, happée par la courbe usée du coussin de cuir : il avait dû recevoir tant de générations d'élèves... petites femmes terrorisées pour un billet qui avait circulé entre les rangs, un tube de rouge à lèvres dissimulé dans un tiroir ou dans un sac, un fou rire inextinguible... au pire, une gifle assenée dans une cour de récréation ou un sweat-shirt dérobé.

– Je vous écoute, Mrs Kaplan.

Isabel se passa la main sur le front ; une migraine épouvantable lui faisait cogner le sang dans les tempes :

— Je... je ne sais pas trop par où commencer. Nous avons vu cet homme, ce profileur du FBI, Mr John King...

— Je connais. Nous l'avons rencontré.

— Bon. Il semble convaincu qu'il existait un lien entre ma fille et les autres adolescentes. Mais elles n'avaient pas le même âge, je crois que Samantha était la plus jeune, non ?

— Laurel venait d'avoir 15 ans.

— Oui, c'est cela, Sam avait tout juste 14 ans. Elles ne fréquentaient pas les mêmes collèges, et d'après ce que j'ai cru comprendre, les parents des deux autres jeunes filles n'ont pas les mêmes moyens que nous.

— Je ne sais pas pour la troisième, je connais juste son nom et sa photo, mais les parents de Laurel sont effectivement des gens très à l'aise.

— En d'autres termes, son grand-père et moi avons tout retourné, en vain.

— Peut-être alors n'existe-t-il aucun lien ?

— Si, oh si ! Voyez-vous, manque de chance pour mon mari : lui l'a déniché et il en est mort.

Une sorte de compassion troubla le regard du docteur Lasalle. Elle ôta ses lunettes et se reprit :

— J'ai... lu, dans la presse. Les détails.

— Oui. Nous, nous les avons vus, sur la table d'une morgue.

La grande femme hésita, puis demanda :

— Mrs Kaplan, dans l'éventualité de mon aide, que comptez-vous faire ? Je veux la vérité, madame. Je suis une laïque. Cette mixité administrative est une des règles de notre établissement.

— Je vais me battre. Je me battrai jusqu'au bout, avec le grand-père de Sam. Je ne vais pas vous raconter notre vie, Dr Lasalle, ce serait abuser de votre temps et très déprimant. Ce qu'il faut juste que vous sachiez, c'est que cette vie pour nous deux, c'était un cadeau inespéré. Quelqu'un nous l'a saccagée, massacrée et il faut qu'il s'arrête.

– Bien. Suivez-moi...

Elle se dirigea vers la porte du bureau, attendant qu'Isabel la rejoigne, tout en poursuivant :

– Je ne connaissais que vaguement Laurel. C'était une gentille petite. Je connais surtout les élèves remuantes, rien de bien méchant, en général. Elles sont plus de deux cents, cette année. J'ai demandé à son professeur principal, miss April Gainsville, de nous attendre en salle de lecture, au cas où. Elle enseigne la littérature anglaise. C'était la matière forte de Laurel, avec les langues et la musique. La jeune fille était fâchée avec les mathématiques. Miss Gainsville a parlé à Mr King. Selon elle, Laurel était assez solitaire, très timide, un peu immature pour son âge. Je crois que les parents la couvaient. Elle était fille unique.

Elles descendirent deux étages, l'une derrière l'autre, leurs pas résonnant en écho sur les marches de chêne sombre du grand escalier de l'école. Arrivée devant la porte vitrée de la salle de lecture, le docteur Lasalle se retourna vers Isabel :

– Ne vous formalisez pas. J'assisterai à votre entretien. Je n'interviendrai pas. Miss Gainsville a été pas mal secouée par le décès de Laurel ; toutes ces visites de la police et du FBI la paniquent.

– Oui, bien sûr.

Miss April Gainsville était une petite femme maigre. Son visage mince était parcheminé de très fines rides, ces rides de peaux fragiles et trop sèches. Elle était assise à l'une des tables de lecture, croisant et décroisant nerveusement ses doigts sur un petit mouchoir en boule, le dos droit, les lèvres serrées d'appréhension.

– April, je vous présente Mrs Isabel Kaplan, la mère d'une des autres jeunes filles, Samantha. Mrs Kaplan pense, comme Mr King, qu'il existerait un lien entre les trois victimes. Pouvez-vous l'aider ? Vous connaissiez bien Laurel.

Isabel et le docteur Lasalle prirent place en face de la petite femme apeurée qui bafouilla d'une voix presque inaudible.

– Oui, docteur. C'est-à-dire que j'ai déjà tout raconté à ce monsieur du FBI, Mr King, et que je ne vois rien d'autre. Laurel, ce n'est même pas qu'elle était secrète, c'est que c'était encore une petite fille, sans histoires. Ses parents étaient très présents. Ils prenaient souvent rendez-vous avec moi pour s'informer des progrès ou des difficultés de l'enfant. C'est sans doute la raison pour laquelle elle était relativement immature par rapport aux autres, mais c'était aussi pour cela qu'elle était adorable et si facile à vivre.

Elle renifla et le petit mouchoir taponné tomba sur ses genoux. Elle le regarda, hébétée, et ses yeux se remplirent de larmes.

Isabel attendit, avançant juste la main vers elle. Miss Gainsville fit un petit mouvement de la tête, se mordit les lèvres et continua :

– Mr et Mrs Ferry travaillaient tous les deux. Il est chirurgien-dentiste et elle possède un salon d'esthétique. Ils faisaient accompagner Laurel tous les matins et tous les soirs en taxi. Ils avaient tellement peur qu'il lui arrive quelque chose. Mais d'après ce qu'a dit la police, ce soir-là, Laurel est rentrée chez elle et elle en est ressortie moins d'une heure plus tard et...

Elle fondit en larmes, son front touchant presque la table. La grande main carrée du docteur Lasalle se posa sur son épaule :

– Je sais, April. Je comprends votre chagrin. Mais il faut vous ressaisir et nous aider, parce qu'il ne faut pas qu'il continue à tuer des petites filles, nous sommes bien d'accord ?

Miss Gainsville hocha la tête, se moucha et soudain, sa bouche se fit mauvaise, ses narines se fermèrent et elle siffla :

— Je veux qu'il crève, voilà ce que je veux ! Qu'il crève !

— D'une façon ou d'une autre, c'est ce que nous espérons tous, n'est-ce pas ? Continuez, April.

— Mais je ne sais pas...

Isabel l'encouragea :

— Dites-moi n'importe quoi, comme ça vous vient, les anecdotes, les punitions, tout...

— Laurel n'était jamais punie. C'est même angoissant, une gamine qui fait si peu de bêtises. Elle me parlait de ses vacances. Ses parents ont un chalet au bord d'un lac, dans le Maine. Mr Ferry aime le bateau. Elle me disait qu'elle et sa mère s'y ennuyaient un peu parce que la voile n'était pas trop leur tasse de thé. Alors elles partaient en promenade. Elles avaient commencé un herbier, mais elles se trompaient souvent dans l'identification des espèces. Que vous dire...

— Vous aviez de très bons rapports avec elle, il me semble ?

— Oui. C'est normal. Elle faisait partie des quelques élèves qui prennent des cours supplémentaires. Elles sont peu nombreuses, alors nous avons le temps de faire connaissance, de papoter un peu.

— Elle avait des difficultés scolaires ?

— En littérature anglaise, pas du tout. C'était une de mes meilleures élèves. Bien sûr, ses résultats dans les matières scientifiques étaient moins brillants, mais je crois que c'est principalement parce que les sciences ne l'intéressaient pas vraiment.

— Mais alors, pour quelle raison assistait-elle à des cours supplémentaires ?

— Ah, ça ? Non, il s'agit de cours de théâtre, de diction,

d'expression corporelle et puis aussi des petites répétitions. C'est optionnel : deux fois deux heures par semaine, le soir après les cours.

— Ah, je vois. À votre connaissance, avait-elle un béguin, un petit ami ?

— Non. Je vous l'ai dit, Laurel était encore une petite fille. Ses parents ont confirmé qu'elle n'avait pas d'amis, ni fille, ni garçon. Il paraît même qu'ils avaient annulé une fête d'anniversaire dont ils projetaient de lui faire la surprise parce qu'elle n'avait personne à inviter, que des adultes, la famille et des amis de ses parents.

Elle se baissa soudain et tira une chemise rose de sa sacoche appuyée aux pieds de la chaise en demandant, presque joyeuse :

— Vous voudriez la voir ? Elle était mignonne comme tout.

Isabel acquiesça d'un signe de tête. Elle ne pouvait pas parler. Elle était au bord de la crise de nerfs. Elle avait tant attendu de cette rencontre, sûre que quelque chose émergerait, évident, lumineux, qui les conduirait vers leur cible. Et rien. Un vide assassin, un désert qui s'étendait devant elle, de plus en plus profond, sans limites.

Miss Gainsville déposa précautionneusement la grande photo de classe devant elle et lui désigna de l'index une petite fille noire, dont le sourire heureux découvrait deux belles incisives légèrement écartées : les dents du bonheur. Ce qui ressemblait à un gros nœud de satin blanc retenait ses cheveux mi-longs en queue-de-cheval. Oui, une enfant, même à côté des autres adolescentes de sa classe.

Isabel entendit à peine la dernière phrase de miss Gainsville :

— Elle portait des lunettes normalement. Elle était très myope. Sa mère comptait la faire opérer pour des raisons esthétiques dès qu'elle serait plus grande. Là, bien sûr, elle les avait enlevées pour la photo. (Elle sourit.) Mais cela se voit, non ? Les myopes ont un regard si différent, si doux.

Lorsque Isabel quitta Saint-Ann, miss Gainsville avait rangé sa précieuse photo. Le Dr Lasalle l'avait raccompagnée jusqu'au grand portail :

— Je sais que vous êtes découragée, Mrs Kaplan. Je suis désolée. Si... Enfin, si je peux faire quelque chose, n'hésitez pas à me rappeler.

— Merci, docteur.

Isabel se sauva presque, incapable de supporter plus longtemps le regard intelligent et peiné de cette femme. Elle courut jusqu'à la voiture et s'effondra derrière le volant, hors d'haleine. Une quinte de toux la fit suffoquer. Simon tapota son genou :

— Rien ?

— Non, rien.

— Eh ben, merde, on va quand même trouver !

La panique la gagna. Tout se dérobait sous elle, et elle se cramponna au volant :

— Tu crois, tu crois vraiment, Simon ?

— Oui.

XXIV

Elle ne parvenait pas à trouver le sommeil : encore une nuit à errer dans sa tête, à retourner le vide dans tous les sens en espérant qu'il finirait par prendre une signification. À moins qu'elle n'avale encore un somnifère.

Elle somnolait depuis des heures, tombant par moments dans une sorte de brouillard électrisé d'éclairs, perturbé de bribes de phrases sans signification, de sons indistincts, puis sursautait, rouvrait les yeux, pour replonger à nouveau dans cette sorte de magma incompréhensible.

« L'animal le plus féroce connaît la pitié. Je ne la connais pas et ne suis donc pas animal. L'animal le plus féroce connaît la pitié. Je ne la connais pas et ne suis donc pas animal. L'animal le plus... »

Elle se redressa en sueur. La phrase tournait en boucle dans sa tête, encore et encore. D'où sortait-elle ? « L'animal le plus féroce connaît la pitié. Je ne la connais pas et ne suis donc pas animal. » Shakespeare, c'est ça : *Richard III*.

Isabel repoussa les draps, se leva d'un bond et fonça dans la chambre de Thomas. Juchée sur la pointe des pieds, sans même prendre la peine d'allumer, elle tâtonna sur la planche de l'étagère, et ses doigts rencontrèrent la couverture de ce qu'elle cherchait.

XXV

La voix amusée de mère Magdalena tira tout à fait John King du sommeil comateux, sans rêve, dans lequel il tombait toutes les nuits et qui parvenait même à lui faire parfois oublier sa vie.

— Eh bien, petit veinard ! Le cerbère de la réception veille sur ton sommeil comme si c'était le sien.

— Ma mère ?

— Oui, si tu veux, mon ami. Remarque, j'ai dû prendre ma voix des grands jours, et le titre de mère supérieure est le seul laissez-passer que cet ours réceptionniste a accepté. Cela a dû le rassurer sur ta chasteté.

Il sourit à l'appareil, se rappelant le petit miracle de ce

corps qui s'était offert à lui en rétribution, si longtemps auparavant. La chasteté ne lui pesait pas, plus, curieusement, depuis qu'il avait quitté les ordres. Parfois, avant, il avait connu de courts et épuisants épisodes de lutte, lorsque le corps veut exulter ailleurs, qu'il renâcle contre un sacrifice auquel rien ne l'avait préparé. Il en sortait victorieux, et pourtant toujours rompu. John éprouvait envers l'esprit une fascination d'expert. Il avait disséqué le sien des heures entières, lorsqu'une fièvre le prenait pour l'abandonner au matin. Non, l'apaisement ne naissait pas d'une sorte de masochisme triomphant, plutôt de l'éblouissante démonstration que l'esprit peut régner.

– J'espère que cela me vaudra un meilleur café demain matin.

– Ne soyons pas trop audacieux, mon John.

Qu'il aimait lorsqu'elle le nommait ainsi ! C'était rare et si précieux, une sorte de lien intangible qui disait qu'elle serait toujours là, quelque part, avec sa force et son indestructible vitalité.

– J'ai quelque chose de grave et d'urgent pour toi. On a ramassé un jeune, sous X, bien sûr. Je ne crois pas qu'il tienne très longtemps. Multiples blessures à la moitié inférieure du corps. Un fusil. Les jambes sont probablement foutues. On a transfusé, mais le reste est en piteux état. Mais il est vrai que j'ai vu des choses plus étranges. Toujours est-il qu'il sait quelque chose à propos d'un Asiatique. C'est un peu flou parce qu'il est mal en point, mais j'ai l'impression que ça colle.

John jeta un regard à sa montre : 3 heures du matin.

– J'arrive, ma mère. Je prends un taxi.

– Bien. Passe par les urgences. Une infirmière de nuit t'escortera jusqu'à moi. Le portail principal est fermé, à cette heure.

Une jeune femme aux yeux cernés, mais souriante, l'accompagna jusqu'au grand bureau désordonné de mère Magdalena. Plus par courtoisie que par réel intérêt, John lui posa quelques questions. Elle se tourna vers lui et conclut poing sur la hanche et d'un ton sans appel :

– C'est un ange, cette femme et je ne suis pas religieuse. D'ailleurs, je suis juive. Un ange joyeux qui a de la poigne et son franc-parler. Elle se cache pas derrière son petit doigt, elle !

– Ça existe et ce sont sans doute les meilleurs, sourit-il.

La grande femme métisse l'accueillit les mains tendues :

– Merci, Susan. (Elle attendit que la jeune femme ait refermé la porte et déclara :) Il est arrivé comme les autres. Leurs potes les déposent à quelques mètres de l'entrée des urgences. Tu comprends, nous jouissons d'un statut un peu spécial au Charity Hospital, disons plutôt d'une tolérance. C'est un hôpital mais c'est aussi une extension de la chapelle. Donc, je ne me sens pas obligée de faire de déclaration systématique pour les blessures par balles. Bien sûr, je ne m'opposerai jamais à une descente de flics, mais j'oublie souvent. Que veux-tu, l'âge, les trous de mémoire. Les flics ne sont pas dupes, mais ils nous aiment bien. Quoi encore ? Ah oui. Quelques petits conseils d'habituée, mon ami. Ces types se prennent pour des *hombrés* ; tu vois le genre : « code d'honneur » et « Je suis un dur ». Ça teinte tout leur imaginaire et ils y tiennent plus qu'à leur vie. Ne tente pas d'aller à l'encontre de cela, il se fermerait comme une huître.

– Il refusera de me parler. Pour lui, je suis un flic.

– Non, justement. Il a peur, John, mais bien sûr, il ne l'admettra jamais. Lorsque j'ai suggéré d'appeler mon meilleur ami du FBI, j'ai vu le soulagement dans ses yeux, parce qu'il n'avait pas à le demander. Il a peur, John. Il sent la peur, physiquement. Je connais si bien cette odeur, presque aussi bien que celle de la mort lorsqu'elle entre dans la salle. Parfois, c'est tellement fort que je me retourne, certaine que je vais la voir. Viens. Je l'ai fait installer dans l'une de nos rares chambres individuelles.

Il la suivit dans un dédale de couloirs qui sentaient le grésil. Les semelles en caoutchouc des chaussures de Magdalena produisaient un bruit de succion sur le lino vert marbré. Elle s'arrêta devant une porte et porta son long index sur ses lèvres. Elle entra seule dans la chambre et n'y resta que quelques minutes.

— Il t'attend. Son surnom, c'est Rocket. Ne le fatigue pas trop, John. Il faut qu'il boive souvent.

Mère Magdalena avait raison. Il régnait dans la chambre cette odeur de peur si caractéristique. On n'y pense jamais avant de l'avoir rencontrée et puis on l'oublie. Mais lorsqu'elle s'impose de nouveau, c'est comme une évidence.

John King tira l'unique chaise de la chambre vers le lit et s'installa. Le jeune Noir était torse nu, si maigre que ses côtes dessinaient les armatures d'une cage et que John distinguait nettement les battements précipités de ce cœur qui s'accrochait, qui s'obstinait. Son sang, trop rare, décolorait la peau sombre de son visage, et une cendre d'un marron terne lui dévorait les joues, remontant vers son front. Ses yeux, immenses dans ce petit visage émacié et fiévreux, fixaient John. Des yeux d'enfant. Quel âge pouvait-il avoir ? Dix-sept, dix-huit ans, peut-être.

— Je suis John King, FBI, annonça John en lui tendant sa carte plastifiée.

Un soupir, comme après une course.

— Vous êtes l'ami de mère Magdalena, c'est bien ça ?

— Oui. Elle m'a appelé à mon hôtel. Je suis de passage à Boston.

— C'est ça qu'elle m'a dit. Elle, je la crois. Elle a soigné mon petit frère, vous savez. Rudement bien. Il s'en est sorti. Même qu'elle lui a collé une drôle de beigne, un jour.

Il tenta de rire, mais s'étouffa dans sa toux.

— Ah oui ?

— Ouais. Il l'avait traitée de pétasse. Ça lui a pas plu, à la mère supérieure. Putain, la tarte. Elle lui a retourné la tête. C'est ma mère qui m'a raconté. Il l'avait pas volé. C'est un vrai petit con.

John sourit. Il les imaginait si bien, ces longues mains de douceur et de compassion, capables d'assener une gifle magistrale à un gamin qui se prenait pour un voyou.

— Mère Magdalena m'a dit que quelque chose n'allait pas.

Il ne savait pas comment formuler les choses pour mettre en confiance le jeune homme. Sa cage thoracique se soulevait à chaque inspiration, comme s'il prenait son élan, et chaque expiration se traduisait par un sifflement.

— Ouais, mec. Tu peux le dire. Quelque chose déconne sec.

— On peut en parler ?

— C'est pour ça que tu es venu, non ?

— Oui.

— Attention, je suis pas une balance. Je suis pas une lope, non plus.

Une quinte de toux le plia et John attrapa le verre d'eau sur la table de chevet.

— Il faut boire.

— Ouais, c'est ce que la mère a dit.

Il but une gorgée, s'étrangla et le liquide dégoulina sur son torse.

— Tu crois que je vais remarcher ?

— Je ne sais pas. Mère Magdalena m'a dit qu'elles étaient très touchées.

— Non, parce que tu vois, si je marche plus, je me fais péter le caisson.

— Mais elle a ajouté qu'elle avait vu des choses plus étranges.

— T'es comme elle, hein ? Tu mens pas ? Je le vois dans tes yeux. Sacrée bonne femme. T'as vu comment elle est gaulée, la frangine ? Elle est encore jeune, en plus. Dommage que ce soit une bonne sœur.

– Ça dépend pour qui.

– Ouais. T'as un point, là... C'est depuis que ce mec est arrivé. Y'a un an, à peu près. Un peu moins. Je sais plus au juste. Au début, il avait l'air d'en avoir dans la tronche. Il montait des coups géniaux. Avec le recul, je me dis qu'il la ramenait pas trop à l'époque parce qu'il faisait son trou. Il s'est bien démerdé. Et puis il a commencé à péter les plombs. Non, c'est pas ça que je veux dire. Ce mec est dingue, tu comprends. Il a toujours eu les circuits salement niqués, mais il se mettait en veilleuse.

Sa voix devenait pâteuse et John lui remplit son verre. Rocket but lentement, perdu dans un monde qui maintenant lui faisait peur.

– Écoute, je te le dis. J'ai pas peur de grand-chose et je l'ai prouvé, des tonnes de fois, mais ce mec, il me fout les boules. Il est pas normal, d'accord ? J'ai vu des durs, j'ai même connu pas mal de fondus, mais comme ça, jamais.

– Tu pourrais être plus précis ?

– Ouais. T'es sûr que tu veux entendre ça ?

– Essaie-moi.

– Ça marche. Il a aménagé une salle. Personne peut y rentrer. Sauf lui et un blond. La came lui a fait fondre le cerveau à celui-là, y'a longtemps.

– Slim Bull ?

– Ouais. T'es sur leur cul ?

– Oui.

– Pourquoi ?

– Je t'expliquerai après. Continue. C'est quelle bande ?

Rocket tira de sous le drap un bras maigre mais musclé, troué d'aiguilles, de cathéters, et tendit la main paume en l'air.

– Parole d'homme ?

— Parole d'homme, répondit John en tapant dans la paume.

— Je marche. Je te crois, parce que sans ça, *elle*, elle te ferait pas confiance. Elle sait. Elle lit dans les cœurs, mon pote.

John ne l'interrogea pas. Il savait que le jeune homme faisait référence à Magdalena.

— C'est les Rocks. Une nuit, j'ai entendu un mec hurler. Je veux dire hurler, tu sais. Toute la putain de nuit. C'est long, mec, une nuit. Sur le moment, j'ai cru que c'était un donneur. Faut pas laisser passer ces choses-là. Et puis un soir, je traînais, je l'ai vu avec une gosse, une petite Blanche. Il l'a embarquée dans la pièce et j'ai entendu les cris, puis les hurlements. J'ai cogné comme un dingue contre la porte. Slim Bull est sorti. Il avait l'air encore plus con et pété que d'habitude. Il m'a dit : « Casse-toi, connard. Bouge tes fesses si tu veux pas que je me tresse une ceinture avec ta peau. » J'ai essayé de l'arrêter, mais il était défoncé à je sais pas quoi. Je veux dire, il puait le meurtre. Et la gamine qui gueulait, qui gueulait. C'étaient des vrais hurlements, mec, de quand tu vas mourir, ou que tu pries pour mourir, tu vois ce que je veux dire ? Slim Bull est rentré. J'ai juste eu le temps de voir ça, mais je l'oublierai jamais : elle était attachée par terre, en croix. Je suis sûr que c'était du sang, ce que j'ai vu. Il faut l'arrêter, mec. Il faut que ces trucs arrêtent.

— C'était quand ?

— Il y a quelques jours. À toi.

— Tu peux l'identifier ? Tu témoignerais ?

— Ouais, pour cette gosse et pour qu'y en ait pas d'autres, je le ferais. Mais je parlerai pas des autres, de mes potes.

— Ça marche. C'est lui que je veux. Lui seul.

— À toi de parler.

— On a retrouvé la petite fille. C'est la quatrième. C'est

un serial killer. Ce que je crois, c'est que les bandes étaient l'endroit rêvé pour lui. Ce n'est ni le fric ni la gloire qui l'intéressent, c'est torturer.

« Il est asiatique, n'est-ce pas ?

— Ouais.

— Comment a-t-il fait pour pénétrer la bande ? Il est âgé, il parle mal notre langue...

— Mais tu déconnes, mec ? Ça c'est le vieux, son père. C'est un débris. Il l'a bouclé dans une pièce, même s'il lui parle avec le respect. C'est pas de lui que je te cause. C'est du fils.

— Quoi ?

— Le fils, putain ! C'est lui, le dingue.

La pièce tourna et John King se cramponna au dossier de sa chaise. Il entendit, très loin derrière, Rocket, son insistance :

— Attends, mon pote ? Il a mon âge, pas loin. C'est un Jaune, mais mâtiné cochon d'Inde. Un moitié Blanc, quoi. Il cause bien, ça, il sait t'embobiner. Et il est beau, l'enfoiré ! Tu verrais les nénettes. Connasses, si elles savaient. À mon avis, il arrive pas à bander.

Une quinte de toux lui coupa le souffle. John King parvint à lui tendre son verre. Rocket était épuisé. Il conclut :

— Je compte sur toi, mec. Pour moi et mes potes. Mais cet enfer-là, faut l'arrêter.

XXVI

Non. Il fallait recommencer, tout reprendre de zéro. C'était si imbécile, elle perdait la tête.

Isabel alluma le plafonnier de la chambre de Thomas et

s'adossa au mur, l'exemplaire du *Théâtre* de Shakespeare entre les mains. Elle l'ouvrit, fit défiler les pages. Les petits caractères dansaient devant ses yeux.

Chut ! Elle attendit quelques secondes que cesse le tremblement de ses mains, s'exhortant à reposer le livre où elle l'avait trouvé.

Non.

Elle feuilleta les pages minces, une à une. Quelques scènes seulement avaient été surlignées. En jaune les tirades de Roméo, et puis dans une sorte de vert délavé les premiers et derniers vers des répliques de Juliette. *Tree words, dear Romeo, and good night, indeed.* Une petite écriture enfantine avait précisé en marge, au crayon noir : « Respecter la ponctuation. Important. » : l'écriture de Sam. Thomas apprenait quelques scènes de Roméo ; de cela, Isabel se souvenait, même s'il n'avait jamais répété devant elle. Il avait été si confidentiel qu'elle avait cru qu'il s'agissait simplement d'un exercice de cours. Pourtant, elle avait trouvé ce choix incongru et avait songé qu'il obtiendrait probablement une note médiocre : il était si sage et réservé... Elle avait toujours imaginé Roméo comme un jeune homme déraisonnable et passionné. Sam l'avait aidé, doublure probable d'une Juliette anonyme. Qui tenait le rôle ? Il fallait qu'elle sache.

Elle resta là, adossée au mur, la tête vide. Le bruit d'impact du journal lancé depuis une bicyclette, achevant sa course contre le bas de la porte d'entrée, la fit bondir. Elle dévala l'escalier. April Gainsville habitait West-Bedford et elle était dans l'annuaire.

– Miss Gainsville ? Isabel Kaplan. Pardonnez-moi de vous déranger si tôt. Je ne sais même pas l'heure, d'ailleurs.

– Six heures et demie. Ce n'est pas grave, je suis levée depuis déjà pas mal de temps. Je dors très mal depuis cette histoire. Alors j'en profite pour corriger des copies.

– Miss Gainsville, quelle pièce faisiez-vous répéter à vos élèves ?

– Quand, cette année ? Nous changeons tous les ans. *Le Marchand de Venise*.

– Et les années précédentes ?

– Attendez que je me souvienne. Évidemment, il faut trouver quelque chose de classique pour mettre tout le monde d'accord, mais qui distrait quand même les élèves.

– Tout le monde ?

– Oui, les autres établissements du collectif « art dramatique ».

– Comment ça ?

– Oui, forcément. Vous comprenez, par exemple, nous sommes un établissement de filles, assez, comment dire... isolé. La même chose existe pour les garçons. Et puis, il y a les établissements publics mixtes. Ces pièces, c'est un peu l'occasion pour que tout le monde se rencontre et partage quelque chose. Comme les équipes de hand ou de volley. D'autant que nos jeunes filles préfèrent que les rôles masculins soient tenus par de vrais garçons.

« Alors, nous avons des doublures, en général les filles timides qui ne veulent pas monter sur scène, pour faire répéter nos petites stars toute l'année. Puis, lorsque tout est bien au point, nous mettons sur pied des vraies répétitions avec les jeunes comédiens des différents collèges, et ensuite nous avons la grande représentation devant tout le monde. Les parents sont invités, d'ailleurs. »

Thomas ne lui en avait jamais parlé. Miss Gainsville continuait, heureuse de reprendre pied avec sa réalité rose bonbon :

– C'est toujours un succès. Nos jeunes se donnent un mal fou pour être parfaits. Très professionnels. Ça fait vraiment plaisir à voir. L'année dernière, c'était *La Mégère apprivoisée*. Ils ont beaucoup ri. C'est une pièce fabuleuse. Et l'année d'avant... l'incontournable *Roméo et Juliette*. Ils ont juste l'âge. Je me souviens : le garçon était très beau, très romantique, avec des cheveux assez longs. Un Eurasien, je crois...

Sa voix mourut un peu. Isabel répliqua d'un ton neutre :
— Ah bon. Et la jeune fille ? Juliette ?
Un silence, puis un gémissement :
— Ah non, ah non ! C'était cette jeune fille blonde, comment déjà... Cindy...
— Cindy Hefant. Et Laurel ?
— Laurel ? C'était la servante de Juliette. Ça lui convenait, un petit rôle, elle était si timide. C'est elle qui l'avait choisi.

Elle bafouilla, s'excusant de tout, de rien :
— Vous comprenez, elle était si timide, elle voulait un petit rôle. Ah, mon Dieu...

Isabel entendit les sanglots désordonnés mais loin, très loin. Qu'est-ce qu'elle avait, cette bonne femme, à pleurer comme ça ? Qui avait-elle perdu, qui devait-elle tuer ? Gourde ! Gourde qui ne savait rien, qui n'imaginait rien. Qui trimbalerait sa photo de classe débile dans sa sacoche, jusqu'à ce qu'elle l'oublie un jour dans les toilettes pour dames d'un musée ou d'une bibliothèque. Conne ! Elle dit :
— Je vous remercie, miss Gainsville. Adieu.
Et elle raccrocha.

C'était un camp de vacances dans les Appalaches. Thomas devait avoir 14 ou 15 ans, à l'époque. Il avait renâclé, cherchant un argument pour rester à Bedford tout l'été. Mais Isaac avait tapé du poing sur la table. Isabel était très fatiguée cette année-là, il ne voulait pas que son fils traîne en banlieue durant toutes les vacances. Le grand air et les sports de nature, c'est important, surtout pour les garçons, et Thomas avait si peu de copains... D'ailleurs, aucun ne venait à la maison. Thomas avait tenté de convaincre sa mère de lui permettre de rester chez eux. Mais elle avait envie d'un peu de calme et la très jeune Samantha était bien remuante. Elle se souvenait de son visage si régulier, lorsqu'il avait plissé les yeux et lâché :

– Eh bien, vous n'avez qu'à l'envoyer, elle. C'est elle qui nous embête et qui fait tant de bruit ! Elle n'arrête pas de crier, et pour dire des âneries, en plus.

Isabel l'avait à peine grondé ; après tout, il n'avait pas tort.

Il était parti en autobus, un matin très tôt, le visage fermé. Lorsque le car avait démarré, Isabel, qui l'avait accompagné avec son père, lui avait fait de grands coucous, mais il avait tourné la tête de l'autre côté.

À peine une semaine plus tard, un soir, ils avaient reçu un coup de téléphone de l'un des organisateurs du camp. Un effroyable accident : tout était annulé, les enfants rentraient. Une des jeunes filles était tombée dans un ravin. Elle s'était tuée. Thomas était rentré pâle, encore plus silencieux qu'à son habitude. Au bout de deux jours de « mauvaise tête » comme disait Simon, il avait lâché d'un ton accusateur à la table du petit déjeuner :

– Je vous avais dit que ce truc était nul, et qu'il fallait pas me forcer à y aller. Et maintenant, cette pauvre fille est morte. Tu parles de vacances.

La boule, cette malfaisante mais familière tumeur.

Isabel tenta de se raccrocher au guéridon, mais l'entraîna dans son malaise. Le téléphone heurta sa cheville et elle s'affaissa sur les fesses, entre le canapé et la table basse.

La boule d'air ne voulait pas descendre, elle hésitait, remontant dans sa gorge avec son cœur. Isabel suffoquait ; elle happa l'air à petites gorgées, le forçant à se frayer un chemin en contournant la boule qui obstruait sa trachée. Un mucus liquide coulait de son nez sur ses genoux. Des larmes de douleur et d'efforts brouillèrent sa vision. Nerveux, c'est nerveux. Il suffit de se dire que ça n'existe pas et ça disparaîtra. Oui, c'est ça. Pourquoi ne parvenait-elle pas à s'en convaincre ?

Elle cogna de toutes ses forces du plat de la main contre son sternum. L'air lui faisait défaut et des bourdonnements envahissaient ses tympans. Elle tapa encore et encore, et parvint enfin à décrocher la boule qui tomba dans son ventre. Là où elle finirait par s'en défaire. La boule grossit, grossit. Cette douleur contre les ovaires, elle la connaissait. Elle savait comment faire. Enfin, la boule remonta à nouveau et explosa dans sa gorge en sortant. Et elle hurla, encore et encore. Tout s'obscurcit et elle tomba, soulagée. Peut-être tout cessait-il maintenant ?

Simon l'avait tirée de derrière la table. Il était assis par terre et l'avait allongée contre lui, entre ses jambes.

– Tu t'es trouvée mal.

– Je ne pouvais plus respirer. Tu peux m'aider à me relever ? Il faut que je te parle.

– Oui.

Il la souleva comme une paille, maugréant juste contre les articulations de ses genoux qui renâclaient en couinant.

Il la porta et l'installa à la table de la cuisine puis prépara une pleine théière. Le thé serait trop fort, comme toujours, parce qu'il avait la main lourde mais Isabel le laissa faire, profitant de ces quelques derniers instants pour se reposer, se remettre de la brûlure qui irritait sa gorge. Simon servit deux grands verres de thé noir et s'installa en face d'elle, les coudes sur la table, le visage dans ses mains.

– Alors ?

Alors elle parla, lui rappelant le camp de vacances, lui décrivant *Roméo et Juliette*, Samantha doublure d'une Juliette dont le futur était tellement plus sinistre que celui de la jeune Capulet.

– Thomas ne voulait pas aller dans cette colonie, tu te

souviens ? C'était injuste, selon lui. Il a trouvé un moyen de revenir.

– Tu crois qu'il a poussé cette gamine ?

– Maintenant que j'ai accepté de l'admettre, cela me paraît évident. C'est grâce aux répétitions qu'il a rencontré les jeunes filles. Il a dû s'amuser comme un fou. Charmant Juliette alors que peut-être il imaginait déjà ce qu'il allait lui faire plus tard. Quant à Sam, je crois qu'au fond, ce que nous avons pris pour les agacements d'un grand frère était une haine pure. Il la détestait d'être là, de lui coller aux baskets, d'exister. C'est pour cela qu'Isaac a remonté sa trace si vite. Il avait des doutes ; sa soudaine sévérité avec Thomas en est la preuve.

Simon se frotta les yeux avec sa main et murmura :

– Il m'a dit un jour, il n'y a pas longtemps, que le gosse avait une case de vide. Quand je lui ai demandé ce qu'il entendait par là, il n'a pas voulu s'expliquer. Je me suis énervé et je lui ai dit que ce n'était pas parce que Thomas ne nous ressemblait pas, qu'il avait un comportement différent, que ça impliquait une case de vide. Il a secoué la tête et il s'est débarrassé de moi, je crois, en m'envoyant un : « Tu ne peux pas comprendre, papa, mais je l'ai à l'œil. »

Isabel poursuivit :

– Et Thomas l'a laissé venir. Il voulait sa peau, à lui aussi. Simon, Simon, je crois que depuis le début, j'évite de le comprendre. Je crois qu'au fond, je le savais, mais je ne voulais pas l'apprendre, pour rien au monde.

Pour la première fois depuis cette traversée qui n'en finissait pas, pour la première fois depuis qu'elle avait décidé que le lit à mailles ne la suivrait pas jusque dans ce pays, Isabel pleura. Une larme coula, ouvrant un chemin liquide le long de son nez. Les autres suivirent. Ce n'était pas la boule, c'était comme une anarchie de sanglots qu'elle ne parvenait pas à faire sortir assez vite. Elle sanglota longtemps, son visage reposant à même la table, un de ses bras tendu au-dessus, sa main cramponnée à celle de Simon.

Enfin, il n'y eut plus de larmes. Elle se calma et resta là, épuisée, durant quelques minutes. Lorsqu'elle se redressa, la tête lui tournait, désagréablement légère, et ses paupières lui faisaient mal.

— Simon, tu crois que... enfin que j'ai ça dans mes gènes, et que c'est passé chez Thomas, en pire ?

— Dans ce cas, pourquoi ça ne viendrait pas d'Isaac, donc de moi ? Non. J'y connais rien mais, à mon avis, c'est pas un truc comme la couleur des cheveux.

— Simon, c'est peut-être parce que nous nous sommes enfermés dans le silence. Nous pensions que les mots pouvaient faire mal, contaminer comme un virus, mais si c'était l'inverse ? Si à force de vouloir les protéger de la mémoire, nous les avions abîmés ? Peut-être qu'il aurait fallu leur expliquer, leur montrer.

— C'est des conneries, Isabel. Tu le sais. Tu crois que les néo-nazis ignorent le passé ? Non, et c'est précisément ça qui les fait saliver. Les mots ne guérissent pas la haine, Isabel, la mémoire non plus. C'est ce que nous espérions et nous avions tort.

— Alors c'est la boule, quand j'étais enceinte de lui. Certaines nuits, je sentais ce truc malfaisant dans mon ventre, à côté de mon bébé. J'ai même pensé qu'elle risquait de l'abîmer.

— Ça ne marche pas comme ça, Isabel, et puis, de toute façon, ça ne sert à rien.

Elle le fixa, sans le voir.

Il avait tort, pour une fois. Ou alors, il mentait pour elle. Cela avait tout à voir. Avait-elle une part, aussi infime soit-elle, dans cette monstruosité ? Même s'il s'agissait d'une aberration génétique, les gènes de Thomas venaient bien de quelque part. Si la folie meurtrière au travers de laquelle elle était passée, durant des mois, avait en quelque sorte empoisonné sa grossesse, elle était également responsable d'avoir fait cet enfant.

Qui pourrait lui dire si, de quelque façon que ce soit, elle était partiellement coupable de la mort de Sam, d'Isaac et de toutes ces jeunes filles ? John King, peut-être ? Qu'en saurait-il, ce curé ? Qui disait qu'il était dépositaire d'une parcelle de l'entendement divin ?

De toute façon, elle n'avait jamais rien rencontré qui prouvât qu'Il existât, alors qu'elle pouvait dresser une liste longue comme la souffrance et le désespoir qui attestait du contraire.

Mais sans doute John King, avec toute sa rhétorique, aurait-il jugé que rien en soi n'était une preuve et que notre bien médiocre intelligence ne nous permet pas d'appréhender le divin, mais juste de le pressentir.

La silhouette de Simon se précisa et elle déclara :

– Je vais aller le chercher, Simon. Encore plus maintenant qu'avant. Avant, il fallait que le tueur de Sam et d'Isaac paye ; maintenant, c'est à moi de payer. Je l'ai porté, je l'ai mis au monde, c'est par moi qu'il en sortira, d'une façon ou d'une autre. Je ne permettrai pas que le nom de Thomas s'ajoute à ceux de Ta Mok, Cham Daravuth et des autres.

– Ni de Hitler, Mengele et Eichmann. Il sort aussi de moi.

– Il faut que nous allions à Boston. Je ne sais pas comment on va remonter jusqu'à lui, mais...

– C'est lui qui nous trouvera. Il nous veut, nous aussi, nous sommes les derniers témoins de son passé d'enfant trouillard et incertain. De cloporte, quoi.

Elle pouffa :

– Oui. C'est ça. Il faut qu'il nous tue.

XXVII

C'était tellement simple. Ils avaient loué deux chambres contiguës dans ce motel, entre North Quincy et Wollaston.

Ils l'avaient choisi parce qu'il trônait au milieu d'une zone semi-industrielle, encadrée de magasins de gros, grillagés et barricadés même de jour comme des petits bunkers. La vitrine du revendeur d'appareils hi-fi devant laquelle ils avaient bifurqué pour pénétrer dans le parking du motel était tellement rafistolée de gros scotch marron que seule son enseigne renseignait encore sur ce qui se trouvait à l'intérieur. Même le take-away chinois se protégeait derrière un rideau de losanges d'acier. C'est là que le premier soir ils étaient allés commander des petits cartons de crevettes à l'aigre-douce et de porc au caramel accompagné de riz blanc.

Isabel avait craint que Simon fasse un scandale et refuse de s'installer dans le motel. La propreté avait toujours été son luxe de pauvre et il y tenait comme à un des rares repères immuables de ses journées. Son temps était rythmé par une infinité de petits rites de lavage, la douche et les cheveux le matin, les dents dès qu'il terminait un repas, les mains une bonne vingtaine de fois par jour.

Lorsqu'ils avaient pénétré dans le bureau de la réception, après avoir garé la voiture aussi loin que possible de la route et des regards prédateurs, un relent difficilement identifiable avait pris Isabel à la gorge. C'était une odeur âcre, ancienne. Une odeur qui témoigne de la frustration, de la crasse et du laisser-aller des êtres qui peuplent les lieux qu'elle envahit. Elle avait senti la répulsion de Simon qui n'osait pas poser le bras de sa veste sur le comptoir et s'écartait le plus possible des murs.

Un mouvement, léger mais précis, avait attiré l'attention d'Isabel vers le couloir dont l'entrée, située derrière le comptoir, était à moitié dissimulée par une tenture si délavée qu'elle se fondait aux murs. Un énorme rottweiller se rapprochait, sans véritable indication de férocité mais avec la vigilance méfiante caractéristique de sa race.

La femme affalée derrière le comptoir avait bougé sa petite tonne de graisse pour les regarder, les détailler de la tête aux pieds. Elle portait un sweat-shirt rose moulant qui épousait des cascades de gros plis adipeux qui diluaient toutes ses formes, du menton aux genoux. N'eussent été ses longs cheveux trop décolorés, Isabel aurait éprouvé des difficultés à préciser son sexe.

La femme avait roucoulé, d'un ton maternel :

– Prissy, Prissy, mon bébé, c'est rien. Couche-toi pour l'instant, ma belle.

La chienne s'était posée, les pattes bien alignées devant elle, sa grosse tête carrée droite, les oreilles rigides, prête à l'attaque.

La femme s'était tournée vers eux et avait jeté, acide :

– C'est pour la nuit ?

– Mon beau-père et moi comptons rester plusieurs jours, madame. Deux chambres, s'il vous plaît.

Quelque chose de plus aimable avait affaissé son masque et elle avait marmonné :

– Bon, ça va. Inutile de vous dire qu'il y a pas de service en chambre. Si la télé marche plus, j'y peux rien. Ils démolissent tout, de toute façon. J'en ai marre de les faire réparer. C'est 40 dollars la nuit si vous voulez une vraie salle de bains, payable d'avance, et chaque matin si vous voulez conserver la chambre. Je prends 20 dollars de caution pour les serviettes, les draps et les gants.

– Pardon ?

– Ben ouais, c'est clair non ? Je vous donne les draps et les serviettes, deux chacun, contre 20 dollars. Vous me les rendez en partant et je vous rends votre fric.

Elle alluma une cigarette d'un coup de zippo et souffla une bouffée avant de reprendre :

— Bon, vous n'êtes pas du coin. On peut rien mettre dans les chambres. Ils piquent même le papier chiotte, les rideaux de douche et les ampoules électriques. Alors je fais tout payer d'avance et je demande des cautions.

Devant l'air abruti d'Isabel et de Simon elle ajouta, soudain radoucie :

— Écoutez, je ne sais pas ce que vous venez faire ici et franchement, je m'en tape, mais c'est pas vraiment l'endroit rêvé pour un week-end. Avant, y'a vingt, vingt-cinq ans c'était plutôt peinard, dans le genre familial. C'est devenu une vraie zone. Vous savez pourquoi je me tire pas du coin ? Parce que je ne peux pas vendre mon trou à rats, ça ne vaut plus un clou rouillé. Alors je reste. Vous avez l'air de gens à peu près normaux, je vais vous donner quelque chose de gratuit : un conseil. Ne traînez pas dehors après la fermeture des magasins. Certains soirs, c'est le Far West ici, en moins marrant.

Prissy dut comprendre que sa maîtresse n'aurait pas besoin de ses services dans l'immédiat. Elle poussa un long soupir et s'affala sur le flanc, au repos.

La femme gloussa et reprit en souriant de bonheur :

— Elle est belle, hein ? Ça, je la soigne bien. Je lui donne les croquettes spéciales du vétérinaire. Elles sont vachement chères, mais c'est adapté pour elle. Vous avez vu son poil ? Il brille, hein ? C'est le mamour à maman, ça. Et elle est douce, câline. On dirait pas comme ça, hein ? Mais c'est un toutou-sucre. Et c'est une gourmande, mais une gourmande !

Elle se traîna jusqu'à la chienne qui leva la tête vers elle et se tourna sur le dos, lui présentant son ventre qu'elle caressa. Isabel remarqua alors que la grosse femme portait les ongles très longs, soigneusement manucurés et vernis d'un rouge flamboyant. Étrange coquetterie.

— Hein, ma Priss, que tu es une gourmande terrible. Mais maman fait attention, elle ne veut pas que son bébé devienne une grosse vache comme elle. Non, non, non.

La femme redressa sa masse avec difficulté et souffla un baiser à la chienne, du bout des doigts.

Et Isabel songea que cette femme survivait, elle aussi, isolée au milieu d'un continent hostile qu'elle ne comprenait plus, grâce à cette bête noir et feu, son seul amour, son dernier espoir et surtout la dernière obligation de vie qui lui restât.

Leurs deux chambres étaient identiques, aussi tristes et fanées l'une que l'autre. Isabel calcula qu'ils dormiraient tête à tête, séparés par une cloison, comme s'il s'était agi d'un jeu de miroirs. Les couvre-lits étaient faits du même tissu synthétique vert olive que les doubles rideaux, décolorés par le soleil jusqu'au jaune vert.

Les deux moquettes beige soutenu semblaient presque supporter les mêmes vieilles auréoles de bière ou de whisky, les mêmes brûlures de cigarettes.

Les miroirs carrés, aux bords crus, qui ornaient le dessus du lavabo étaient eux aussi fixés dos à dos de chaque côté de la mince plaque de plâtre qui les séparait. Amusant de songer qu'elle se brosserait les dents dans le visage plein de mousse à raser de Simon. La moitié inférieure du rideau de douche en plastique jauni était raide d'une couche de moisissure rosée.

Simon restait les bras ballants au milieu de la chambre et elle ouvrit leur grand sac de voyage commun :

— Je vais ranger tes affaires.

— Merci. Que c'est moche ! C'est même pas pauvre, c'est vraiment laid. Tu peux regarder mes draps, voir s'ils sont propres ?

— En tout cas, ceux qu'elle nous a donnés sont repassés.

La main d'Isabel frôla quelque chose de dur et elle tira ce

qu'elle prit pour un paquet du dessous du sac. Le pyjama beige à rayures rouges de Simon enveloppait un revolver. Il l'avait retenu grâce à quelques bandes élastiques.

– Il est vieux, mais je l'ai bien nettoyé. C'était celui que je conservais à la boutique. Fais attention, il est chargé.

– Je le range où ?

– Sous mon oreiller. Il faudra que je te montre où est le cran de sûreté. Il faut l'abaisser.

– C'est cette petite patte ronde, là ?

– Oui, tu la bascules vers l'avant.

Elle la poussa du bout du pouce :

– D'accord, je vois.

– Finalement, il vaudrait peut-être mieux que tu le gardes avec toi.

Elle retira le sac en plastique dans lequel elle avait roulé ses chaussons et en sortit un des mocassins verts en peau tendre qu'elle mettait à la maison. À plat sur la semelle était scotchée la large lame épaisse de cutter dont Isaac s'était servi pour découper la moquette du salon.

– Je préfère ça.

– Bien.

Quelques minutes plus tard, ils étaient sortis pour acheter différents plats à emporter au chinois, de l'autre côté de la rue, et puis surtout pour commencer leur installation dans le coin. Avant de pousser la porte, elle aussi protégée de grosses barres métalliques, Isabel avait prévenu :

– C'est toi qui parles, Simon. Si ça se trouve, c'est un Vietnamien, auquel cas, il y a des chances pour qu'il me prenne instantanément en grippe.

Simon avait retenu de justesse la question qui lui était montée aux lèvres : « Comment faisaient-ils pour se différencier entre ethnies asiatiques ? », se rappelant à quel point la même question l'avait agacé lorsqu'on lui demandait comment il pouvait reconnaître un juif. Du reste, lui-même arrivait à déterminer si un Asiatique était japonais.

Avec les autres, il avait du mal, mais les Occidentaux sont si certains de leur suprématie que les autres les intéressent peu. Ils n'exercent à leur égard aucune curiosité particulière.

Il avait commandé lentement, pour se donner le temps de trouver les mots qui convenaient. Isabel était restée en retrait, près de la porte. L'homme était chinois, sans doute du sud. Il parlait anglais avec un accent aussi lourd que celui de Simon, mais avec, en plus, des difficultés de syntaxe et un débit précipité.

Simon avait engagé la conversation pendant que l'autre faisait revenir dans un wok les oignons et les poivrons, puis les crevettes. Une odeur de vieille graisse surchauffée ravivait des années et des années d'autres relents graisseux.

— C'est une vraie forteresse, votre boutique.
— Il faut, il faut.
— Le coin a l'air dur.
— Oui, oui.
— Vous avez été agressé, sans doute ?

Le petit homme maigre et suant à cause de la chaleur de sa grande poêle creuse se retourna, soudain méfiant. Il caqueta agressivement :

— Plus d'argent ici. Plus. Je beaucoup travaille, beaucoup. Jusqu'à minuit. Plus d'argent ici.

Il hocha plusieurs fois la tête d'un air satisfait avant de poursuivre :

— Je préviens. Tout le monde sait, maintenant.

Il pointa une sorte de grosse embouchure qui affleurait au milieu du comptoir et que Simon n'avait pas remarquée :

— Tuyau. Je mets l'argent dedans, l'argent part, tombe dans coffre. La sécurité banque vient ramasser argent tous les matins. Je pas de clefs, pas de chiffre. Je pas ouvrir le coffre. Plus de vol. Pas d'arme. Je explique, tout le monde.

— C'est astucieux.

– Oui, très, oui.

Le Chinois parut se calmer et remua énergiquement le contenu fumant du wok.

– Monsieur, nous cherchons une bande.

– Bande, voyous. Tueurs. Drogués. Beaucoup bandes ici.

– Oui, je sais. En fait, nous cherchons un métis asiatique qui fait partie d'une bande.

– Chinois ?

– Non, cambodgien.

– Ah, je pas connais cambodgien. Je pas connais rien.

– C'est sa mère qui est là.

Isabel se rapprocha du comptoir. Le Chinois soupira et eut un petit signe de tête agacé :

– Bande mauvais, mauvais fils. Pas bon.

– Je cherche mon fils, monsieur. Il fait partie d'une bande.

– Pas chinois, hein ? Il y a. Méchant, très méchant.

– Lui ?

– Je pas connais. Bande, très méchant. Rock, très très méchant.

– Rock ?

– C'est bande. Rock. Pas aller là-bas. Appeler police.

Il fit un vague mouvement de sa spatule.

– Où peut-on les trouver, monsieur ?

– Je pas savoir. Partout.

Isabel fouilla dans son sac et en tira un billet de 20 dollars qu'elle tendit au petit homme nerveux :

– Si un membre de la bande Rock venait, pouvez-vous lui dire que la mère et le grand-père de Thomas sont au motel en face, au *Clear-View* ?

Il se tourna et vida le contenu de son wok dans deux petits cartons blancs, qu'il ferma soigneusement. Il n'essuya même pas la poêle avant d'y jeter de minces cubes de porc rosé et de fines rondelles de queues d'oignons.

Il détailla Isabel, hésita et secoua la tête avant de repousser la main qui tendait le billet :

– Pas argent. Je dire. Jamais argent pour mauvaise nouvelle. Ça porte malheur, grand malheur. Mauvais fils, mauvais fils. Mauvais présage. Je dire, mais pas bon. Douze dollars quinze *cents*. Bon appétit. Vous voulez baguettes ?

– Oui, merci, deux paires.

De retour dans la chambre d'Isabel, ils s'installèrent sur le bord du lit avec leurs cartons. Simon avait un mal fou à attraper quoi que ce fût avec ses baguettes et Isabel lui fit une démonstration :

– Mais tu peux manger avec les doigts, ce n'est pas grave.

– Ah non, c'est pas propre, mais une fourchette ce serait bien. Et puis un bout de pain, aussi.

Ils jetèrent les cartons vides dans la petite poubelle de la salle de bains et Simon se lava les mains, longuement.

Isabel le contemplait, penché au-dessus du lavabo :

– Simon, tu ne voudrais pas dormir avec moi ?

– Si tu veux, ma jolie. Je vais chercher le revolver dans ma chambre et mon pyjama, et puis un slip propre et ma brosse à dents.

– D'accord. Merci, Simon.

– De quoi ? De me permettre de passer une moins mauvaise nuit ?

Elle était si menue. Simon avait toujours adoré les femmes, trop sans doute, même celles dont il était exclu qu'il couche avec. Depuis combien de temps n'avait-il pas hébergé contre son flanc le dos d'une femme ? Si longtemps. Il n'éprouvait aucun désir pour Isabel, ni elle pour lui. Elle devenait une improbable fille et lui un père disqualifié par leur différence ethnique, mais l'odeur de ses cheveux, cette façon qu'elle avait de se tasser sur elle pour dormir, bras repliés contre sa poitrine, l'émouvait. Elle avait collé ses fesses dans son ventre et il avait naturellement replié les jambes pour former une sorte de berceau dans lequel elle s'était enfin endormie. Oui, sa nuit serait calme et enfin presque confortable... Il sombra dans le sommeil en songeant que c'était presque insupportable, comme une insulte, une gigantesque faute de goût.

Isabel tirait doucement les longs poils grisonnants qui avaient poussé dans ses oreilles. Il ouvrit les yeux. Elle tenait en équilibre un sac de bagels et deux tasses en polystyrène remplies d'un café sans doute insipide, mais chaud.

– Je suis allée chercher le petit déjeuner. Il y a longtemps que je ne t'ai pas coupé les poils des oreilles et des narines. On a le temps, ce matin.

– C'est bien, parce que ça me gêne.

– C'est marrant comme ça pousse chez les hommes et pas chez nous.

Il sourit en attrapant sa tasse :

– On ne peut pas avoir tous les avantages, on fait déjà pipi n'importe où.

– Oui, c'est un gros avantage.

– Et puis j'ai les cheveux trop longs dans la nuque. Ça boucle sur le col de chemise. J'aime pas. Si seulement ça poussait aussi bien sur le crâne !

– Je vais te les couper. Bois ton café et mange un bagel, d'abord. Il ne faut pas avoir le ventre vide le matin.

– On dirait ma mère.

Elle sourit :

– Toutes les femmes sont des mères en puissance.

– C'est pour ça que les juifs sont psychanalystes.

– Juste. Bois, fais attention, c'est très chaud.

– Il est bon ?

– Bof. Au moins, on ne sait pas ce que l'on boit. De l'eau chaude. Tu sais, là-bas, les pauvres boivent de l'eau chaude lorsqu'ils n'ont pas assez d'argent pour acheter du thé.

Simon ne s'étonna pas qu'elle dise « là-bas » au lieu de « chez nous » pour parler de ce pays qu'il n'avait appris à placer sur le globe qu'assez récemment. Pour lui non plus, la Pologne n'avait jamais été « la maison ».

– Vous étiez riches ?
– Non, pas riches, juste confortables. Les Chinois étaient riches au Cambodge, souvent d'aisés commerçants, c'est pour ça que pas mal sont parvenus à fuir. Ils avaient de quoi négocier leur passage. Nous étions une famille d'intellectuels, comme ils disaient. Mon père était professeur et mon oncle médecin. Nous fréquentions pas mal d'étrangers. Cela nous a valu beaucoup d'ennuis.

Elle se leva, passa dans la petite salle de bains et Simon comprit qu'elle ne voulait plus parler de « là-bas ». Pourtant, elle déclara très vite :

– Oui, des intellectuels. Mais lorsque le régime a basculé et que les dénonciations et les rafles ont commencé, mon père a envoyé ses deux fils aînés en Thaïlande, pour les mettre en sécurité.

– Et vous ?
– Toutes les filles sont restées avec ma mère, et mon plus jeune frère aussi. Nous étions moins importants.
– Tu sais ce que sont devenus tes frères ?
– Non, et ça m'est égal. Du reste, ils ne se sont jamais préoccupés de savoir comment je survivais, lorsqu'ils ont recherché ce qu'était devenu mon père. Tu sais, il ne faut pas comparer nos deux civilisations, Simon. Elles sont si différentes.

Elle ouvrit le robinet d'eau et se brossa les dents. La discussion était close.

Simon mâcha lentement son bagel pâteux et trop salé. Il termina le café et une douleur en coup de poing lui fit perdre le souffle. Il se tourna pour qu'Isabel ne puisse pas

183

apercevoir son visage, appuya sa main très fort contre son flanc droit. La bête se réveillait.

Pas maintenant.

Elle devait se taire encore un peu. Après, il discuterait longuement avec elle. Il attendit quelques secondes qu'elle se calme assez pour lui permettre de se lever. Il avala précipitamment trois gélules antidouleur avant qu'Isabel ne ressorte de la salle de bains. Voilà, dans une demi-heure, elles agiraient, de moins en moins efficaces, mais suffisamment pour tenir le temps nécessaire. Il devrait alors résister au sommeil chimique qu'elles induisaient.

– Ça va ? Tu es tout pâle, tu transpires.

– Oui, c'est mon estomac. C'était du vitriol, ce café. Qu'est-ce qu'on fait après ?

– Tu prends ta douche et on part en balade.

– Chouette balade !

– Il faut qu'il nous trouve, n'est-ce pas ? C'est toi qui l'as dit. Alors, il va nous trouver.

Ils visitèrent tous les magasins, formulant à chaque fois les mêmes questions auxquelles répondait une méfiance peureuse. Seul le petit vendeur pâle du grossiste de meubles de cuisine s'enhardit et débita :

– Faut pas, madame. C'est des fondus, vous savez. Ils sont dangereux. On en entend parler pas mal des Rocks, dans le coin. Ils n'emmerdent pas trop les commerçants, c'est pour ça qu'on est encore là. Enfin, moi je cherche une place ailleurs depuis pas mal de temps. Ils ont des activités encore plus lucratives que les braquages.

– C'est-à-dire ?

– À votre avis ? Si votre fils est entré là-dedans, franchement, je ne pense pas que vous puissiez le récupérer.

– Il faut qu'il me trouve, enfin, je veux dire que je le voie.

Il hésita et la contempla avant de répondre à contrecœur :

– Il y a un Diner's, deux blocs plus bas. Y'a souvent des mecs des Rocks qui vont manger là-bas, c'est pour ça qu'on l'évite. Mais c'est une mauvaise idée, madame, mauvaise.

Isabel sourit au jeune homme :

– C'est gentil de vous inquiéter, mais je n'ai pas le choix.

– Ouais, je sais. Je ne vous dis pas bonne chance.

Le Diner's était construit tout en longueur et, à l'époque, l'architecte avait sans doute voulu que l'extérieur ressemble à un wagon de métro, avec cette succession de petites fenêtres aux coins arrondis protégées de grillage et cette façade plaquée de tôle aluminium gondolée. Les taggers avaient eux aussi participé à l'analogie en le décorant de lettres indéchiffrables et de messages, que seules les bandes auxquelles ils s'adressaient pouvaient comprendre.

Des motos rutilantes étaient soigneusement garées devant le Diner's. Deux voitures de sport noires, valant chacune une petite fortune, attendaient leurs propriétaires toutes fenêtres ouvertes. Qui aurait eu l'idée suicidaire de venir piquer ici un autoradio ?

Simon et Isabel gravirent les trois marches faites de parpaings et poussèrent la porte. Une onde de bruit et de rires les enveloppa soudain.

Il n'était pas midi, pourtant la salle était déjà presque pleine. Isabel tourna la tête vers un rire strident. Une fille, vêtue d'un soutien-gorge noir et d'un blouson de cuir, se roulait sur un gros motard barbu, riant de ses moindres mots. Mais le regard du motard était maintenant fixé sur Isabel et Simon, comme tous les autres regards. Une sorte de vague silencieuse investit progressivement le brouhaha puis, même le petit squelette derrière son comptoir, blond et bouclé, très maquillé, reposa délicatement la tasse dans la soucoupe pour éviter de les entrechoquer.

L'adrénaline envahit les veines d'Isabel et son cœur lui remonta dans la gorge. Elle sentit la précipitation des pulsations cardiaques sous le médaillon du Zodiaque qu'elle portait au cou. Simon le lui avait offert à Noël dernier. Il s'était trompé de signe – un Capricorne alors qu'elle était née sous celui du Sagittaire –, mais elle ne lui avait jamais dit. Le sang cognait l'or, le réchauffant subitement. Debout, au milieu du couloir d'entrée, Simon presque collé à son dos, elle respira profondément, et coula sur la vague de silence :

— Je m'appelle Isabel Kaplan. (Elle répéta encore plus fort, effleurant à peine les regards étonnés et pour certains déjà agressifs.) Je m'appelle Isabel Kaplan. Ce monsieur est Simon Kaplan, mon beau-père. Nous séjournons au *Clear-View Motel*. Je cherche mon fils. Il se nomme Thomas. Il est eurasien, cela tombe sous le sens. Il fait partie de la bande des Rocks.

Simon avança, la poussant gentiment vers la porte et se campa face aux tables :

— Ce petit con nous emmerde. C'était déjà un sale morveux avant. Dites-lui que son grand-père l'attend au motel, qu'il mérite une bonne paire de claques et que je m'en charge.

Ils sortirent du Diner's sans attendre les réactions et s'en éloignèrent d'un pas vif pour rejoindre le motel. Une fois dans la chambre, un fou rire les plia. Simon parvint à articuler :

— T'as eu peur, toi ?

Isabel acquiesça d'un rapide mouvement de tête.

— Oh putain, moi aussi. T'as vu leurs gueules ? Tu sais, je crois qu'il n'y a rien de meilleur que l'adrénaline. Ça c'est de la came, légale et gratuite, en plus.

Le rire d'Isabel mourut d'un coup :

— Pourquoi tu leur as dit ça ? La paire de claques.

— Pour que ça lui soit répété et que ça le vexe. Il veut

jouer au chef et son grand-père, ce débris, le traite comme un sale gamin. Il devrait péter les plombs et sortir de sa tanière. Il faut qu'il lave l'insulte maintenant, il y est forcé, s'il ne veut pas perdre la face devant les autres.

– Bien, alors il ne reste plus qu'à attendre.

– Voilà. J'ai faim et je recommence à avoir mal à l'estomac. On retourne chez le Chinois ?

– De toute façon, il n'y a pas grand-chose d'autre à moins de vouloir s'éloigner de notre home-sweet-home. Repose-toi, je vais y aller. Je ne risque rien, il est encore trop tôt. Je vais passer payer la chambre pour ce soir. Qu'est-ce que tu veux ?

– Des nems et du bœuf aux oignons. J'aime bien. Et puis un de leurs gâteaux, tu sais, à la noix de coco.

Dès qu'elle eut refermé la porte, Simon se leva pour avaler deux autres gélules. Après, lorsqu'il n'en pourrait plus, il y aurait ces petites ampoules cachées avec leur seringue dans sa trousse de toilette, mais pas encore. Un renvoi lui fit remonter un afflux de salive dans la bouche et il se précipita dans la salle de bains pour cracher. Une méduse rose-rouge et muqueuse constella l'émail blanc du lavabo. Il essuya le filet de sang qui la reliait encore à ses lèvres et leva les yeux vers son reflet dans le miroir carré en murmurant :

– Je n'ai pas dit quand, alors cramponne-toi encore un peu, vieille carcasse. Il n'y en a plus pour longtemps.

XXVIII

John King reposa le combiné sans laisser de message. Tous ses appels demeuraient sans réponse et il était las de réclamer une voix, celle d'Isabel ou de Simon.

Kay Connelly le fixait :

— Ils ne sont toujours pas rentrés ?

— Non. Je commence à m'inquiéter.

— Nous pouvons demander aux flics de Bedford d'envoyer une patrouille, discret, bien sûr.

— Vous croyez, Kay ? Je ne veux pas qu'ils se sentent piégés. Pas eux. Ils sont trop solidaires et s'ils se referment sur eux-mêmes, je n'en obtiendrai plus rien. Ils forment un couple de siamois, Isabel et Simon. Et si ça se trouve, ils n'en sont même pas conscients. Ils survivent grâce à l'autre depuis si longtemps... je crois qu'ils ne pourraient plus vivre si l'un des deux mourait. Chacun est devenu le sens profond de l'autre. C'est étrange. Elle le traite comme son fils, son ami et son père, mais jamais comme son mari. Et lui, c'est un peu pareil. Mais c'est plus compréhensible dans son cas. Il retrouve le grand mythe de Judith Kaplan, sa mère. Finalement, je comprends Isaac, son imbécile tentative pour prouver qu'il existait entre les deux. Mais il avait tort, bien sûr. Isabel et Simon hantent chacun un endroit différent mais tellement similaire qu'ils peuvent visiter l'enfer de l'autre. Ils savent s'y orienter, ils y étaient.

— Je me méfie d'eux, lâcha soudain Kay Connelly.

— Pour quelle raison ?

— Ils sont imprévisibles, beaucoup plus qu'Isaac. Leur humanité tient à des choses si monstrueuses, si terribles, qu'ils peuvent faire n'importe quoi.

John King regarda Kay. Elle parlait peu, toujours efficacement, mais par moments elle l'étonnait, sans doute parce que sa logique rejoignait le monde des sensations, qui lui servait de guide.

— C'est cela, et c'est pourquoi la police locale me fait peur. Ils sont au-delà, dans un endroit que je pressens mais que je ne connais pas, que je ne comprends qu'intellectuellement. Vous avez raison, ils peuvent faire n'importe quoi, même mourir s'ils le choisissent. Et je ne veux pas qu'elle meure.

– C'est pour cela que je parlais de discrétion. Genre patrouille de rue. (Elle hésita puis acheva sa pensée :) Et lui, cela vous est indifférent qu'il meure ?

– Non. Mais ce n'est pas la même chose.

– Parce que c'est un homme ?

– Non... si, d'une certaine façon. Je crois que je ne peux rien pour lui : c'est lui qui dira « quand ». C'est tellement fort chez lui. Il n'existe que tant qu'il le décide. Les femmes existent ailleurs, toujours. Il suffit qu'elles sentent que quelqu'un a besoin d'elles, un enfant, un homme, une mère, n'importe qui ou quoi, même un pot de géranium, pour qu'elles s'accrochent. Pas les hommes, du moins pas à ce point.

– Vous avez sans doute raison. Qu'est-ce que je fais pour la patrouille ?

Il soupesa le presse-papiers qui reposait sur une pile de papillons jaunes, une large amande de bronze, commémorant un succès quelconque, lors d'une compétition athlétique quelconque, et lâcha :

– Envoyez-la. Discret.

– Bien, monsieur.

XXIX

– Tu crois qu'ils vont venir cette nuit ?

– Non, je ne crois pas.

– Quand vont-ils venir nous chercher ?

– Je ne sais pas, Isabel. Ce n'est pas grave, ne t'inquiète pas, maintenant ils nous trouveront.

– Je vais me laver. On pourrait essayer la télé. Peut-être qu'elle fonctionne.
– D'accord.

Il attrapa la télécommande. L'écran de la télévision scellée au mur, dans le coin le plus éloigné de la pièce, grésilla, crachota, et une image, d'abord incertaine et brouillée, s'imposa.

– Ah oui, ça marche. Ça t'ennuie si je regarde CNN ?
– Non, je vais prendre une douche. Peut-être qu'on pourrait regarder s'ils passent un film, après.
– D'accord.
– Pas un film de guerre, Simon.

Il sourit :
– Je sais. Un machin guimauve, c'est ça ?
– Et alors, j'aime la guimauve.
– Moi aussi, parfois.

Isabel se déshabilla, posant sa jupe en équilibre sur le rebord du lavabo. La salle de bains était si exiguë qu'il fallait réfléchir à chaque mouvement si on ne voulait pas se cogner ou faire tomber quelque chose. Elle retira son collant, hésitant, ne sachant où le rouler en boule. Quand elle baissa la fermeture Éclair de la trousse de toilette de Simon, pour l'y fourrer en attendant de le laver, son regard tomba sur une boîte de médicaments qu'elle ne connaissait pas. Un soupir lui échappa : il devait systématiquement oublier de les prendre. Elle tira la plaquette d'ampoules injectables de la boîte et s'étonna. Bien que les noms des molécules chimiques diluées dans le liquide incolore ne lui disent pas grand-chose, lorsqu'elle lut *extrait d'opium à 40 % de morphine en poids sec, procaïne*, elle sut qu'il ne s'agissait pas d'un pansement gastrique.

Quelque chose de très doux mais de très assassin lui coupa les jambes et elle dut s'asseoir sur le rebord de la baignoire pour ne pas tomber.

Isabel se savonna énergiquement. Au moins l'eau était-elle chaude. Il fallait qu'elle lui parle. Il ne pouvait pas continuer à mentir. Ils allaient bientôt mourir, elle le savait. Elle l'avait compris dans ce Diner's. Soudain, le choix avait été clair. Il faut toujours sacrifier quelque chose pour obtenir ce que l'on veut. Elle voulait beaucoup, et sa seule monnaie d'échange était sa vie. Après quelques secondes de panique, elle avait accepté le troc. Simon le savait aussi ; mais il s'en foutait et elle venait de comprendre pourquoi. Elle s'essuya les cheveux et passa sa chemise de nuit en coton bleu pâle.

Elle avança vers le lit. Simon s'était allongé et écoutait, le visage fermé, des nouvelles du bain de sang yougoslave. Il déclara sans tourner la tête :

— Tout le monde s'en fout. Ils crèvent et tout le monde s'en tape. C'est sûr que s'ils avaient quelques puits de pétrole bien juteux, ça deviendrait une préoccupation internationale.

— Ce n'est pas un ulcère, n'est-ce pas ? C'est un cancer.

Il baissa la tête et éteignit la télévision.

— Je te demande pardon, je suis désolé. Isabel, pardonne-moi.

La terreur. Simon ne pouvait pas, pas lui. Mais qu'est-ce qu'elle allait devenir ? Les larmes qui venaient, des vraies, de belles larmes douces d'amour, de chagrin, pas des larmes de haine, de peur ou de mort.

Elle se précipita vers le lit et le prit dans ses bras. Elle sanglota :

— Tu ne peux pas, Simon, tu ne peux pas me laisser. Tu n'as pas le droit.

— Je sais, je sais. Je tiens encore. Ne t'inquiète pas.

Il caressait ses cheveux humides – c'est doux des cheveux de femme – comme un petit animal.

— Simon, on va te faire soigner, ils ont des traitements, maintenant.

– Non, ma jolie. Le foie est pris. C'est la fin, mais pas tout à fait.

– Tu ne peux pas me laisser. Pas toi.

– Je vais m'accrocher le plus longtemps possible. La douleur, c'est pas grave, j'ai des médicaments et je connais. Et si ça devient insupportable, je sais ce qu'il faut faire, toi aussi.

Elle hoqueta dans son aisselle :

– Et qu'est-ce que je vais faire, sans toi ? Hein, tu y as pensé ?

– Oui. Tu vas continuer. Tu as la force. Et moi, je veillerai sur toi, d'ailleurs.

Elle gloussa dans ses larmes :

– Mais qu'est-ce que tu racontes ? Tu ne crois pas en Dieu. Et quoi, tu deviendrais mon ange gardien ? Est-ce que tu crois en Dieu, Simon ? Même un tout petit peu, pour dire que tu resteras vraiment avec moi, même après.

Il aurait tant aimé lui mentir. Du reste, il aurait tant aimé s'en convaincre ; mais d'où il venait, c'était impossible :

– Non, je n'arrive plus à croire en Lui. Mais je crois aux anges gardiens. Enfin, bien sûr, ce ne sont pas des anges, ce sont des âmes amies, aimantes qui te protègent.

– Tu y crois vraiment ?

– Oui. J'ai senti ma mère, tu sais, souvent. Elle était là ; de cela, je suis sûr. Et je serai là pour toi, toujours. Mais nous n'avons pas fini notre travail, ma jolie, loin de là.

Elle cessa doucement de pleurer et desserra son étreinte.

– Rallume CNN.

Comment pouvait-il croire aux âmes, à ces sortes d'anges indéfinis mais protecteurs, s'il ne croyait pas en Dieu ? Après tout, pourquoi pas. Qui sait ce qui est véritable et ce qui est frauduleux ? Qu'en savait-elle, elle aussi ? Qui dit de quoi nous sommes faits, qui dit d'où nous venons, à quoi nous servirons ? Qui explique les règles de ce jeu débile et menteur, celui de la vie ? Et pourquoi nous tenons tant à notre place autour du tapis ? Rien, personne. Et pourtant, il continuera encore longtemps et c'est heureux.

– Simon, est-ce que c'est vraiment mon fils ?
– Non. Ce n'est ni ton fils ni mon petit-fils.
– C'est quoi, alors ?
– Je ne sais pas, Isabel. C'est un truc malfaisant. Tu sais, il y a des histoires comme ça, chez les juifs. On ne parle pas de possession, comme chez les chrétiens, mais il y a plein de trucs qu'on ne comprend pas.
– Là-bas aussi. Certaines âmes mauvaises et très habiles parviennent à se glisser dans la tête des bébés, pour revivre. Mais ce sont des sornettes, des histoires de bonnes femmes, d'ineptes superstitions.
– Oui, mais ce n'est pas ce qui compte. Ce que fait Thomas maintenant ne vient pas de nous. Il n'est plus de nous. Il est de nos bourreaux. Ne l'oublie jamais.

XXX

Isabel se réveilla et mit un moment avant d'admettre qu'elle avait dormi comme une masse, enroulée autour de Simon, ses bras en écharpe autour de sa grosse tête ronde.

Avant de sombrer dans le sommeil, elle avait pensé que la gueule inamicale d'une arme à feu appliquée contre sa tempe ou le fil glacé d'un rasoir posé sur sa gorge la réveilleraient en sursaut.

Ils n'étaient pas venus.

C'était à la fois un immense soulagement, celui qui dit que l'on vivra encore quelques heures, et une sorte de déception, d'impatience. Elle réfléchit quelques instants. Simon remua à côté d'elle et se redressa dans le lit.

— À quoi penses-tu, de si bon matin ?
— Il est plus de 9 heures.
— Le film finissait tard. J'aime bien les films d'Hitchcock. Quand j'étais plus jeune, j'étais sans arrêt fourré au cinéma.
— Moi aussi. C'est là que j'ai appris ce qu'était votre monde. Au début, je trouvais les Occidentales tellement délurées, jamais je n'aurais pensé qu'une femme puisse faire des choses comme ça.
— Comme quoi ?
— Oh, je ne sais plus maintenant, mais embrasser un homme, interrompre ses parents ou leur crier dessus...

Il sourit :

— Ben, tu sais, moi c'est un peu pareil maintenant, mais ce n'est pas un problème de culture, du moins je ne crois pas : c'est un problème de génération. Le monde va plus vite que moi. À quoi tu pensais ?
— J'étais étonnée qu'ils ne soient pas déjà venus...

Elle leva les yeux vers le plafond recouvert d'une sorte de peinture mate à paillettes qui s'irisait lorsqu'on allumait le plafonnier. Simon attendit ; elle n'avait pas fini :

— Sur le coup, cela m'a agacée et puis je me suis dit que c'était un grand cadeau et qu'il fallait en profiter. Tu sais, le dernier petit déjeuner, à quoi ressemblait-il ? La dernière promenade, le dernier oiseau qui se pose sur la pelouse, juste à côté de toi, et tu regrettes de ne pas lui avoir jeté quelques miettes parce que tu n'y as pas pensé.
— La dernière femme aimée qui t'a souri ?
— Oui, et le dernier homme aimé que tu as embrassé.

Elle sourit, se tourna vers lui et déposa un baiser sur son front.

— Tu sais, ça doit être terrible de se dire que tu as raté les dernières heures de ta vie, qu'il ne t'en reste rien parce que tu n'y prêtais pas attention, mais qu'il n'y en aura pas d'autres.

Il prit sa main et la porta à ses lèvres.

– Oui. Je n'y avais pas pensé, mais tu as raison. Alors voilà ce que je te propose. Je vais prendre ma dernière douche et, pendant ce temps-là, tu vas caresser ton dernier rottweiller, si elle ne te bouffe pas avant. Ensuite, nous irons savourer notre dernier café insipide.

Elle sentit à la crispation de sa main, au masque pâle qui faisait ressortir le bleu-gris de ses yeux qu'il souffrait.

– Tu veux que je te fasse une piqûre ?

– Non, jolie madame. Je vais me débrouiller. Il ne sera pas dit qu'une femme avec laquelle je n'ai pas couché a vu mes fesses. Le médecin m'a expliqué comment faire.

– Et ta mère ?

– Justement. Passé la bar-mitsva, je n'aurais plus jamais montré mon derrière à ma mère, et encore moins à ma fille.

– Bon, fais comme tu veux. Je vais rendre visite à notre hôtesse et à son canichou.

Isabel trouva la femme affalée, à sa place habituelle, derrière le comptoir, feuilletant un magazine, ses lèvres carminées réunies en cul-de-poule autour d'une cigarette.

– Je viens vous régler la journée. Prissy n'est pas avec vous ?

– Si, sous le comptoir. Priss, mon bébé, la dame veut te voir.

Un raclement d'ongles sur le lino, et le mufle carré du chien apparut.

– Vous croyez que je peux la caresser ? J'ai un bonbon aux fruits, précisa-t-elle en entrouvrant la main.

La femme la détailla et lui sourit pour la première fois :

– Ça me fait plaisir que vous me demandiez cela. C'est une bonne bête, vous savez. Fiable, honnête, tendre. J'ai

195

jamais rencontré l'équivalent en version humaine. Venez, passez derrière.

Elle se pencha vers la chienne :

– Priss, mon bébé. Ça y est, tu as encore séduit quelqu'un ! La dame veut te faire un câlin et t'offrir un petit cadeau, un bonbon, ma gourmande. C'est une gentille dame. (Elle leva la tête vers Isabel.) Descendez à sa hauteur et tendez la main ouverte vers sa truffe.

Isabel s'agenouilla et tendit la main. La chienne se rapprocha, méfiante. Elle huma la main, le visage d'Isabel, la friandise. La trace humide et tiède d'un coup de langue sur son nez la fit glousser. La chienne prit délicatement le bonbon, incertaine d'abord, puis vorace. Lorsque les doigts écartés d'Isabel se posèrent enfin sur la fourrure rase et soyeuse, lorsqu'elle flatta le poitrail puissant et si doux de la bête, une sorte de bien-être la fit soupirer. Elle s'assit par terre, les jambes allongées devant elle, fascinée par la pression de ce corps trapu contre elle. La chienne remuait son moignon de queue, et soufflait de bonheur. Isabel songea qu'elle devait se relever très vite parce que sans cela elle demeurerait une vie entière, assise par terre, à jouer avec Priss, à passer sa main sous son ventre plat et musclé, à vouloir embrasser l'intérieur de ses petites oreilles pliées.

Elle se redressa à regret. La femme la regardait, tête inclinée sur son gros cou gras :

– Ça ne va pas, n'est-ce pas ?

– Non, pas du tout.

– Ah, je le vois. Moi, c'est Priss qui me remonte tous les matins et qui me calme tous les soirs. Avant, j'avais ma bouteille de whisky. Je lui ai payé un lourd tribut, achevat-elle en attrapant à pleines mains son bourrelet abdominal. Faut vous dire que j'ai rien d'autre. Pas d'enfant. Soi-disant mon mari n'en voulait pas. Curieusement, je ne suis jamais tombée enceinte. Je ne sais pas si ça venait de lui ou de moi. Et puis c'est trop tard, maintenant. J'étais mince quand je

l'ai rencontré, mince et gourde. Je suis née dans un trou entouré d'autres trous. Cul-terreux, Missouri. C'est là que tout le monde se marre. Alors la ville, forcément, c'était le salut. Vous avez des enfants ? Enfin, si c'est pas indiscret.
– Non. Ma fille vient de mourir. Elle avait 14 ans.
– Oh, merde. La drogue ?
– Non, un dingue. Je le cherche.
– Pourquoi ?
– Le tuer.

La femme se tut, bouche ouverte. Elle se baissa et fouilla dans un tiroir où elle repêcha une bouteille de scotch et deux verres :
– Ça mérite un coup. Ça fait longtemps que j'ai pas eu envie de payer un verre à quelqu'un. À ce propos, je m'appelle Sue-Ann.
– Moi, c'est Isabel.
– Ouais, je sais. Tu sais où le trouver ?
– Oui, il fait partie de la bande des Rocks.
– Oh chérie, c'est des dingues !
– Justement.

XXXI

Simon et Isabel burent un premier café, accoudés au comptoir en aluminium qui courait le long de la baie vitrée du restaurant. Elle en demanda deux autres, ainsi que quatre bagels à emporter. Simon se chargea du petit sac en papier kraft.

Ils retournèrent vers le motel à pas lents. Soudain, deux voitures de sport noires pilèrent en épi devant eux. Un homme aux cheveux longs et blonds sortit de l'une d'elles. Il s'avança en riant vers Isabel.

— Alors, poupée ? Tu cherches le grand frisson ? Tu vas pas être déçue avec moi, tu sais.

Son visage changea instantanément et il découvrit des dents malsaines avant de cracher :

— Monte, connasse. Le vieux aussi.

Il montra le fusil à canon scié qui pendait à son aisselle et que son long imperméable dissimulait :

— On est gentil. Sans ça, je m'énerve.

C'était un grand bâtiment carré, entourant une cour autrefois utilisée comme une scierie, si l'on en croyait la pancarte et l'odeur de sciure de bois qui traînait toujours par endroits, et qui pénétrait par les vitres baissées de la voiture.

L'homme vautré contre elle sentait mauvais : la vieille sueur, les dents cariées et puis autre chose qui remontait si loin qu'elle avait eu du mal à l'identifier. Le meurtre.

La voiture pénétra dans la cour carrée et s'arrêta au beau milieu. Le blond maigre la tira de la voiture.

— Rock veut te parler. Au vieux aussi. On va voir qui file une tarte à l'autre.

Elle leva le regard. Des tireurs embusqués surveillaient les alentours, à chaque coin du bâtiment. Sans doute d'autres visaient-ils l'extérieur. Elle se fit la réflexion idiote que c'était comme dans un film, une sorte de fort protégé, gardé. Qui avait baissé les bras ? Qui avait permis que la démocratie tolère cette rébellion, ces seigneurs de guerre si puissants ? Eux, sans doute. Tous étaient coupables.

L'homme blond la tira par la peau de l'épaule. Ils traversèrent la longue cour parsemée de détritus, d'éclats de vitres explosées ; elle se tourna pour tenter de voir où était Simon. Ils gravirent un long escalier métallique. Elle trébucha, tomba et reprit son assiette en se redressant grâce à la rambarde métallique de l'escalier, parce qu'il n'avait pas l'intention d'être retardé et qu'il la traînait, la cognant contre les marches blessantes.

Il la propulsa dans une pièce plongée dans une demi-pénombre. Un jeune homme était assis sur un fauteuil ouvragé qui ressemblait à un trône.

Thomas.

Le blond rit et déclara :

— C'est le ventre dont tu sors, mec !

Isabel se redressa, leva la tête, sortit les épaules. Quelqu'un traîna quelque chose à sa suite. Hors de souffle, Simon s'aplatit à ses pieds.

Elle attendit.

Thomas se leva lentement, comme à regret, et s'avança vers elle. Il avait changé. Il était presque émacié, très beau, très sombre. Il était vêtu d'un pull en laine mince, noir, comme son pantalon. L'amande de ses yeux tranchait sur sa peau fine, presque pâle. Non, décidément, ce n'était pas son fils. C'était un mauvais souvenir, une infection qu'elle aurait contractée là-bas et qui aurait mis des années à se révéler. Il ne fallait surtout pas qu'elle s'interroge là-dessus. Ce n'était pas son fils. Son fils était mort, alors qu'il n'était qu'un fœtus ; cette chose avait pris sa place.

— Alors, on veut me gifler ? C'est ça, j'ai bien compris ?

Son ton était doux, calme, et la panique lui crispa le ventre mais elle articula, ironique :

— Oui, c'est ça. Tu es un sale gosse. Et pas le mien, c'est sûr. Une aberration génétique. Il existe des mutations, comme chez les têtards, je l'ai lu.

La gifle, assénée du dos de la main, la fit tomber à genoux. Elle se releva :

— Tu n'as toujours pas gagné, tu ne gagneras jamais. Tu es une larve. (Elle se retourna vers les hommes en cuir affalés dans un des coins de la pièce et hurla.) C'est une larve ! Il a toujours été trouillard ! Il ne voulait pas sortir les poubelles le soir parce qu'il avait les jetons. Il avait peur des lutins et des gamins du quartier. Je vous le jure, des lutins !

Une autre gifle, portée avec le poing fermé, la fit tomber. Il cracha :

— Tu te sens forte ? Tu as tort, connasse.

Elle essuya le filet de sang qui coulait de son nez et se mit à quatre pattes pour se relever. Thomas pouffa et annonça :

— Regarde, mère, nous allons jouer. Amenez-moi le vieux con. On commence par lui. Regarde bien. Après le père, le grand-père. Pauvre con. Il m'a assez fait chier celui-là, avec ses leçons de morale. Cloportes, vous êtes tous des cloportes.

Elle siffla, cherchant à retrouver son souffle :

— Isaac savait que tu déraillais. Je n'ai pas compris, mais lui oui.

— Oui. Mauvaise initiative. Il avait besoin d'un sac de voyage et a ouvert le mien. Un tee-shirt, couvert de sang, collé de poils. Ce jour-là c'était un chien, je me souviens. Un petit chien blanc. Ton mari m'a collé deux beignes pour me faire avouer. J'ai menti. Je m'en suis sorti. Pas lui. Vous êtes si nuls. Tous. Vous êtes des nains, dans votre tête.

— Où est Cham Daravuth ?

— Ah, tu sais ? Dans sa résidence, entouré des honneurs qui lui sont dus. Nous irons lui rendre visite, un peu plus tard. Il m'a parlé de toi. Enfin, il n'était pas sûr qu'il s'agissait vraiment de toi, mais vous étiez très interchangeables, non ? Il a été d'un grand secours, une illumination. Mais très autoritaire, trop. Sais-tu comment je l'ai rencontré ? Je vais t'expliquer, cela devrait te distraire, mère.

Deux hommes tenaient Simon par les aisselles. Il leva la tête. Jamais il ne l'aurait baissée. Les coups plurent. Thomas se déchaînait sur cet homme maintenu. Simon serrait les dents pour ne pas gémir. Les coups faisaient vibrer tout son corps et Isabel songea que la piqûre amoindrirait peut-être la souffrance. Simon se battit comme il put. Un coup de pied fit perdre l'équilibre à Thomas.

Il y eut un moment de silence, meurtrier. Thomas, ou plutôt, la chose qui s'appelait Thomas passa une main peureuse sur son visage. Et sa haine redoubla. Soudain, Isabel éclata de rire. Thomas bloqua son poing et se tourna vers elle, rageur :

– Qu'est-ce qui te fait rire ?

Elle pouffait. À nouveau, elle se tourna vers les hommes affalés :

– Qu'est-ce que je vous disais ? Hein ? C'est une larve. Votre chef est une couille molle et c'est sa mère qui vous l'affirme ! Il ne peut même pas frapper un vieil homme de 70 ans si on ne lui tient pas. Et en plus, il se fait cogner !

Il y eut des rires et Thomas crispa les maxillaires. Il se rapprocha d'elle, défiguré par la haine et murmura :

– Tu vas payer pour ça, en plus du reste.

– Maman t'attend, mon chéri.

Il attrapa ses cheveux à pleines mains et tira violemment.

– Viens. Tu veux rire ? J'ai le gag de l'année pour toi. Ton vieil ami. Cham Daravuth.

Il la traîna par les cheveux le long d'un couloir, en haut d'un nouvel escalier métallique. Isabel bloqua sa main sur ses cheveux, en haut de la prise, pour alléger la douleur. Elle ne pleurerait pas, ne crierait pas. C'était ce qu'il attendait d'elle et il ne l'obtiendrait pas. La folie de Sok Bopah, héritée de ces nuits de terreur, de sang, de souffrance, lui revint. Finalement, elle avait toujours été là. À fleur de veines, de nerfs.

Il la propulsa dans une grande pièce fraîche, aux fenêtres obstruées par de lourdes tentures. La pénombre était éclairée de candélabres, des fins de bougies qui s'y consumaient fumaient. Il y régnait une odeur épouvantable, une odeur qu'elle connaissait : celle de la viande humaine en décomposition. Thomas déclara d'un ton théâtral :

– Mon père, Cham Daravuth.

Le cadavre de l'ancien bourreau était assis à une chaise, ses avant-bras posés contre une table dressée. Une fine porcelaine blanche et des verres en cristal taillé attendaient une bonne dizaine de convives. Les fleurs du chemin de table s'étaient desséchées, pleurant des pétales déshydratés sur la lourde nappe blanche. Les chairs avaient commencé à se liquéfier et ses joues coulaient vers son assiette. Il était recouvert d'une sorte de tulle transparent, comme une indésirable mariée.

– Va l'embrasser, il t'attend. Allez, c'est un ordre. Baise-le, ma mère.

Il la poussa d'un coup sec dans les reins. Isabel s'avança. L'odeur la prenait à la gorge. Elle trébucha et tomba. Thomas se précipita pour la relever, la forcer à embrasser les lèvres rongées par la mort de Cham Daravuth. La lame de cutter qu'elle avait dissimulée dans sa chaussure zébra son pantalon. Elle entama la chair et Isabel poussa, trop tard. Il avait reculé d'un saut.

– Ah, que c'est vilain, que c'est vilain ! Donne-moi ça. Maintenant. Allez, on se relève.

Il la souleva par les cheveux et la remorqua jusqu'au tulle qu'il leva :

– Embrasse-le sur la bouche. Un vrai baiser.

Isabel se pencha et posa sa bouche sur les lèvres putréfiées de cet homme qu'elle avait tant voulu tuer. Elles étaient molles, déjà lysées par le travail des bactéries qui attaquaient son corps. La peau de ses joues collait à ses dents.

Rien à foutre.

Sok Bopah avait déjà fait pire.

– C'est bien. Il aurait été satisfait. Sais-tu que je l'ai rencontré chez un loueur de cassettes vidéo, à Boston ? Je cherchais *The Killing Fields*. Je voulais savoir d'où tu venais, et moi par la même occasion. Tu ne m'as jamais rien dit. C'est fascinant, cette histoire. J'y aurais eu ma place, du côté des prédateurs. Pas du tien, bien sûr. Je hais les victimes. Il était là. Il avait réussi à sortir du Cambodge. Nous avons parlé, longuement. Au fait, vous avez trouvé le cadavre de feu Mrs Goldstein ? Astucieux, non ? Vieille conne sentencieuse. Elle voulait sans arrêt me donner des conseils et me nourrir. Elle caquetait toute la journée. Quelle fatigue !

« Tu ne réponds pas ? Tu boudes ? Tu as tort. Veux-tu savoir pourquoi j'ai tué Sam ? Mon père, peut-être ? Alors les autres ?

— Non, ça ne m'intéresse pas. Où est Simon ?

Il trépigna comme lorsqu'il avait 10 ans :

— Connasse ! Vous allez crever ensemble.

Elle répondit d'un ton plat :

— Je sais. Où est-il ?

Soudain boudeur, il ajouta :

— Si tu étais gentille, repentante, tu pourrais peut-être sauver ta peau.

Elle le toisa :

— Ah oui ? Franchement, cela ne m'intéresse pas non plus. Je veux mourir dans les bras d'un homme que j'aime et que je respecte, et ce n'est pas toi. Du reste, je ne te connais pas. Je ne sais pas qui tu es.

Une nouvelle gifle la fit basculer. Elle sourit. Elle avait le pouvoir de le rendre fou de rage. Les choses deviennent si évidentes lorsque l'on a décidé de tout abandonner.

— Bien, je te conduis jusqu'à lui. Il doit être en très mauvais état. Je ne sais pas encore ce que je vais faire de vous. Je vais vous tuer, bien sûr, mais comment ? C'est fascinant, tu sais, j'ai pris un pied avec Isaac. Encore meilleur, parce qu'il était mon père génétique et qu'il a résisté, ce con. Je l'ai fait mettre par deux de mes hommes, tu sais cela ?

— Oui. Et ils ont utilisé des objets.
— C'est exact. Une bouteille de soda, et une bougie. Amusant. Tu as pleuré ? Tu as assisté à l'autopsie, j'espère ?
— Non. Et je ne pleure jamais.
— C'est ce que nous verrons. Tu vas chialer, mère.

Thomas l'avait tirée, la ramenant vers la grande salle où il tenait conseil. D'un signe de la main, il l'avait remise entre les mains d'hommes si semblables que rien ne les distinguait. Ils l'avaient soulevée, presque portée jusqu'à une autre salle et jetée sur le carrelage, les mains liées dans le dos, les chevilles entravées.

Couché sur le flanc, Simon gémissait. Elle avait rampé vers lui. Comme elle était petite et menue, elle avait réussi à repasser ses mains vers l'avant, en se contorsionnant pour ramasser ses jambes au-dessus des liens.

Une flaque de sang séchait sur le sol, à hauteur de sa bouche. Il haletait.

— Simon, parle-moi, dis quelque chose.

Il toussa et murmura :

— Je vais pisser dans mon froc.
— Ce n'est pas grave.
— Si. J'ai passé l'âge, ou alors c'est que je suis pas encore assez gâteux. Tu devrais pouvoir baisser ma braguette, que je pisse normalement, enfin presque.

Elle parvint à attraper la boucle de sa fermeture Éclair et la baissa. Elle fouilla dans le slip et tira son pénis.

— Vas-y.
— Oh, ça me gêne.
— Je t'en prie, ce n'est vraiment pas le moment.

Ses mains liées remontèrent la fermeture et elle s'adossa contre lui.

— Tu as mal ?
— Ouais, mais ça va. Ce pauvre con ne savait pas que

j'étais sous morphine, comme quoi, même le cancer a du bon. Bon, quand le produit va cesser de faire effet, je risque de déguster. Mais qui sait, peut-être que je serai mort à ce moment-là.

— Ne dis pas cela, je suis toujours là.
— Pardon.

XXXII

Le bruit de la porte qu'on repoussait avec violence tira Isabel d'un sommeil haché. Simon tenta de se relever, mais ses entraves le firent basculer et tomber à plat ventre, là où ils avaient cogné. Il gémit, bouche fermée.

Le blond, maigre, crasseux était complètement défoncé. Elle le voyait à ses yeux, à la langue qu'il passait en gloussant sur ses lèvres. C'était lequel, celui-là ? Celui de la voiture. Le type aux cheveux longs et frisés. Peut-être celui qui allait les tuer. Thomas se tenait derrière lui, amusé. Si frêle, si petit à côté de cette masse de muscles imbéciles qui avançait en balbutiant des trucs qu'elle ne comprenait pas. Ses cheveux gras lui pendaient sur le visage et il puait la sueur, l'alcool, la folie. Il se baissa, manquant s'affaler sur elle, et défit la corde qui lui sciait les chevilles.

Il la releva par son corsage et lécha ses lèvres, son nez. Puis il attrapa son soutien-gorge à pleines mains sous son chemisier et tira d'un coup. Elle jeta un coup d'œil vers Thomas qui souriait. La peur fit remonter dans la gorge d'Isabel un flot de salive aigre. Son cœur lui cognait dans les tempes et elle se demanda si elle ne devait pas le frapper de toutes ses forces avec son genou pour qu'il la tue, là, tout de suite avant que le reste ne se déroule.

Le blond hoqueta en riant :

— C'est pour une partie de jambes en l'air, chérie. Tu vas aimer.

Simon hurla des insultes :

— Espèce de schmok, c'est ta mère, pourri, tu m'entends ? Viens, viens, bats-toi avec moi, petite larve ! T'as pas de couilles, hein, t'as la trouille, connard ! Mais viens, lâche-la, tu vas voir, c'est beaucoup plus drôle avec moi. Et puis au moins, tu pourras dire que tu es un mec, même si je suis ton grand-père. Allez, les couilles molles, je vous prends tous les deux, ensemble, détachez-moi.

— Ta gueule, vieux con, ou elle déguste ! cracha Thomas.

Ils allaient le tuer. Ensuite, le blond jouerait avec elle et Thomas l'achèverait, elle le lisait dans son regard.

— Tais-toi, Simon, murmura Isabel. Je t'en prie, fais-le pour moi. Tais-toi.

Le blond la secoua et serra un de ses seins à lui faire mal. Il lui fit un croche-pied et elle bascula sur le sol. Sa tête heurta violemment le carrelage, son poignet droit se plia selon un angle impossible sous le poids de son corps et elle sentit céder les ligaments. Le vide résonna jusque dans son diaphragme. Le temps se retourna sur lui-même, la ramenant dans cette école, vers ce lit à mailles métalliques, ces hommes qui baissaient à peine leur treillis sur leurs fesses. Puis la peur mourut, parce qu'elle n'avait plus d'objet : Isabel l'avait appris là-bas, durant des mois. Le fou rire gagna la gorge de Sok Bopah et explosa dans cette pièce qui puait la pisse, la peur. Elle hoqueta :

— C'était bête de déchirer mon corsage... Je n'en ai pas de rechange.

Elle regarda son fils, flou au travers de ses larmes de rire, et lâcha :

— Mais qu'est-ce que tu crois, petit con ? Tu veux devenir plus fort que Dieu, c'est ça. Alors pourquoi tu me fais violer ? Pourquoi tu ne le fais pas toi-même ? Parce que tu as une petite queue et que ça t'ennuie que ce tordu puant la voie ? C'est pour ça que tu te cachais de maman quand tu te lavais, hein ? Pour qu'elle ne remarque pas que tu avais un tout petit zizi qui ne fonctionnait pas ? Mais les mères sont faites pour cela mon chéri, pour admettre les infirmités de leur bébé.

Le blond pouffa. Le tranchant de la main de Thomas s'abattit sur sa pommette, le calmant instantanément.

Sok Bopah reprit, mauvaise en dépit des accès de rire qu'elle ne parvenait toujours pas à maîtriser :

– Mais vas-y, Thomas, allez, un peu de courage. Tu as massacré ta sœur, ton père, viole ta mère. Tu seras au-dessus des tabous, comme ça, supérieur à nous, pauvres insectes, c'est ce que tu veux ?

Elle écarta les cuisses.

– Plonge, chéri. Tu n'es pas puceau, au moins ?

Il la fixait, bouche ouverte, et elle vit le doute, une sorte de peur gagner son regard.

– J'attends, Thomas. Mais qu'est-ce que tu crois ? Cinquante, cent, peut-être deux cents mecs me sont passés dessus. Les premières fois tu veux mourir, tuer, tu te sens souillée à vie. Après tu t'en fous, tu écartes les jambes, tu attends que ce soit fini et tu penses à autre chose. Ça ou faire une omelette, ça devient presque la même chose, sauf que tu as envie de te nettoyer après. Tu arrives beaucoup trop tard, mon pauvre chéri. Et puis, tu vois, le seul homme avec qui j'ai eu envie de faire l'amour, c'était ton père. Même cela, tu ne pourras pas le prendre. Alors, j'attends !

Il tremblait de rage, de frustration. Il voulait la démolir pour puiser encore un peu plus de force dans sa destruction et elle devenait inatteignable. Il s'approcha d'elle et elle le détailla de la tête aux pieds, souriante. Il ouvrit la bouche mais aucun son n'en sortit. Une giclée de salive tiède fit fermer les yeux à Isabel. Elle éclata de rire :

— Oh, pauvre petit bonhomme. Maman n'a pas été gentille, hein ? Tu veux un câlin, mon chéri ? Et puis, c'est très vilain de cracher sur les gens, d'ailleurs...

Le fou rire la reprit, l'empêchant de poursuivre.

— Salope !

— C'est ce que disent tous les hommes qui n'arrivent pas à baiser une femme.

Une gifle, mauvaise.

La porte claqua.

Le rire de Sok Bopah mourut. La voix de Simon, très loin :

— Je vais le tuer.

— Non, *je* vais le tuer. Tu avais raison, ce n'est pas mon fils. Quelque chose de mon passé l'a dévoré. C'est à moi de le faire, pour lui, pour mon bébé. Pour qu'il puisse dormir en paix. Nous aussi.

XXXIII

L'ombre qui se collait au mur, sombre et silencieuse, se détacha soudain. Elle avait rampé durant de longues minutes, le long des coursives, grimpant les escaliers, bifurquant et se tassant lorsque des bruits naissaient, quelque part, un peu en avant d'elle. Oliver Davies avait fini par lâcher la localisation probable de la bande, précisant qu'une intervention était prévue, un peu plus tard dans la nuit. Mais l'ombre savait que personne, du moins pas les vies auxquelles elle s'était accrochée, n'en réchapperait.

Nul ne l'avait détectée. Ils étaient prêts pour un assaut, une prise en force, pas pour une ombre suicidaire, légère et solitaire.

L'ombre s'avança vers le fauteuil impérial chinois en bois clair entouré d'une multitude de bougies maintenant allumées qui servait de trône à Thomas. Le jeune homme leva la tête et expectora :

— Ah ! Dans la famille casse-couille, le prêtre !
— Je ne suis plus prêtre. Je m'appelle John King.
— Je sais, et vous allez mourir.
— C'est possible, et cela n'a aucune importance.

Thomas claqua des doigts, deux hommes entourèrent John King :

— Je ne suis pas armé. Je n'aime pas les armes.
— Ah, l'homme de Dieu. Quelle bévue !

Il eut un petit geste de la main et les deux fantômes disparurent. Sa tête partit vers l'arrière et il psalmodia :

— Tu sais, mon frère, j'ai vu le futur et ce sont des bains de sang ; seuls les loups survivront. Tous les agneaux seront égorgés. C'est le sort des agneaux. Ton Dieu les a créés pour ça, pour que les loups les égorgent.
— Je viens chercher Isabel, Thomas.
— Elle est là.
— Je la veux, maintenant. C'est votre dernière chance.
— Foutaises. Tu n'es pas en position de me menacer.
— Si.
— Quoi, Dieu va faire une apparition, petit curé ? S'Il avait dû intervenir, cela se saurait. Et Isabel va mourir. C'est mon chef-d'œuvre. Le point d'orgue de ma symphonie. C'est triste. Je vais beaucoup m'ennuyer, après elle. Qui vaut le coup qu'on le tue ? Hein ?

John King se rapprocha :

— Non, elle ne mourra pas. Je suis là pour l'empêcher.
— Et comment vas-tu faire, curé ?
— Parce que je suis un loup envoyé pour sauver quelques agneaux.

John King s'affaissa au sol. Thomas se leva et le rejoignit. Il le dominait de sa hauteur. Soudain, Thomas se sentit basculer vers le sol. La main gauche de King pressa sur sa gorge, et de l'autre il appuya la gueule d'un petit revolver contre sa tempe.

– Il était collé à ma cheville, Thomas.

Affolé, le jeune homme couina :

– Mais tu as dit que tu n'étais pas armé !

– J'ai menti. Je ne suis plus prêtre, je peux.

– Tu es un homme de Dieu. Tu ne peux pas me tuer.

– Je suis un homme de Dieu pour les hommes, un soldat. Je peux te tuer. C'est mon devoir.

La terreur fit trembler Thomas, avachi contre le torse de cet homme qui le menaçait :

– Je me repens. Confesse-moi, je ne le ferai plus.

– Mais si, voyons. Tu aimes tellement torturer et tuer. Je ne peux pas te confesser, je ne te donne pas l'absolution. N'importe quel chrétien peut le faire, mais pas moi, je ne veux pas. Je veux que tu souffres, comme tu as fait souffrir. Je veux que ton âme soit martyrisée pour qu'elle ne revienne jamais. C'est mon privilège et je l'exerce, même si je dois être puni. C'est mon choix et s'il est ignoble, je suis prêt à le payer. Ne bouge pas ou j'appuie sur la détente. Regarde, Thomas, écoute ! Tu ne sais pas ce qui t'attend, moi si, et c'est un calvaire. Écoute-les. Tu vas avoir si mal, tu vas gémir, tu seras perdu et cela n'aura pas de fin. Écoute.

Thomas tendait l'oreille. Rien, qu'une sorte de ronflement. Les canalisations, sans doute. Il ne croyait pas à Dieu ni à l'enfer, mais ce type voyait quelque chose d'affreux. Quoi ?

– Regarde, Thomas. Tu vois mon doigt qui se crispe ? La balle va sortir, elle va réduire ton cerveau en bouillie. Boum, il n'y a plus rien, tu n'as jamais existé.

Un bruit et un choc, contre sa tempe. La balle ressortit de l'autre côté.

Thomas s'effondra.

Un bien-être total s'infiltra dans les veines de John King. Quelque chose d'absolu, de parfait. L'idée que plus rien n'est à faire, que tout est abouti. Il ferma les yeux, incapable de comprendre quelles étaient ces ondes de choc. Si, ça y est. Le Boston PD. Ils donnaient l'assaut, à la seconde près. Il s'affaissa sur le côté, bercé par une étrange sensation de plénitude. Il fallait se relever. Trouver Isabel. Il repoussa le cadavre de Thomas du bout de la chaussure.

L'enfer, qu'en savait-il ? Rien. Il ne croyait même pas à son existence. C'était un conte terrorisant, pour petits garçons. La vérité était ailleurs, comme toujours, et il ne la connaissait pas. Mais il continuait, allant à sa rencontre. Peut-être, un jour, lui ferait-elle la grâce d'un signe.

XXXIV

La voiture roulait mollement dans la nuit. Une pluie mince mais têtue de presque été avait rafraîchi l'obscurité. John King était à l'avant ; Jerry Martin conduisait, sans un mot. Isabel s'était installée avec Simon sur la banquette arrière. Il n'y avait plus rien à dire, ou pas encore.

John King, qui l'examinait dans le rétroviseur, se retourna. Il était pâle, mais curieusement rasséréné.

– Ça va ? C'est vraiment une question idiote.
– Oui. Nous sommes épuisés.
– Je m'en doute. Nous vous avons réservé des chambres à l'Holliday Inn de Bacon. Nous y serons dans une petite heure, s'il n'y a pas trop de circulation. Les journées qui vont suivre seront affreuses. Il faut se reposer.
– Bien.

Il se retourna et murmura quelques mots à l'oreille de Jerry qui hocha la tête.

Isabel se rencogna dans le dossier. Simon était si pâle. Il tournait obstinément le visage vers la vitre, surveillant des gouttières d'autoroute qu'il ne pouvait sans doute pas distinguer. Il maîtrisa quelques renvois et soupira. Isabel murmura :

– Ça va ?
– Non. Tu as un mouchoir ?

Elle lui tendit le petit paquet de mouchoirs en papier qu'elle conservait dans son sac. Un autre renvoi, le mouchoir se colora d'un beau rouge vif.

La tête de Simon s'inclina vers elle et il sourit. Ses dents étaient gluantes d'une salive rosâtre. Il posa sa joue contre son épaule et murmura dans son cou :

– C'est la fin. Je sais. Chut, ne leur dis rien. Promets.

Les lèvres d'Isabel articulèrent les mots muets.

– Le médecin a dit que le mieux qui pouvait m'arriver était une hémorragie hépatique. C'est rapide, tu pars avec ton sang. Chut, ma jolie.

Les bras d'Isabel se resserrèrent autour du corps de cet homme qu'elle aimait et qui mourait contre elle. Elle le plaqua pour qu'il ne s'effondre pas sur le siège.

Simon enfouit sa tête dans le cou mince et tiède et soupira. La paix venait. Il acceptait de dire « quand ». Maintenant.

Un renvoi, un flot de sang chaud coula contre la clavicule d'Isabel, trempa ses seins, jusqu'à son ventre.

Un autre. Elle plia son bras libre contre elle pour que John King n'aperçoive pas la tache qui s'élargissait, la réchauffant de la vie de cet homme qui partait. Le souvenir de ce documentaire fit une incursion dans le cerveau d'Isabel. Un jeune phoque échoué sanglotait, se vidant de son sang, éperonné par un animal marin quelconque. La plaie à son ventre béait. Il hurlait de peur, de souffrance. Une vieille femelle inconnue était entrée dans l'eau glacée de ce bout de banquise. Elle s'était assise à ses côtés, le plaquant contre elle. Les sanglots du jeune mâle mourant s'étaient un peu apaisés. Elle le berçait, le tenait dans ses nageoires puissantes. Il avait fini de se vider, tachant l'eau translucide de cette mer froide de son sang et elle l'avait laissé couler, hors d'elle, enfin calme.

Simon hoqueta :

– Embrasse-moi.

Elle déposa une série de baisers sur la peau de son crâne qui refroidissait.

– Chut, Simon, je suis là. Toujours.

Il leva la tête vers elle et elle caressa ses lèvres des siennes. Un baiser de Judith Kaplan.

John King s'inquiéta de leur silence :

– Mrs Kaplan ?

– Tout va bien, Mr King, nous sommes juste fatigués.

Simon rattrapa toute l'énergie qui lui restait et articula calmement :

– Oui, je m'endors. Les vieux...

Le silence. Un silence absolu, rien que pour eux deux, s'installa dans l'habitacle. Elle caressait ses cheveux, sa nuque.

Un autre renvoi, un autre flot de fin de vie, qui tachait sa jupe, les coussins. Simon devenait froid et mou contre elle. Elle resserra son étreinte. Il sourit, sa bouche contre la sienne :

– Je t'aime, Isabel. N'oublie pas.

– Je t'aime, Simon, je n'oublierai pas. Jamais.

Le dernier souffle de Simon balaya sa joue et sa tête tomba dans son cou. Elle ne bougea pas, laissant les larmes dévaler sans chercher à les essuyer. Tout le reste du trajet, elle maintint le corps de l'homme aimé, perdu, serré contre le sien. Vide. Elle était finalement vide, si légère.

Jerry Martin manœuvra pour garer la voiture dans le parking souterrain de l'hôtel. John King ouvrit la porte arrière et demanda en souriant :

– Il dort ?

Elle sourit à son tour, caressant les petits cheveux rares de Simon :

– Non, enfin si. Il est mort.

XXXV

Isabel arriva avec une bonne heure d'avance. Elle était certaine que son envie de la revoir, une dernière fois sans doute, n'était motivée que par une sorte de compassion, de vague tendresse, aussi. Mais elle avait lu dans les yeux de nuage qui lui souriaient qu'il était déjà ailleurs, qu'elle n'existerait bientôt plus que comme une des innombrables petites pierres douloureuses qu'il trimbalait partout avec lui. Il lui devrait quatre gros graviers tranchants : Sam, Simon, Isaac et elle. Elle se demanda si John King n'aimait pas trop Dieu pour aimer véritablement les hommes. C'est un amour parfait, hors d'atteinte, immuable, si lisse qu'aucune désillusion ne peut s'y accrocher. On y retrouve ce que l'on y met et c'est déjà tant qu'Isabel regrettait d'avoir perdu la foi. Après tout, cela n'avait plus d'importance.

Elle s'installa en terrasse, allongeant ses jambes minces sous la table. Un jeune homme aux cheveux platine s'approcha en souriant, trop mince, trop pâle. Il tenait son crayon à pleine main pour écrire. Les maîtres d'école devraient surveiller cela, c'est très laid et de toute évidence inadapté à des prises de notes rapides. Elle commanda une salade aux épinards et aux blancs de dinde avec un verre de cabernet. Le jeune homme repartit et elle songea qu'ensuite, elle s'offrirait une énorme portion de pie aux poires, aux pommes et à la muscade nappée de crème fouettée.

Pour la première fois depuis des semaines, elle détailla la vie qui passait autour d'elle. Non, pour la première fois depuis des années. N'y prendre plus aucune part l'apaisait. Tout devenait étonnamment distinct et précis, touchant. La façon dont cette pie grasse qui venait de se poser de l'autre côté de la rue sur le massif d'herbes jaunissantes et de fleurs se déplaçait. Elle scrutait les environs, avançant par à-coups avec une détermination insolente mais prudente, balançant si visiblement son corps d'une patte sur l'autre qu'on aurait dit qu'elle roulait des épaules. Un petit chien en laisse aboya et la pie s'envola. Simon aurait adoré cette scène. Cela faisait partie des petits bouts de choses, de vie, qu'il aimait collectionner pour en jouer ensuite et s'en émerveiller.

Le jeune homme aux cheveux blanc-blond revint et déposa sur sa table, dans un murmure incompréhensible, une carafe d'eau et une petite panière en fil de fer dans laquelle reposait un pain rond enveloppé d'une serviette en papier rouge. Pour patienter, elle aurait préféré son verre de vin. Le pain sentait délicieusement bon. Elle le dégagea de sa serviette et le renifla. L'odeur de farine tiède lui rappelait quelque chose, mais elle ne parvenait pas à l'identifier. Elle enfonça doucement l'index dans la croûte, s'émerveillant de la sentir céder dans un craquement léger. Son ongle et sa première phalange furent bientôt baignés dans une mie presque brûlante. Une jeune femme, cette fois, les lèvres noires d'un rouge à lèvres si foncé que ses gencives semblaient exsangues, les oreilles percées d'une multitude de petits anneaux d'argent, déposa devant elle une énorme salade et son verre de cabernet, lui souhaitant un bon appétit d'un ton mécanique mais affable.

Isabel contempla les larges feuilles d'un vert intense, décorées de pignons de pin grillés luisants de vinaigrette et de fines tranches de dinde d'un blanc rosé. C'était presque dommage de trancher ces nervures robustes. Elle anticipa avec délices le petit goût acide, la résistance des feuilles sous ses dents.

Une jeune fille attendait depuis quelques secondes, debout, devant les tables. Elle avait ce sourire vague, le visage tendu et gai des gens qui guettent la venue d'un être aimé. Isabel sourit et se paria un deuxième verre de vin qu'il s'agissait d'un jeune homme, ou peut-être de sa meilleure amie. La jeune fille sautilla soudain sur place, levant le bras, faisant de grands gestes de la main. Elle riait. Ensuite, elle pencha le torse et ouvrit les bras : une femme d'un certain âge vint s'y serrer. Elles s'embrassèrent, parlant toutes les deux à la fois, riant sans même comprendre ce que l'autre disait. Lorsqu'elles se tournèrent pour pénétrer dans la grande salle ronde du restaurant, Isabel constata qu'elles avaient le même nez, la même courbure de front et le même sourire.

Sa mère.

Elle détacha ses yeux du couple et vida son verre d'un trait. Elle avait perdu son pari. Rien à foutre. Elle boirait autant qu'elle avait envie. Elle héla le jeune homme et commanda une bouteille de vin.

– Je peux m'asseoir ? Je ne suis pas en retard, j'espère.

Isabel leva le regard vers John King et désigna la chaise en face d'elle.

– Je vous en prie. J'avais envie de déjeuner. Vous vous joignez à moi ?

– Non, merci. Un verre d'eau suffira.

– Vous ne mangez jamais ?

– Si, peu et seul en général.

– C'est triste ?

– Non, pas du tout, au contraire. C'est un moment parfait. Vous savez, les Occidentaux ont tendance à tout mélanger. Ils parlent, rient ou font des affaires en mangeant. C'est dommage. Manger est un grand privilège. À ce titre, cela mérite d'être identifié avec précision.

– C'est très zen.

– Oui. On doit garder à chaque toute petite chose son importance.

– C'est amusant. C'est ce que j'ai fait avant votre arrivée. Il y avait une pie et... Enfin, peu importe.

– Si, racontez-moi la pie.

Elle hésita. Après tout, qu'avaient-ils à se dire pour meubler les quelques minutes qui menaient à leur séparation ? Ni l'un ni l'autre ne tolérerait de reparler de ce qu'ils avaient vécu ensemble. Quant à Simon, il était à elle et à elle seule. Alors pourquoi pas la pie ? Elle lui décrivit la pie et sa démarche fanfaronne, le petit chien, les nervures des feuilles d'épinards, mais omit de lui raconter la mère et la fille, le bras de la fille qui enlaçait la taille de la femme plus âgée pour la conduire dans le restaurant. Il ne souriait pas, l'écoutant avec une attention presque gênante, comme si elle lui confessait d'intimes secrets. Elle se tut. John King reposa son verre d'eau et la fixa, grave, intimidant. D'une voix étrange, exigeante, il demanda :

– Que comptez-vous faire maintenant, Isabel ? Le savez-vous ?

– Oh oui. D'abord, je vais finir ma salade – elle est excellente – et ma bouteille de vin. Ensuite, j'espère pouvoir me lever de ma chaise sans tituber et puis je traverserai la rue. Un peu plus tard... Bon, là, c'est trop loin. Je ne sais pas ce que je ferai, mais je vais y réfléchir. C'est très gentil d'être venu. Inutile, mais gentil. Vous le savez. Comme Simon et moi le savions, on ne peut jamais défaire le passé. On peut colmater ses failles, construire dessus, mais rien défaire. Vous allez partir, n'est-ce pas ? Vous êtes déjà parti, je le sens.

– Oui. Mais je resterai tant que vous le souhaiterez.

– Je sais que c'est vrai. C'est curieux, non ?

– Non, pourquoi ?
– Je ne sais pas. J'ai toujours pensé que les gens pouvaient me mentir, même Isaac ou Simon. Du reste, ils l'ont fait. Mais pas vous. Finalement, ce n'est pas très confortable de savoir que l'autre dira toujours la vérité. John King, pardonnez-moi, mais partez. Je voudrais terminer seule ma salade, mon pain, mon vin.

Le grand homme maigre hésita puis se leva. Il avança la main et caressa la joue d'Isabel.

– À Dieu, Isabel. Si jamais... Je serai là, toujours. Ne l'oubliez pas.

Il s'éloigna, sans se retourner, mais elle ne le souhaitait pas. Elle murmura :

– Je sais. Vous êtes là pour tous vos petits cailloux.

Isabel finit lentement sa salade et commanda sa grosse part de pie. Elle n'avait pas faim. C'est étrange de manger lorsque l'on n'a pas faim. Il faut presque se forcer à déglutir et on se demande si on ne va pas vomir chaque bouchée. Elle joua avec la crème fouettée, formant de petites arabesques avec sa fourchette, construisant puis démolissant de petits monticules mousseux. Elle décida d'avaler cinq bouchées avant de se permettre de déclarer forfait. Elle ne boirait pas de café, cela lui donnait mal au cœur après manger. Elle régla et se décida à partir. Que faisaient la mère et la fille à l'intérieur ? Où en étaient-elles de leurs bavardages, de leurs rires ? Iraient-elles ensuite courir les magasins ou voir un film ? La fille parlait-elle de ses difficultés avec son amant ou à l'université ? La mère la rassurait-elle, l'encourageait-elle ?

Isabel ramassa les petits bouts de pain qui lui restaient et traversa précautionneusement la rue. Elle était un peu ivre. La pie n'était pas revenue, dommage, mais elle jeta les miettes sur le parterre, pensant que l'oiseau les trouverait peut-être plus tard. Elle se rapprocha du trottoir et attendit, les bras croisés sur son ventre.

Le gros bus en piteux état accélérait entre deux arrêts, deux feux rouges. Le chauffeur savait que chaque retard grignotait un peu de sa prime de fin d'année. Isabel aussi. Tant pis, pour lui.

Il pila. Il y eut le déchirement de la gomme des pneus sur l'asphalte, le bruit mou d'un choc, un éclair de silence, puis un hurlement de femme. Et la cohue, le chauffeur du bus tétanisé, ouvrant la bouche sans comprendre, deux hommes paniqués tentant de dégager le corps mince et broyé d'une femme asiatique.

John King, adossé à la vitrine d'un magasin d'antiquités, ferma les yeux. Les larmes coulèrent de ses paupières closes. Il pouvait se le permettre, il l'avait mérité. Il n'avait rien tenté pour la faire changer d'avis, d'abord parce que c'était inutile, ensuite parce que Isabel aussi avait gagné le droit de dire « quand ».

ÉPILOGUE

Un petit caillou de plus. Un très beau caillou, si douloureux, à serrer dans ses paumes pour le réchauffer.

John King abandonna le confort de la vitre tiède qui lui servait de dossier et se redressa. Il la portait en lui, maintenant. Comme tous les autres, peut-être un peu plus que les autres.

Il n'y aurait pas de repos, le couvent ou la terre, pas encore, pas cette fois.

La voix d'Isabel récita très doucement dans sa tête, juste pour Simon :

« *Ne me presse pas de te laisser, de retourner loin de toi.*

Où tu iras, j'irai, où tu demeureras, je demeurerai ; où tu mourras, je mourrai et j'y serai enterrée. »

John King sortit de sa tête. C'était bien Isabel. Il le savait parce qu'elle avait omis une phrase : « *Ton peuple sera mon peuple et ton Dieu sera mon Dieu.* » Elle affirmait, comme Simon, que l'ombre de Dieu s'était arrêtée aux grillages des camps, au lit à mailles métalliques.

Du même auteur :

La Parabole du tueur
Le Sacrifice du papillon
Dans l'œil de l'ange
La Raison des femmes

ÉDITIONS DU MASQUE

La Bostonienne, Prix Cognac 1991
La Petite Fille au chien jaune
Elle qui chante quand la mort vient
C.S. meurtres
La Femelle de l'espèce, Masque de l'année 1996
Autopsie d'un petit singe

NOIRES RACINES

Entretien avec une tueuse

ÉDITIONS FLAMMARION

Le Septième Cercle
La Voyageuse

Composition réalisée par P.P.C.

Imprimé en France sur Presse Offset par

BRODARD & TAUPIN

GROUPE CPI

La Flèche (Sarthe).
N° d'imprimeur : 7157 – Dépôt légal Édit. 11450-05/2001
LIBRAIRIE GÉNÉRALE FRANÇAISE - 43, quai de Grenelle - 75015 Paris.

ISBN : 2 - 253 - 17181 - 6

31/7181/6